汉译世界文学名著丛书

伏尔泰小说选

〔法〕伏尔泰 著

傅雷 译

Voltaire

ZADIG, LE MONDE COMME IL VA, CANDIDE, L'INGENU

根据 Lex Textes Français (Contes et Romans, Tome I, Ⅱ), Editions Fernand Roches, Paris, 1930 版译出

汉译世界文学名著丛书
出版说明

  1902年，我馆筹组编译所之初，即广邀名家，如梁启超、林纾等，翻译出版外国文学名著，风靡一时；其后策划多种文学翻译系列丛书，如"说部丛书""林译小说丛书""世界文学名著""英汉对照名家小说选"等，接踵刊行，影响甚巨。从此，文学翻译成为我馆不可或缺的出版方向，百余年来，未尝间断。2021年，正值"汉译世界学术名著丛书"出版40周年之际，我馆规划出版"汉译世界文学名著丛书"，赓续传统，立足当下，面向未来，为读者系统提供世界文学佳作。

  本丛书的出版主旨，大凡有三：一是不论作品所出的民族、区域、国家、语言，不论体裁所属之诗歌、小说、戏剧、散文、传记，只要是历史上确有定评的经典，皆在本丛书收录之列，力求名作无遗，诸体皆备；二是不论译者的背景、资历、出身、年龄，只要其翻译质量合乎我馆要求，皆在本丛书收录之列，力求译笔精当，抉发文心；三是不论需何种付出，我馆必以一贯之定力与努力，长期经营，积以时日，力求成就一套完整呈现世界文学经典全貌的汉译精品丛书。我们衷心期待各界朋友推荐佳作，携稿来归，批评指教，共襄盛举。

商务印书馆编辑部
2021年8月

译　本　序

　　法国著名传记作家安德烈·莫洛亚在他的《伏尔泰传》中曾经这样说过："十七世纪是路易十四的世纪，十八世纪是伏尔泰的世纪。"[①]这句话代表了不少资产阶级文学史家、批评家对伏尔泰的评价，它虽然不无夸张，但的确也反映了伏尔泰在当时影响之大。

　　在法国十八世纪启蒙运动中，伏尔泰就其所起的作用和所占有的地位，无疑是一位领袖和导师。他是启蒙时代第一阶段的代表，登上历史舞台早于以狄德罗为首的百科全书派和激进的民主主义思想家卢梭，他活动的时间很长，经历了十八世纪的四分之三；他以令人惊异的充沛精力在这个世纪的思想文化领域的各个方面，进行了卓有成效的活动。他是哲学家、历史学家、政论作者，他的文学创作，悲剧、喜剧、史诗、哲理诗、哲理小说都丰富多产，十八世纪末，由博马舍编辑出版的第一个伏尔泰全集就有七十卷之多，还不包括他卷帙浩繁的全部书信；他在当时享有巨大的声誉，被视为思想界的泰斗，整个欧洲都倾听他的声音。

---

　　① 安德烈·莫洛亚:《伏尔泰传》第二节。

当然，他的地位与作用是历史条件造成的，并不是由于其思想最进步、体系最完整，他的思想只反映了上层资产阶级的利益，他是启蒙时代中较为保守的一位代表。

一

伏尔泰本名弗朗索瓦·阿鲁埃，一六九四年生于巴黎一个富裕的资产阶级家庭。他的青年时期正当"太阳王"路易十四统治的晚期，法国封建君主专制盛极而衰的时代。这个时代"金玉其表，败絮其中"、即将全面破落的面貌和征候，在伏尔泰著名的历史著作《路易十四时代》中曾有忠实的记载。一连串对外战争和凡尔赛宫廷惊人的奢侈使国库空虚；残酷的封建剥削和封建压迫使农业生产凋敝低落；对新教徒的迫害使信奉新教的熟练工匠大量外流，给工商业带来了无可弥补的损失，这两方面的结果都更加深了封建国家的财政危机，以致国债达到了廿五亿的巨额；封建贵族阶级迅速走向没落，大贵族骄奢淫佚，中小贵族纷纷破产、潦倒不堪；社会生活极为黑暗，反动教会的猖獗、专制政体的淫威，造成了低压的政治气候，整个国家已经深感路易十四的统治成了一副沉重的枷锁。伏尔泰的青少年时代就是在这样的社会环境中度过的。他在一个贵族学校里受教育，贵族子弟在校内享受的特权使他亲身体验到等级制度的不平，启蒙运动先行者比埃尔·贝尔反对宗教狂热的著作对他思想的形成起了有益的影响。路易十四逝世时，他是廿一岁，亲眼看见"巴黎人在热望自由的气氛里舒了一口气"①。路易十四葬礼的那天,他在去圣特尼的路上,看到了沿途乡间小酒店里群众欢庆痛饮的情景,不禁对此产生深长的思索。

正是在旧的时代已经告终,新的时代将要来临的过渡时期,伏尔泰登上了历史舞台。他感时代变化之征兆,一开始就以旧的阶级和旧的意识形态的讽刺者、批判者的姿态出现。中学毕业后,他在担任驻外使馆的秘书和法庭的书记期间,虽混迹于贵族纨绔子弟的圈子,但目无封建等级制,敢于与贵人分庭抗礼,针砭时尚,抨击前朝政制,以锋利的谈吐和俏皮的警句闻名。由于言谈中对摄政王不敬,他被逐出京城,他并未因此有所收敛,又在一首诗里讽刺了宫廷,于一七一七年被投进了巴士底狱。在狱中十一个月,他写出了第一个悲剧《俄狄浦斯王》,这个剧本被认为是一部抨击宗教、影射摄政王荒淫无耻的作品,因而在巴黎上演时受到民众的热烈欢迎。自此,他享受了几年的虚荣,贵族和宫廷也捧他为"法兰西最优秀的诗人",他利用自己的社会关系经营商业,为自己积攒了大笔财富,但在封建专制制度下,他的社会地位并没有保障,他和一个贵族发生了冲突,不仅自己受辱,而且还被政府投入监狱,后又被放逐国外。从自己痛苦的经验中,伏尔泰对专制政体的面目有了切身的体会。

一七二六年,他来到已经完成资产阶级革命的英国。象他这样一个来自专制国家的受损害者,自然对资产阶级君主立宪制的英国怀着向往,特别是对这里"人与人之间的等级依才德而定,

---

① 安德烈·莫洛亚:《伏尔泰传》第三节。

大家都可有自由高尚的思想而不用忌讳顾虑"[1]更是赞赏备至。相传有这样一个故事：一天他在街上，群众因讨厌他的异国服装而叱逐他，他就高声向他们喊道："英国的好汉们，我不生为英国人不是已够可怜了吗？"他的话当场赢得了群众的喝采欢呼。他在英国居住了三年，考察了政治制度和社会习俗，研究了英国唯物主义哲学和牛顿的物理学新成就，形成了君主立宪制的政治主张和唯物主义的哲学观点，他把自己的观感和心得写成《哲学通讯》一书，主张政治改良、信仰自由和唯物主义。

一七二九年他回到法国后，创作了悲剧《布鲁特》和《查伊尔》，前者通过古罗马的题材表现了为反对专制而牺牲个人利益的理想精神，后者对宗教偏见提出了强烈的控诉，而在历史著作《查理十二史》中，伏尔泰则描绘出一个封建君主穷兵黩武、侵略好战的反面形象。一七三四年，他的《哲学通讯》出版，立即被扣上"违反宗教、妨害淳良风俗、不敬权威"的罪名遭到查禁，巴黎最高法院下令逮捕伏尔泰。他逃离巴黎，在偏僻的小城西雷，他女友夏德莱夫人家里住了十五年，在此期间，他进行了多方面的创作活动，其中有《恺撒之死》、《穆罕默德》、长诗《奥尔良的少女》、历史著作《路易十四的时代》以及科学论著《牛顿哲学原理》等。这时期，他又曾一度得到宫廷的信任，一七四六年被选为法兰西学士院院士、后又被派往德国执行外交使命，被任命为法兰西史官，然而这一切不过是昙花一现，他又因得罪了路易十五不得不离开巴黎。

---

[1] 安德烈·莫洛亚：《伏尔泰传》第五节。

伏尔泰不断遭受专制政体的损害，但他总是不能牢记教训。一七五〇年，他又怀着对开明君主的幻想，接受了普王腓得烈二世的邀请来到柏林。他被当作宫廷的点缀品加以利用后，又遭到了这个专制君主的侮辱。一连串的教训终于使他总结出了这样一条经验："在这个地球上，哲学家要逃避恶狗的追捕，就要有两三个地洞"，他分别在洛桑、日内瓦以及法国瑞士边境的菲尔奈购置住所，庆幸自己"终可幸免君主及其军队的搜索"①。

从此，伏尔泰进入他战斗的晚年，他继续写作了不少重要的作品，他著名的哲理小说就是产生于这个时期，此外，还有哲理诗《里斯本的灾难》、历史著作《彼得大帝治下的俄罗斯》、《议会史》以及哲学论著《哲学辞典》等。特别是从一七六〇年后，他定居在菲尔奈这块官方难以追捕的地方，从事写作的同时，又进行了政治社会的斗争。他与欧洲各国各阶层人士保持频繁的通信联系，从通信中以及从来到菲尔奈向他求教的各国人士那里，他了解了欧洲各国政治社会动态，又通过写信或写文章宣传启蒙思想，制造进步的舆论。当时，整个法国和欧洲不时流传着一些化名或匿名的文章和小册子，猛烈地抨击反动教会的宗教迫害、专制政体的草菅人命等黑暗现象，它们都是来自菲尔奈，出自伏尔泰的手笔。反动政府不断焚毁这些小册子，但它们仍不断出现。伏尔泰这种抨击时事、制造进步舆论的活动产生了巨大的影响。一七六二年，反动教会制造了十八世纪有名的宗教迫害冤案"卡拉事件"，伏尔泰对这个惨无人道的案件进行了有力的

---

① 安德烈·莫洛亚：《伏尔泰传》第十二节。

控诉，为蒙冤死去的卡拉及其受迫害的全家的昭雪而斗争，在整个欧洲赢得了崇高的声誉，菲尔奈成为欧洲舆论的中心，进步人士尊称伏尔泰为"菲尔奈教长"。一七七八年，伏尔泰象一个"智识界的王者"凯旋式地回到巴黎，并且在他的悲剧《伊兰纳》上演的时候，受到了观众的欢呼和加冕，达到了光荣的顶点。不久，他于同年的五月逝世，享年八十四岁。

如果说伏尔泰登上历史舞台是在路易十四时代告终的时候，那末他逝世则是在资产阶级革命将要来临之际，可以看出，他在思想文化领域里进行活动的几十年，正是法国封建君主专制由没落迅速走向崩溃的时期。在这个过程中，从摄政王的新法一直到路易十六时期杜尔果·内克的经济政策，统治阶级所有这些企图避免财政破产、挽救封建贵族阶级统治的改良主义措施都宣告失败，暴露出了封建社会已经病入膏肓。在这样一个历史时期里，伏尔泰作为新兴资产阶级的思想家提出了一系列重大的社会政治问题，对没落的封建社会进行了摧枯拉朽的揭露和批判，他虽然不及卢梭那样激进，没有狄德罗那样深刻，但他确不失为封建社会、封建阶级最辛辣的讽刺者，他的历史功绩在于，通过嬉笑怒骂的手法，彻底撕下了王公贵族、君主专制、宗教、教会这些被视为神圣事物的外衣，暴露出其丑恶反动的面目，而他这个伟大的历史功绩，在相当大的程度上是通过他的中短篇小说完成的，这些小说以阐释某种哲理寓意为特点，故称为哲理小说。

二

　　法国"七星丛书"所收集的伏尔泰的全部哲理小说共廿六篇。其中较早的几篇:《如此世界》、《梅农》、《小大人》、《查第格》写成于他去柏林之前,在苏城曼纳公爵夫人家避风的期间,其他的一些篇,包括《老实人》、《天真汉》、《耶诺与高兰》、《白与黑》,则都是写于他的晚年,主要是在菲尔奈的时候。我们知道,伏尔泰生前是以史诗诗人和悲剧诗人著称的,他把史诗和悲剧的创作视为他最主要的文学工作,而把他这些中短篇的哲理小说当作他的"小玩意"、"儿戏之作",当他在曼纳公爵夫人的府上朗读最初几篇短小精悍、哲理洋溢、意味隽永的小说受到欢迎、被听众要求付印时,他曾再三拒绝,认为不值得出版。然而,从十九世纪上半叶以后直到今天,伏尔泰的悲剧和史诗早已没有多少人去读了,但他的哲理小说却经受住了时间的考验,特别是他的《查第格》、《老实人》、《天真汉》,已经成为十八世纪启蒙文学最重要的一部分代表作而列入世界文学名著的宝库,被广大读者视为人类精神的杰作。

　　顾名思义,哲理小说的特点在于以阐明某种哲理为目的,而伏尔泰的哲理小说则是以宣传其启蒙思想为目的。在十八世纪启蒙思想家中,伏尔泰并未象后来的狄德罗和卢梭那样,为资产阶级革命所必需的思想理论体系的建设作出显著的贡献,提出一系列正面的主张和方案,而是为廓清这一基地对封建的上层建筑、意识形态进行了扫荡和破坏,他以此为己任,在自己书信的末尾几乎都加上了缩写的"铲除卑鄙"的口号。他的哲理小说正是他这种战斗精神的最好体现，特别是因为这些小说写于他阅历已深、学识丰富、思想成熟的老年，其阐明哲理、嬉笑怒骂皆成文章的艺术已达炉火纯青的程度，这就使得它们成为了伏尔泰得心应手的战斗武器。

作为这样一种思想武器，伏尔泰的哲理小说总是用来揭示十八世纪法国封建社会的不合理。他的第一个重要的短篇《如此世界》虽然写的是一个神话故事，但却表现了伏尔泰自己对法国社会现实的观察和分析。小说中的柏塞波里斯城就是影射巴黎，小说所揭露出来的种种黑暗现象就是法国的现实：上流社会一片淫乱，文武官职公开标卖，教派斗争激烈，社会风气恶浊，舆论欺善怕恶，人与人尔诈我虞。他借人物之口这样评论："噢！竟有这样的风俗！噢！这个倒楣的城！不是黑暗到极点吗？"并且预言"这样的社会是维持不下去的"。同样，中篇小说《查第格》的故事虽然伪托于古代，但也有着现实社会的影子。查第格婚后不久爱人就变心，甚至想把他的鼻子割下来给新情人治病的情节，是对法国上流社会腐败的男女关系的讽刺；查第格几次无辜被捕入狱、险些送命的经历，是暗指当时司法机构的草菅人命；小说中国王宠信淫邪放任的女人，把国事败坏得一团糟，是对国王路易十五耽于声色的影射。伏尔泰通过查第格主观上力求"明哲保身"、但灾祸总是不断降临头上的经历，企图表现出一个政治黑暗、人情险恶、人人都不得自由、不得安宁的社会现实，小说中这一社会图景正是伏尔泰所生活的法国君主专制社会的写照。在查第格那种"这个世界上的一切，连莫须有的东西在内都要害我"的感慨中，显然有着伏尔泰自己多次受到专制政体迫害侮辱的痛苦经验。《查第格》通过虚构的故事，写出了作者在封建专制政体黑暗统治下的窒息感，这正是它作为哲理小说的主要价值。

《如此世界》和《查第格》中揭示现存社会不合理的主题，到了《老实人》中又有了更进一步的深化。《老实人》是伏尔泰哲理小说中成就最高的一篇，它以"一切皆善"的学说为对立面，把原来的主题提升到了新的哲理的高度。"一切皆善"的说教来源于德国十七世纪唯心主义哲学家莱布尼兹，他曾提出"上帝所创造的这一个世界是一切可能的世界中最好的"。这是一种维护现存秩序、为统治阶级服务的舆论。伏尔泰的这篇小说就是无情地嘲笑这一为神权和王权辩护的哲学。他在小说里安排了两个主要的人物：鼓吹这种哲学的邦葛罗斯与信奉这种哲学的老实人，通过这两个人物在现实生活中的经历，证明这个世界并不完善。邦葛罗斯口口声声"天下尽善尽美"，但现实狠狠嘲笑了他：先是染上脏病烂掉半截鼻子，后又被宗教裁判所施加火刑，险被烧死。老实人也从现实中得到惨痛的教训：他与贵族小姐自由恋爱遭到了贵族偏见极深的封建家长的打击和破坏；他在军队里因自由行动而遭到了毒打；在战场上，他看到两军互相屠杀、奸淫掠夺、惨无人道；在流浪中，他几乎没有碰见过好人，不是宗教狂热的信徒，就是干扒手勾当的神甫和敲诈勒索的法官；他的经历也是骇人听闻的，先是被误认为异教徒差一点被宗教裁判所活活烧死，后又在巴黎被骗子神甫等一伙几乎盘剥一空。他的爱人居内贡的遭遇也很悲惨，在战祸中全家被杀，自己被当作奴隶辗转贩卖。老实人和居内贡的其他同伴，他们的经历也无一是幸福的。面对着这样的世界，老实人觉醒了，对那个可悲的哲学家叫道："得啦，得啦，我不再相信你的乐天主义了"，他最后做了这样的总结："地球上满目疮痍，到处都是灾难啊"，而这，也正是伏尔泰对自己的时代社会发出的感慨！

较之《如此世界》和《查第格》，《老实人》具有更强的战斗性，它讽刺的笔锋横扫了整个欧洲，他尖锐的批判触及了社会生活的各个方面，作者让他的主人公来到巴黎，通过他的见闻对法国的现实进行了直接的揭露。他指责"在这个荒唐的国内，不论是政府，法院，教堂，舞台，凡是想象得到的矛盾都应有尽有"。他影射一七五七年一个精神不健全的乡下人因伤了路易十五而被凌迟处死的案件，通过人物之口这样控诉道："啊，这些野兽！一个整天唱歌跳舞的国家，竟有这样惨无人道的事！这简直是猴子耍弄老虎的地方"，所有这些，在嬉笑怒骂之中又有愤慨的抗议。

在批判揭露的针对性方面，《天真汉》比其他的哲理小说又更为直接，它既不是通过半神话式的故事、伪托于古代的异国，也不是通过影射和旁敲侧击，而是把故事安排在十七世纪末路易十四的法国，对社会现实进行了直率的指责和批判。在这里，作者巧妙地通过一个在加拿大未开化的部族中长大的法国血统的青年的天真性格与法国社会现实的矛盾，表现了这个高度封建文明化国度的荒诞。这个天真汉"想什么说什么，想做什么就做什么"的纯朴的思想习惯，竟然为周围的社会习俗、宗教偏见所不容，这就足以揭示这个社会的荒诞、不合理达到了令人难以置信的程度，而他按照这个社会要求、以《圣经》为自己行为的准则、天真地按《圣经》行事时，却偏偏引起了惊世骇俗的后果，这就更有力地暴露了在封建专制社会生活中，实际上并不存在真正的道德标准与是非标准，暴露出是非的颠倒、表里的不一、理性的沦丧以及"宗教德行"的虚妄、宗教狂热的荒谬，正如天真汉所说的："我每天都发觉，那本书（指《圣经》）里不叫人做的事，大家做了不知多多少少，叫人做的，大家倒一件没做"，这里，问题并不在于天真汉对《圣经》特别认真，也不在于伏尔泰把《圣经》和宗教教义当作了至高的标准，而完全在于那个社会口头上仁义道德与实际上男盗女娼的惊人的矛盾。

伏尔泰不仅在哲理小说中揭示了封建专制社会种种不合理的黑暗的现象，表现出这个社会的荒诞的图景，而且十分具体地把批判揭露的矛头指向了腐朽的贵族阶级、反动教会和全部的封建国家机器，否定了它们存在的价值。他无情地嘲笑贵族的阶级偏见，用讽刺性的形象表现出这个阶级没有什么值得自傲，只是一堆荒淫可耻的废物。在《老实人》中，关于邦葛罗斯的脏病的"家谱"的那段叙述，就把贵族阶级中一片淫乱丑恶的关系揭露得淋漓尽致：原来邦葛罗斯的病是从侍女巴该德那里染上的，巴该德的病"是一个芳济会神甫送的……他的病是得之于一个老伯爵夫人，老伯爵夫人得之于一个骑兵上尉，骑兵上尉得之于一个侯爵夫人，侯爵夫人得之于一个侍从，侍从得之于一个耶稣会神甫，耶稣会神甫当修士的时候，直接得之于哥仑布的一个同伴"。伏尔泰的哲理小说还非常尖锐地揭露了封建专制官僚机构和反动教会的黑暗腐朽。在《天真汉》中，他通过主人公与圣·伊佛的不幸故事，使这种揭露达到了悲剧性的效果，天真汉入狱后，他的叔父来到巴黎企图走教会的门路进行营救，然而却在教会官僚机构面前处处碰壁，在这里，人是无能为力的，奇冤无望得到平反，每一个门路的入口都被堵塞着,因为每一个教会当权派都忙于与贵族妇女寻欢作乐,完全沉浸在荒淫的生活里,无暇他顾;至于圣·伊佛对天真汉的搭救,就远非无能为力的遭遇,而是被摧残、被蹂躏的悲剧,她虽然走通了权势极大、"能善能恶"的朝臣的门路,然而是以贞操和生命为代价,最后在悲愤痛苦中死去。通过这个少女的悲剧故事,伏尔泰对专制政体进行了有力的控诉,至此,世俗的和教会的官僚机构狰狞丑恶的面目,在他笔下暴露无余。

在这两种反动腐朽的统治机器中,伏尔泰对教会的揭露则更为集中、更为尖锐。他哲理小说里的教会人物个个都是卑鄙无耻、荒淫腐朽之徒,教会本身就是为非作歹的特务组织。天真汉在去巴黎的路上仅仅因为碰见了几个新教徒,和他们一起抱怨了南特敕令取消以后宗教迫害所造成的不幸,就被教会特务告密,并无端被诬告为"图谋火烧修道院,绑架姑娘",一到巴黎就被捕入狱,而和他同牢房的一个修士也仅仅因为属于与耶稣会不同的教派、"认为教皇不过是个主教",就"不经任何法律手续"被剥夺了自由。至于反动教会所进行的宗教迫害,伏尔泰在他主要的几篇哲理小说中都从不忘记加以揭露,并且把这种迫害描写得荒唐可笑、残酷可怕。特别典型的是《老实人》中主人公与邦葛罗斯险些被宗教裁判所烧死的经历,他们遭此厄运只是因为与两个有异教徒嫌疑的人"说了话"、"听的神气表示赞成";同一篇小说里的另一个人物也因为与一个异教徒在一起洗了澡,"算是犯了大罪",所以被"打了一百板子,罚作苦役"。这些描写虽然伪托于从前的异国,但都是对法国反动教会宗教迫害的直接影射。伏尔泰本人也曾不止一次面临过这种迫害的威胁，路易十五的王后去世时，曾经遗命要惩罚伏尔泰的"不敬神明之罪"；当伏尔泰晚年最后从菲尔奈动身前往巴黎时，也曾顾虑"在那个城里有四万束木柴给我布置火刑场"①。他一生为争取宗教容忍而不断进行了进步的舆论斗争，他在哲理小说中对反动教会施行宗教迫害的那些夸张的讽刺的描写后面，正是他强烈的愤怒和憎恨。

耐人寻味的是，伏尔泰在把封建阶级作为占据统治地位的庞然大物加以揭露批判的时候，还预言了它必然的没落和潦倒，在一种夸张的想象中狠狠地给予了无情的嘲笑。《老实人》第二十六章有一段非常有趣的描写：老实人在一家小旅店里遇见了六个丢失了王位的国王，其中有的已经"囊无分文"，靠赊账过日子，时刻都有进监狱的危险。这种漫画式的描写虽然荒诞，但是从本质上反映了十八世纪法国的君主专制政权已经面临破产和崩溃。至于那些封建贵族，伏尔泰在哲理小说中，更没有少对他们以门第自傲与他们日趋破落之间的矛盾进行辛辣的讽刺。所有这些，都表现了伏尔泰对现实生活中阶级状况的深刻观察，对历史发展趋势的卓越的预见。

作为资产阶级的思想家，伏尔泰适应了自己时代的要求，在哲理小说中集中地揭示了现存秩序的不合理，致力于打破封建社会中传统的幻想，引起人们对现存秩序永世长存的怀疑，无疑为向一七八九年发展着的历史进程制造了革命的舆论，他的哲理小说中的揭露和批判所具有的重要意义也就在这里。特别可贵的是，

---

① 安德烈·莫洛亚：《伏尔泰传》第二十一节。

这种揭露批判并不限于封建阶级,也触及了思想家自己所属于的那个阶级,《老实人》中一个黑人对老板控诉的那一段,就十分尖锐地揭露了资本主义剥削方式的残酷。伏尔泰能做出这样的描写,正反映了他作为上升阶级的思想家的特点。

三

伏尔泰是一个明显具有两重性的作家,他既是封建专制政体的反对派,又是欧洲君主的座上客;既是贵族阶级凌辱的对象,又是他们尊奉的文化智识界的头面人物;既是一个勤奋的智力劳动者,又是一个从投机商业中牟取了巨额钱财的资产者。这种社会地位决定了他的思想的复杂,表现在他的哲理小说里,就是强烈的反封建性往往与明显的保守性是那么尖锐地同时并存。一般说来,伏尔泰在对旧社会旧事物进行揭露批判的时候是强有力的,而一涉及正面的理想、变革的途径时,就暴露出他作为上层资产者的局限。

首先,伏尔泰缺乏彻底的反封建精神,他面对没落腐败的封建社会,并没有提出革命的变革的要求,而表现出了巨大的软弱性和妥协性。在《如此世界》中,他虽然影射法国的现实,进行了尖锐的揭露,但与此同时又在不合理的现实中去挖掘合理的因素,一方面把用来影射巴黎的柏塞波里斯城描写成一个堕落的、本来应该招致神怒而遭毁灭的城市,另一方面又描写这里有"贤明的君主"、有"连续不断的辛苦了四十年,难得有片刻安慰"的大臣；上流社会虽然腐化，但物质文明"精美动人"、人物"风雅可爱"，总之，"这许多卑鄙的和高尚的性格，这许多罪恶和德行……兼而有之"。因此，他让那个代表神去考察这城市的主人公做出这样的判断："即使不是一切皆善，一切都还过得去"，在小说的最后，又由神决定"让世界如此这般下去"。这些描写无疑大大地削弱了小说对封建专制社会的批判，而伏尔泰对是否应该毁灭不合理的旧世界这个问题给予了否定的答复，也正表明了他对现存秩序带有巨大的妥协性。

同样的妥协性的弱点也表现在《天真汉》中。在这篇小说里，伏尔泰以赞赏的笔调描写了天真汉的"纯朴的德性""自然的人情"，但他不象卢梭那样提出"回到自然"的思想，而认为"纯朴的人"应该"文明化"，因此，他写了天真汉在监狱里学习了各种知识，发展成为一个有高度文化修养的人，而且，伏尔泰还把某些反封建的、启蒙的思想赋予这个人物，让他成为一个理性主义者的标本。但与此同时，伏尔泰世界观中的缺陷也在天真汉的身上打下了烙印，使这个人物在一些重大的问题上，如对君主的看法、对宗教和教会的看法上，带有浓厚的保守色彩，他虽然身受专制政体的迫害，他的爱人也是这个罪恶制度的牺牲品，但小说的最后，"由于特·路伏大人的提拔，天真汉成为一个优秀的军官，得到了正人君子的赞许"，也就是说，他被统治阶级笼络过去，成为贵族上流社会的一员，而这个社会本来是与他纯朴的性格完全对立的。伏尔泰最后让贵族资产阶级的"文明社会"同化了主人公的天真，天真汉和现实社会的妥协，也正反映了伏尔泰思想上的妥协。

伏尔泰哲理小说中一再出现的妥协倾向，当然不是偶然的，这正是他作为上层资产阶级一员的保守性的必然表现。伏尔泰本人是一个拥有百万家财的富翁，虽然他在《查第格》中成功地写出了在封建专制政体下的窒息感和受迫害感，但这种感受毕竟只是资产阶级在封建统治下不得自由的体验，正象查第格这个"年少多金"的阔绰公子在那个社会里的痛苦，只是不能"快乐度日"的痛苦一样，伏尔泰在封建社会里所感受到的矛盾与十八世纪劳动人民甚至下层市民小资产阶级所受的剥削和压迫，也不能同日而语，这就是为什么他在自己的哲理小说中一再表现出软弱性、妥协性的原因。

那末，伏尔泰在与旧世界妥协的同时是否也有对世界的理想呢？理想是有的，他在《老实人》中就写了一段主人公游黄金国的故事，勾划出他的乌托邦理想国。在这里，地上的泥土石子就是黄金，根本没有人要，人们穿的是"金银铺绣衣服"，吃的是"珍馐美馔"，住的房屋"仿佛欧洲的宫殿"，没有法院和监狱，"每个人都是自由的"，没有宗教狂热，但人们"从早到晚敬爱上帝"。这个理想国就是伏尔泰的社会政治理想的图解，它固然表现了伏尔泰对现存封建社会的不满，但却带有十足的唯心主义的性质和作者本人对富贵生活的趣味。既然伏尔泰看不到变革封建社会的具体途径，他对未来理想社会的构思就不可能有任何科学的基础，而只可能流于一种凭空的幻想了。

值得注意的是，伏尔泰的黄金国里也有"贤明的国王"，看来，他把这一点看作是黄金国之所以成为幸福国度的最根本的原因。在《查第格》里，为什么主人公会有种种不幸的经历？伏尔泰认为原因在于没有贤明的君主,对国家的管理不当,后来查第格当上了宰相,以哲学家的方式治理国家,允许言论、信仰自由,反对教派成见和宗教狂热,最后又当上国王,成为了一位贤君:"从此天下太平,说不尽的繁荣富庶,盛极一时。国内的政治以公平仁爱为本。百姓都感谢查第格"。伏尔泰通过这一番描写显然是企图说明,改变现实的最可靠的途径就是开明君主政治。从《查第格》到《老实人》,我们可以看到伏尔泰始终没有摆脱这种历史唯心主义的幻想,即对开明君主的向往,并且一再把它作为解决现实矛盾的方案。这是伏尔泰阶级局限性的又一重要的表现。当然,这种对开明君主的幻想,不仅在伏尔泰身上存在,在十八世纪其他的启蒙思想家如孟德斯鸠、狄德罗、布封的身上也都存在,因而,也是一种历史局限性的表现,是资产阶级革命的历史条件尚未完全成熟所决定的,伏尔泰在自己的小说里一再表现了这种幻想,几乎可以说是必然的了。

不过,伏尔泰毕竟是一个吃了君主专制政体不少苦头的资产阶级思想家,他虽然怀着开明君主的幻想,但他在现实生活中却找不到这样的君主,相反,他所见识过的欧洲封建国君——使他受过损害和屈辱,那末,如何才能消除现实生活的不合理、如何才能建立比较合理的生活呢?也许是由于以上原因,他在自己的哲理小说里,似乎并没有把希望全都寄托在与黄金国同样远渺微茫不可求的开明君主的身上,而是进行了新的探索。他把自己探索的结论写在《老实人》的结局中。最后,老实人和他的同伴经历了现实生活的种种苦难、见识了满目疮痍的世界后,结成了一个小小的团体在一起生活,他们买下了一小块土地分工负责进行耕作，他们不时也探讨生活的意义，结果认为只有工作才能使人"免除三大害处：烦闷，纵欲，饥寒"，因此，得出了"种我们的园地要紧"这样的结论，并且把它当作了他们生活的信条。这个结尾可以说是伏尔泰哲理小说中最意味深长的片段，"种我们的园地要紧"这句话也具有着某种箴言式的概括性，既是伏尔泰所提出的医治不合理的社会现实的方案，也是他所主张的人对生活应该采取的态度。作为医治不合理社会的方案，它显然比对开明君主的幻想来得脚踏实地；作为对待生活应采取的态度，它在当时统治阶级糜烂不堪、社会风气腐败恶浊的历史条件下，也表现了新兴资产阶级的进取精神，不妨说，它正是当时整个一代资产阶级进步人士、启蒙思想家那种实干的精神和努力工作的态度的某种富有诗意的概括，在这两个意义上，它具有一定的积极意义。不过，我们也应该看到，它作为应该如何对待那样一个不合理的世界的结论，毕竟又带有某种抽象的、笼统的性质，并且不过达到了提倡埋头工作、独善其身的高度，在进步性之中又表现出了一种历史的、阶级的局限性。

四

在伏尔泰研究中，人们往往会提出这样一个问题：为什么伏尔泰以毕生精力从事的悲剧创作和史诗创作并没有结出后人所喜爱的硕果，倒是他漫不经心创作出来的、并从未加以重视的几篇哲理小说，居然成为了十八世纪启蒙文学中具有代表性的实绩而得到了后人的喜爱。

内容与形式的统一是完美的艺术品所必需具备的条件，是一部作品具有持久艺术生命力的根本保证。伏尔泰的悲剧和史诗作品之所以缺少这种生命力，原因在于内容与形式的矛盾，而他的哲理小说之所以具有这种生命力，就在于其内容与形式的和谐统一。作为一个十八世纪的思想家，伏尔泰在自己的作品里总是企图宣传他的启蒙思想，然而，在史诗创作中，他按照十七世纪古典主义的规范，对古代罗马的史诗进行了盲目的模仿；而在悲剧创作上，他也只是高乃依和拉辛的师法者，以追求古典主义的标准为其目的。这样一种对前人亦步亦趋的态度，只能使他等而次之。更主要的是，体现了十七世纪绝对君主专制的政治标准和艺术标准的古典主义的艺术创作方法，到了十八世纪已经陈旧过时，不再适于表现新的时代内容，因此，当伏尔泰继续拘泥于古典主义美学标准的时候，他那生气勃勃的启蒙思想内容就受到了旧的艺术形式的束缚，形成了尖锐的矛盾。在伏尔泰的哲理小说创作中，情况就完全不同了，在这里，他没有模仿某种过时的僵化的文学传统，而是根据其启蒙思想内容的需要，找到了适合的艺术形式，通过短小精悍的篇幅、灵活自如的叙述、滑稽的笔调，在半神话式的或传奇式的故事里注入哲理寓意，达到影射讽刺现实、宣传启蒙思想的目的，这就使他的哲理小说同时具有了高度的思想价值和艺术价值。

文学创作之高低，本来就有莎士比亚化与席勒化的区别，而以阐释哲理为目的的作品往往就更容易流于概念化和直接说教。伏尔泰的哲理小说在艺术上的可贵处首先在于避免了这种通病。

他既善于通过形象来表现哲理，也善于从生活形象中发掘哲理，因此，他在小说中极少有直接的说教，总是让形象本身向读者启示某种寓意，而且，还应该承认，小说中的某些哲理本来是很不容易找到适当的形象来加以表现的，而伏尔泰在这方面也做得颇为成功。如他在《如此世界》里要说明现实社会善恶并存的复合状况，就构思出这样的情节：主人公用最名贵的金属和最粗劣的泥土石子混合起来，塑造一个小小的人像，去向神灵汇报，而他表现"让世界如此这般下去"这一妥协改良的思想，则是通过主人公向神灵的这样一段陈词："你是否因为这美丽的人像不是纯金打的或钻石雕的，就把它毁掉"。在这一段描写里，我们尽可以指出伏尔泰所要表现的思想内容的局限性，但不能不承认这里有着巧妙的艺术构思。象这一类丰富的想象、巧妙的构思，在伏尔泰的哲理小说里是不鲜见的，《老实人》中以邦葛罗斯可悲的经历对照出"一切尽善尽美"论的荒谬、《天真汉》中以主人公按《圣经》行事却偏偏与周围现实发生尖锐矛盾的故事揭示出宗教的虚伪和社会风俗的腐败，都是明显的例子。

要选择合适的形象表现哲理，最重要的是要求形象本身具有典型性、概括性。伏尔泰在哲理小说中成功地做到了这点，他所运用的形象一般都能表现出事物的本质，他所描绘的人物都能体现十八世纪社会阶级关系的真实。他写贵族、写教士都抓住了该类人物的本质特征，用简短的几笔就突出了要害；他写专制政治的黑暗、天主教会的反动、残酷，都是通过典型的事例，足以给读者造成强烈的印象；而他写世态人情，往往选用最有代表性的细节，略加描述，即烘托出整个的风气。因此，在他的哲理小说中，颇不乏艺术典型化的精采片段，如《天真汉》中这样写天真汉的叔父在巴黎碰壁的情况：

"院长去求见拉·希士神甫；拉·希士神甫正在招待杜·德隆小姐，对院长们一概不见。他到总主教门上；总主教正和美丽的特·来提几埃太太商量教会的公事。他赶到摩城主教的乡村别墅；这主教正和特·莫雷翁小姐审阅琪雄太太的《神秘之爱》。"

短短一段不到一百字，就把教会官场的腐朽和教会当权派的丑恶全都揭露了出来。

伏尔泰哲理小说中的形象描绘既具有优秀文学作品都具有的典型化的共性，也具有伏尔泰本身的特点，夸张滑稽，意味隽永。伏尔泰的描述有时近似漫画，他对细节的真实毫不在意，总是采取夸张的手法，把他描写的对象的某种特征加以夸大，虽然并不构成酷似现实的图景，但却突出对象的本质。由于他是以不合理的现实作为描写对象，因而他常常把那些不合理的东西夸张到了荒诞的地步，以荒诞的叙述来表现十八世纪没落的封建专制社会的荒诞本质。这种荒诞图景的色彩不是阴森可怕、压抑低沉的，而是充满着作者的嬉笑、揶揄和嘲讽，呈现出一种滑稽的基调、一种明亮的色彩。似乎可以这样比喻，伏尔泰这一个在智力上不知超过他的同时代一般人多少倍的思想家，就象他的一篇哲理小说[①]中

[①] 《小大人》。

那个其大无比的巨人一样,以开阔的眼光、高超的智慧,看着那个小小地球上蝼蚁般的小人,带着嘲讽的微笑,指斥着他们的不正义、纷争、偏见、腐败和恶习。正因为他是从很高的思想境界、以一眼就看透了的洞察力观察人和世情,得出了真知灼见,所以表现在他的哲理小说里,滑稽夸张之中又带着隽永的意味,因内而符外,这就形成了伏尔泰哲理小说独特的艺术风格。

伏尔泰的哲理小说显然深受《一千零一夜》的影响,在体裁样式、结构形式和叙事方法上,伏尔泰都从这一部东方的故事集里得到不少借鉴,他的哲理小说叙事流畅自如,简繁得当,传奇色彩很浓,颇能引人入胜。他显然还从拉伯雷那里吸取了营养,继承了十六世纪这位人文主义作家那种开朗乐观的精神和冷嘲热讽、嬉笑怒骂的泼辣风格,只不过他不及拉伯雷那样气魄宏大,风格粗放,而多一层十八世纪那种精致的文明化的色泽。至于伏尔泰的哲理小说在语言艺术上的成就,既然二十世纪有位优秀的法语作家曾经这样讲过:"因伏尔泰之功,法语才得以在十八世纪中风靡全欧,才成为语言的光荣"[①],那末,我们也就无需再作其他的评价了。

柳鸣九
一九七九年三月

---

① 安德烈·莫洛亚:《伏尔泰传》第二十二节。

目　录

查　第　格

一　独眼人	3
二　鼻　子	6
三　狗与马	8
四　眼红的人	12
五　侠义的人	17
六　宰　相	20
七　调解与接见	23
八　嫉　妒	26
九　挨打的女人	30
十　奴　役	33
十一　殉　夫	36
十二　晚　餐	39
十三　约　会	43
十四　强　盗	46
十五　渔　夫	50
十六　四脚蛇	53

十七	比　武	60
十八	隐　士	64
十九	猜　谜	70

如此世界

巴蒲克所见的幻象——巴蒲克记 ··················· 77

老 实 人

第一章	老实人在一座美丽的宫堡中怎样受教育，怎样被驱逐	95
第二章	老实人在保加利亚人中的遭遇	98
第三章	老实人怎样逃出保加利亚人的掌握，以后又是怎样的遭遇	101
第四章	老实人怎样遇到从前的哲学老师邦葛罗斯博士，和以后的遭遇	104
第五章	飓风，覆舟，地震；邦葛罗斯博士，老实人和雅各的遭遇	108
第六章	怎样的举办功德大会禳解地震，老实人怎样的被打板子	111
第七章	一个老婆子怎样的照顾老实人，老实人怎样的重遇爱人	113
第八章	居内贡的经历	115
第九章	居内贡，老实人，大法官和犹太人的遭遇	118
第十章	老实人，居内贡和老婆子怎样一贫如洗的到加第士，怎样的上船	120
第十一章	老婆子的身世	123

第十二章	老婆子遭难的下文 …………………………………… 127
第十三章	老实人怎样的不得不和居内贡与老婆子分离 ………… 131
第十四章	老实人与加刚菩,在巴拉圭的耶稣会士中受到怎样的招待…………………………………………………… 134
第十五章	老实人怎样杀死他亲爱的居内贡的哥哥 …………… 138
第十六章	两个旅客遇到两个姑娘,两只猴子,和叫做大耳朵的野蛮人 …………………………………………………… 140
第十七章	老实人和他的随从怎样到了黄金国,见到些什么 …… 144
第十八章	他们在黄金国内的见闻 ……………………………… 148
第十九章	他们在苏利南的遭遇,老实人与玛丁的相识 ……… 153
第二十章	老实人与玛丁在海上的遭遇 ………………………… 158
第二十一章	老实人与玛丁驶近法国海岸,他们的议论 ………… 161
第二十二章	老实人与玛丁在法国的遭遇 ………………………… 163
第二十三章	老实人与玛丁在英国海岸上见到的事 ……………… 174
第二十四章	巴该德与奚罗弗莱的故事 …………………………… 176
第二十五章	威尼斯贵族波谷居朗泰访问记 ……………………… 181
第二十六章	老实人与玛丁和六个外国人同席,外国人的身份 …… 188
第二十七章	老实人往君士坦丁堡 ………………………………… 192
第二十八章	老实人,居内贡,邦葛罗斯和玛丁等等的遭遇 …… 196
第二十九章	老实人怎样和居内贡与老婆子相会 ………………… 199
第三十章	结　局 ………………………………………………… 201

天　真　汉

| 第一章 | 小山圣母修院的院长兄妹怎样的遇到一个休隆人 ……… 209 |

xxvii

第二章	叫做天真汉的休隆人认了本家	216
第三章	天真汉皈依正教	220
第四章	天真汉受洗	224
第五章	天真汉堕入情网	227
第六章	天真汉跑到爱人家里，大发疯劲	230
第七章	天真汉击退英国人	233
第八章	天真汉到王宫去，路上和于格诺党人一同吃饭	236
第九章	天真汉到了凡尔赛，宫廷对他的招待	239
第十章	天真汉和一个让森派的教徒一同关在巴士底监狱	242
第十一章	天真汉怎样发展他的天赋	248
第十二章	天真汉对于剧本的意见	251
第十三章	美丽的圣·伊佛到凡尔赛去	254
第十四章	天真汉思想的进步	259
第十五章	美丽的圣·伊佛不接受暧昧的条件	262
第十六章	她去请教一个耶稣会士	265
第十七章	她为了贤德而屈服	267
第十八章	她救出了她的爱人和让森派教士	269
第十九章	天真汉，美人圣·伊佛，与他们的家属相会	272
第二十章	美人圣·伊佛之死和死后的情形	279

译名对照表 286

格 第 查

一
独眼人

摩勃达王临朝的时候，巴比仑有个青年名叫查第格，天生的品性优良，又经过教育培养。虽则年少多金，倒能清心寡欲。他毫无嗜好；既不愿永远自以为是，也肯体谅人类的弱点。大家都奇怪，他尽管颇有才气，却从来不用冷嘲热讽去攻击那些渺渺茫茫，喧哗叫嚣，各不相干的议论，也不指斥那些大胆的毁谤，无知的论断，粗俗的戏谑，无聊的聒噪，巴比仑的所谓清谈。他记得查拉图斯脱拉①在《经典》第一卷中说过，自尊心是个膨胀的气球，戳上一针就会发出大风暴来的。查第格尤其不自命为轻视女性和压制女性。他气量很大，按照查拉图斯脱拉有名的教训，对无情无义的人也不怕施恩；那教训说：你吃东西，总得分点儿给狗吃，即使它们会咬你。查第格明哲保身，无出其右，因为他专门跟哲人来往。他深通古代加尔提人②的学问，当时人所知道的自然界的物理，他无有不知；他也通晓古往今来的人所知道的玄学，

---

① 查拉图斯脱拉为古代波斯的教主，生卒年月不可考，但至迟在公元七世纪以前。伏尔泰在小说中常引用其遗教，但有时纯属假托。

② 巴比仑平原古代亦称加尔提，故巴比仑人亦称加尔提人。

就是说微乎其微。不管当时的新派哲学怎么说，他深信一年总是三百六十五天又四分之一，太阳总是宇宙的中心。大司祭们神态傲慢的说他心术不正，说相信太阳自转，相信一年有十二个月，都是与国家为敌。查第格听了，一声不出，既不动怒，也不表示轻蔑。

查第格有的是巨大家私，因此也有的是朋友；再加身体康健，相貌可爱，中正和平，度量宽宏，感情真诚，便自认为尽可以快乐度日。他和赛弥尔定了婚。以她的美貌，出身，家财而论，算得上巴比仑第一头亲事。查第格对赛弥尔的情意，深厚而高尚；赛弥尔对查第格的爱情也很热烈。结缡的佳期近了，两人正在幼发拉底河滨的棕榈树下散步，向巴比仑的一座城门走去；忽然迎面来了几个人，拿着刀箭。原来是少年奥刚的打手。奥刚是一位大臣的侄儿，听了叔叔门客的话，相信自己可以为所欲为。他毫无查第格的风度和品德，但自以为高明万倍，所以看到人家不爱他而爱了查第格，懊恼透了。这嫉妒是从虚荣心来的，奥刚却错认为对赛弥尔爱得如醉若狂，决定把她抢走。那般抢亲的人抓住赛弥尔，逞着兽性动武，把她伤害了，使一个连伊摩斯山上的老虎见了都会软心的少女流了血。她哭声震天，叫道："哎哟，亲爱的丈夫呀！他们把我跟心爱的人儿拆散了呀！"她不顾自己的危险，只想着她心爱的查第格。那时，查第格把勇敢和爱情给他的力量，全部拿出来保卫赛弥尔。他靠着两个奴隶帮忙，才打退强人，把血迹斑斑，昏迷不醒的赛弥尔送回家。她睁开眼睛，见了恩人，说道："噢，查第格，我一向爱你，只因为你是我的丈夫；现在我爱你，可把你当作救我名节，救我性命的恩人了。"从来没有一个人的心比赛弥尔的心感动得更深。也从来没有一张更迷人的嘴巴，能用那些火热的话比赛弥尔吐露出更动人的感情；那是最大的恩德和最正当的爱情激发起来的。她受的是轻伤，不久就好了。查第格的伤却更凶险：眼旁中了一箭，创口很深。赛弥尔但求上帝保佑她爱人早日康复。她一双眼睛日夜流泪，只盼望查第格的眼睛重见光明。但那只受伤的眼长了一个疮，形势危险了。他们派人赶往孟斐斯请名医埃尔曼斯。埃尔曼斯带着大批随从来了，看过病人，说那只眼必瞎无疑，还把瞎的日子和钟点都预言了。他道："要是伤在右眼，我就能医，但伤在左眼是无救的。"全巴比仑的人一边可怜查第格的命运，一边佩服埃尔曼斯医道高深。过了两天，疮出了脓；查第格完全好了。埃尔曼斯写了一部书，证明查第格的伤是不应该好的。查第格根本不看那书。到了能出门的时候，他立刻打点一番，去拜访情人；他一生的幸福都寄托在赛弥尔身上，要保住眼睛也无非为了她一个人。赛弥尔已经在乡下住了三天。查第格在半路上听说这位美人明白表示，对于一只眼的男子有种难以抑制的厌恶；她上一天夜里已经嫁给奥刚了。一听这消息，查第格当场晕倒，痛苦得死去活来。他病了好久；但理性终究克服了悲伤，遭遇的惨酷倒反指点了他一条出路。

他说："一个在宫廷中长大的女子对我这样狠毒这样任性，还不如娶个平民罢。"查第格便挑了城里最本分，身家最清白的一个姑娘，叫做阿曹拉，和她结了婚，在情爱弥笃的温柔乡中过了一个月。可是他发觉阿曹拉有点轻佻，喜欢把长得最漂亮的青年当作最有思想最有德行的人。

5

二
鼻　子

　　有一天,阿曹拉散步回来,怒气冲天,大惊小怪的直嚷。查第格问她:"亲爱的妻子,你怎么啦?谁把你气成这样的?"她说:"唉!我亲眼目睹的事,要是你看到了,也会跟我一样。我本想去安慰高斯罗的年轻寡妇。前两天,她才替年轻的丈夫盖了一座坟,坐落在那片小溪环绕的草原上。她悲痛万分,向所有的神明发誓,只要溪水在旁边流一天,她就在坟上守一天。"查第格说:"好啊,这才是一位可敬的女子,真正爱她丈夫的!"阿曹拉回答:"你可想不到我去看她的时候,她在干什么呢!"查第格道:"美丽的阿曹拉,那末她在干什么呢?"——"把溪水引到别处去。"阿曹拉接着把青年寡妇破口大骂:责备的话说得那么多,那么凶,叫查第格听了她满嘴的仁义道德,很不高兴。

　　查第格有个朋友叫做加陶,就是阿曹拉认为比别人更老实更优秀的那种青年。查第格把计划告诉加陶,送了他一笔重礼,希望他对自己忠心。阿曹拉在乡下一个女朋友家住了两天,第三天回来;仆人们哭哭啼啼对她说,她的丈夫上一天夜里得了暴病死了,他们不敢报告她凶信,已经把主人葬在花园尽头的祖坟上。阿曹拉哭了,扯着头发,赌咒说要寻死。当夜加陶来要求和她谈谈，两人都哭了。第二天，他们哭声稍止，一同吃了中饭。加陶告诉阿曹拉，说查第格送了他大部分家私，加陶意思之间，要阿曹拉一同享受这笔财产才觉得快乐。那太太听着哭了，恼了，慢慢地缓和了。夜饭吃得比中饭更长久，彼此谈得更亲密：阿曹拉称赞故世的丈夫，但承认他有些缺点是加陶没有的。

　　夜饭吃到一半，加陶忽然叫苦，说脾脏剧烈作痛。那太太又着急，又殷勤，叫人把她化装用的香精全部拿来，试试有没有能治脾脏痛的。她很懊恼伟大的埃尔曼斯已经不在巴比仑。她甚至不惜高抬贵手，摸摸加陶痛得最厉害的胸部侧面，很同情的问道："这种痛苦的病，你可是常发的？"加陶回答说："有时候几乎把我命都送掉；只有一个办法可以止痛，就是要找一个上一天新死的人的鼻子，放在我胸部侧面。"阿曹拉道："这个医法倒古怪得很。"加陶回答："不见得比用小口袋治盲肠炎更古怪。"[①] 这个解释，加上这位青年的了不起的品德，使阿曹拉下了决心。她说："归根结底，我丈夫从过去世界打几那伐桥上度到未来世界去的时候，不见得因为第二世里的鼻子比第一世里短了一些，阿斯拉埃神就不让他过去。"于是她拿了一把剃刀来到丈夫坟前，把眼泪浇了一遍，看见查第格直僵僵的躺在穴内，便走近去预备割他的鼻子。查第格却爬起来，一手按着鼻子，一手挡住阿曹拉的剃刀，说道："太太，别再把那年轻的高斯罗寡妇骂得那么凶了；割我鼻子的主意，和把溪水改道的主意还不是半斤八两！"

---

　　① 〔作者原注〕当时有个巴比仑人名叫阿尔奴，在报纸上宣传，说头颈里挂一个小口袋，能医治并预防一切盲肠炎。

三
狗与马

　　查第格体会到,《藏特经》上说的很对,新婚的第一个月是蜜月,第二个月是苦草月。过了一些时候,阿曹拉的脾气变得太不容易相处了,查第格只得把她退婚;觉得一个人要求幸福还不如研究自然界。他说:"上帝在我们眼前摆着一部大书,能够读这部大书的哲学家才是天下最快乐的人。他发现的真理,别人是拿不走的;他培养自己的心灵,修身进德;他能安心度日,既不用提防人家,也没有娇妻来割他的鼻子。"

　　心里存着这些念头,他离开城市,住在幼发拉底河边的一所别庄里。他在那儿所关心的不是桥洞底下一秒钟流过几寸水,也不是鼠月里下的雨是否比羊月里多出一立方分。他既不打算用蜘蛛网缫丝,[①] 也无意把破瓶子做成磁器;[②] 他只研究动植物的属性。他的观察力很快就训练得十分敏锐:别人看来相同的东西,他能

　　[①] 一七一〇年时,有个名叫篷·特·圣-伊兰尔的人,向法国科学院提出一篇"论蜘蛛网"的文章。

　　[②] 此系讽刺法国物理学家雷奥缪(1683—1757)对于不透明玻璃与磁器的研究。

发见无数的区别。

有一天,他在一个小树林附近散步,看见迎面来了一个王后的太监,后面跟着好几位官员,神色仓皇,东奔西跑,好象一些糊涂虫丢了什么贵重的宝贝,在那里寻找。总管太监问查第格:"喂,小伙子,可曾看见王后的狗?"查第格很谦虚的回答:"噢,那是只母狗,不是雄狗。"总管太监说:"不错,是只母狗。"查第格又道:"而且是很小的鬈毛狗,不久才生过小狗,左边的前脚是瘸的,耳朵很长。"总管太监气呼呼的说道:"那末你是看到的了。"查第格回答:"不,我从来没看见过,也从来不知道王后有什么母狗。"

正在那时候,出了一件天下常有的巧事:王上御厩中一匹最好的马从马夫手里溜走,逃到巴比仑的旷野里去了。大司马和所有的官员一路追来,和追寻母狗的总管太监一样焦急。大司马招呼查第格,问他可曾看见御马跑过。查第格回答说:"那马奔驰的步伐好极了;身高五尺,蹄子极小;尾巴长三尺半;金嚼子的成色是二十三克拉;银马掌的成色是十一钱。"大司马问:"它往哪儿跑的呢?在哪儿呢?"查第格回答:"我根本没看见,也从来没听人说过。"

大司马和总管太监认为王上的马和王后的狗毫无疑问是查第格偷的,便带他上总督衙门。会审的结果判他先吃鞭子,再送西伯利亚终身流放。才宣判,狗和马都找到了。诸位法官只得忍着委屈重判,罚查第格四百两黄金,因为他把看见的事说做没有看见。查第格先得缴足罚款,然后获得准许在总督大堂上替自己辩护。他的话是这样说的:

"诸位大人是正直的星辰,知识的宝库,真理的明镜,凝重如铅,坚硬如铁,光明如钻石,与黄金相伯仲。既然允许我在这个庄严的堂上说话,我就用奥洛斯玛特大神的圣名发誓,我从来没看到王后的宝犬,也从来没看到万王之王的神骏。事情是这样的:有一天我正在散步,向小树林走去;后来遇到年高德劭的内监和声名盖世的大司马,就在那地方。我看见沙地上有动物的足迹,一望而知是小狗的脚印。脚印中央的小沙堆上,轻轻的印着一些长的条纹;我知道那是一只乳房下垂的母狗,不多几天才生过小狗。在另外一个方向还有些痕迹,好象有什么东西老是在两只前脚旁边掠过,这就提醒我那狗的耳朵很长。又注意到沙土上有一个脚印没有其余的三个深,我明白我们庄严的王后的宝犬,恕我大胆说一句,是有点儿瘸的。

"至于万王之王的御马,且请各位大人听禀:我在那林中散步,发觉路上有马蹄的痕迹,距离都相等;我心上想:这匹马奔驰的步伐好极了。林中的路很窄,只有七尺宽,两旁的树木离开中心三尺半,树身上的尘土都给刷掉了一些。我就说:这匹马的尾巴长三尺半,左右摆动的时候刷掉了树上的灰土。两边树木交接,成为一片环洞形的树荫,离地五尺,树荫底下有些新掉下来的叶子;我懂得那是给马碰下来的,可知那匹马身高五尺。至于马嚼子,一定是用二十三克拉的黄金打的,因为嚼子在一块石头上擦过,我认得是试金石,还把那石块作了试验。又因为马蹄在另外一类的小石子上留着痕迹,所以我断定马掌是成色十一钱的银子打的。"

全体法官都佩服查第格深刻细致的鉴别力;消息竟传到王上

和王后那里。前厅上，寝宫内，会议厅上，到处只谈论查第格。好几位大司祭认为应当把查第格当作妖人烧死；王上却下令发还四百两黄金的罚款。检察官，书记官，执达吏，大排仪仗，把四百两黄金送回查第格家，只扣掉三百九十八两讼费；他们的跟班又问查第格讨了赏钱。

查第格看到一个人太博学有时真危险，便打定主意以后再有机会，决不把看到的事说出来。

这机会不久就来了。监牢里逃出一个判了重罪的犯人，从查第格窗下走过。查第格受到盘问，一言不答；但有人证明他曾经向窗外探望。为这个罪名，他罚了五百两黄金，还得按照巴比仑的规矩，向诸位法官谢恩，感激他们的宽大。查第格心里想："天哪！树林里走过了王后的狗和王上的马，你再去散步就该倒楣了！在窗口站一会又是危险的！一个人要在这一世里快乐真是多难啊！"

四
眼红的人

查第格受了命运的磨折,想用哲学和友谊来排遣。他在巴比仑近郊有所屋子,陈设幽雅,凡是与上等人身分相称的各种艺术和娱乐,都搜罗齐备。白天,是学者都可到他藏书室去看书;晚上,是上等人都可以到他家去吃饭。但他不久就发觉学者非常危险。为了查拉图斯脱拉禁食葛里凤①的戒令,他们展开一场激烈的辩论。有的说:"要是世界上没有这动物,怎么禁止人吃呢?"另外几个说:"既然查拉图斯脱拉禁止人吃,就一定有这动物。"查第格有心调解,对他们说道:"如果真有葛里凤,我们就不吃;如果没有,我们更不会吃。这样,我们个个人都遵守了查拉图斯脱拉的戒令。"

有一位学者写过十三卷讨论葛里凤属性的著作,又是能与神灵交通的巫术大师;他急忙到一位叫做叶蒲的总司祭前面控告查第格。叶蒲是最愚蠢,因此也是最偏执的加尔提人。他颇想用木柱洞腹的刑罚把查第格处死,作为献给太阳神的祭礼;而他念起查拉图斯脱拉的经文来,语调也可以更称心如意。朋友加陶(一

---

① 葛里凤为神话中一种半狮半鹫的怪物。

个朋友胜过一百个教士)去见老叶蒲,和他说:"太阳万岁!葛里凤万岁!你千万不能责罚查第格:他是个圣者,养牲口的院子里就有葛里凤,可绝对不吃。控告他的人却是妖言惑众,胆敢主张兔子的脚是分蹄的,还说这动物并非不洁。"①叶蒲把他的秃头摇了几摇,说道:"好吧,既然查第格对葛里凤怀着恶意,控告他的人对兔子出言荒谬,两人都该受洞腹之刑。"加陶托一个姑娘斡旋,把事情平息了。那姑娘曾经和加陶生过一个孩子,在祭司总会里颇有势力。结果谁也没有受洞腹之刑;好几位博士因此私下议论,说是巴比仑气数衰落的预兆。查第格嚷道:"一个人的幸福究竟靠什么呢?这个世界上的一切,连莫须有的东西在内,都要害我。"他咒骂学者,从此只打算跟上等人来往。

他在家招纳一些巴比仑最高尚的男人和最可爱的妇女。他供应精美的晚餐,饭前常常先来个音乐会。饭桌上谈吐风雅,兴致甚豪;查第格想法不让大家在谈话中互相争竞,卖弄才情;那才是流于恶俗,破坏胜会的不二法门。他对于朋友和菜肴的选择,都不从虚荣出发:他什么事都喜欢实际,不喜欢表面;因此他赢得了真正的敬意,而这又不是他有心追求的。

他屋子对面住着一个人名叫阿利玛士,粗俗的脸上活活画出他凶恶的心地。他一肚子尽是牢骚和骄傲,再加是个讨人厌的才子。因为在交际场中不得意,他就用诽谤来报复。尽管那么有钱,

---

① 《旧约·申命记》第十四章提到禁忌的食物,说凡是分蹄成为两瓣而又反刍的走兽都可以吃;接着又说,骆驼,兔子,沙番,不可吃,因为它们反刍而不分蹄,所以是不洁的。伏尔泰在此嘲笑其前后矛盾。

他家中连马屁鬼都不容易招集。查第格家晚上车马盈门的声音，使他很不舒服；颂扬查第格的声音使他更恼恨。有时他到查第格家去，不经邀请便上了桌子，叫宾主都扫兴；好象传说中的妖精哈比，一碰到肉，肉就烂了。有一天，阿利玛士预备大开筵席，款待一位太太，谁知那太太不接受，反而上查第格家吃饭。另外一天，他在宫中和查第格谈话，遇到一位大臣，大臣请查第格吃饭而不请阿利玛士。世界上最难化解的仇恨，往往并没有比此更重大的原因。这个在巴比仑被称为眼红的人，存心要陷害查第格，因为查第格被称为福人。而正如查拉图斯脱拉说的：一天有一百个机会作恶，一年只有一个机会行善。

眼红的家伙有一次到查第格家：查第格正陪着两个朋友和一位太太在园中散步；他一向喜欢对那太太说些殷勤话，除了顺口说说以外，并无他意。那天谈的是新近结束的战事，巴比仑王把属下的诸侯伊尔加尼打败了。在那次短期战役中表现很英勇的查第格，极力歌颂王上，尤其歌颂那位太太。他当场作了四句诗，拿起石板写下来，给那位美丽的太太看。朋友们要求传观；查第格为了谦虚，尤其为了爱惜文名，拒绝了。他知道，即兴的诗只有对题赠的人才有价值；他把石板裂为两半，随手望蔷薇丛中一扔，让大家白找了一阵。接着下起小雨来，众人都回进屋子。眼红的阿利玛士留在园中竭力搜寻，终于找到了两块碎片之中的一块。石板破裂之下，碎片上的残诗竟然每行都有意义，而且是句子最短的诗。更奇怪的是，这首小诗的意义竟是对王上最恶毒的侮辱，念起来是这样的：

罪大恶极的暴行，
高踞着宝座。
为了大众的安宁，
这是唯一的敌人。

眼红的阿利玛士生平第一次觉得快乐了。他手里的把柄尽可断送一个有德而可爱的人。他泄愤的目的达到了，心里非常痛快，托人把查第格亲笔写的谤诗送给王上。查第格，连他的两个朋友和那位太太，一齐下狱。案子不经审问，很快就定局了。宣判那天，阿利玛士等在路上，大声告诉查第格，说他的诗一文不值。查第格并不自命为高明的诗人，但看到自己判了大逆不道的罪，一位美丽的太太和两位朋友又被他莫须有的罪名连累，关在牢里，不由得悲痛万分。他不准开口，因为他的石板就是他的口供。这是巴比仑的法律。他被押上法场，一路挤满闲人，没有一个敢可怜查第格；他们是赶来打量他的脸，看他是否能从容赴死的。伤心的只有他的家属，因为承继不到遗产。查第格的家私四分之三归了国王，四分之一赏了眼红的阿利玛士。

正当查第格预备就刑的时候，国王的鹦鹉飞出回廊，飞往查第格家的园子，在蔷薇丛中停下。近边一株树上有只桃子被风吹落在灌木中间，粘在一块写字用的石板上。鹦鹉衔着桃子，连着石板，一径飞到国王膝上。国王很奇怪，觉得石板上的文字毫无意义，好象是诗句的结尾。他一向喜欢诗歌；而遇到爱诗歌的帝王，事情总是好办的。国王为了鹦鹉的事左思右想。王后记起查第格石板上写的句子，叫人把石板拿来。两块凑在一起，完全符

合,而查第格的原诗也全部看出来了:

> 罪大恶极的暴行,搅乱了朗朗乾坤;
> 高踞着宝座,圣主镇压了所有的邪魔。
> 为了大众的安宁,为了爱民而出征;
> 这是唯一的敌人,值得叛徒胆战心惊。

国王立即召见查第格,下令把他的两个朋友和美丽的太太释放出狱。查第格伏在国王和王后脚下,以面扑地,诚惶诚恐的要求宽恕他的诗写得那么恶劣。他谈吐文雅,才智敏捷,而又切中事理,国王和王后听了,把他再度召见。他去了,应对愈加称旨。诬告的阿利玛士全部家私罚给查第格;查第格分文不取。阿利玛士并不感动,只因为能保全财产而高兴。王上对查第格宠眷日隆,一切娱乐都召他参与,大小事务都向他谘询。从此王后瞧着他的眼神另有一种亲切的表情,这是对王后,对她尊严的丈夫,对查第格,对国家,都可能有危险的。查第格却开始认为一个人要幸福并不难了。

五
侠义的人

那时正临到五年一次的大庆。巴比仑向例,每五年要选拔一个行为最侠义的公民在庄严的大会上宣布姓名。各位大臣和各位祭司担任评判。管辖京城的大都督挑出在他任内发生的最高尚的事,逐一报告,然后举行投票,再由国王决定。世界上最偏远的地方都有人来参观这个大典。优胜者由国王亲赐一只满贮宝石的金杯,还加上几句话:我赐你这件奖品,表扬你的侠义,但愿神明多给我几个像你一样的子民。

隆重的节日到了;国王登上宝座,周围尽是大臣,祭司,和各国派来观光的代表。要获得这竞赛的荣誉,不是倚仗骏马的矫捷,也不是靠武士的勇力,而是凭个人的德行。大都督高声报告一些事迹,都是够得上得这个至高无上的奖赏的。他绝口不提查第格胸襟宽大,退还阿利玛士全部家产的事;那不是一桩有资格参加竞选的行为。

他先介绍一位法官,由于并不需要他负责的误会,使一个公民打输了官司,损失浩大;法官拿出自己的全部家财,数目正好补偿那公民的损失。

接着推荐一个青年,如醉若狂的爱着未婚妻。但他有个朋友对他的未婚妻害着相思病,差不多要死了。那青年把爱人让给朋友,还送了一份陪嫁。

接着又提到一个小兵,在讨伐伊尔加尼的战役中表现得更有义气。几个敌兵跑来抢他的情人,他奋勇抵抗;忽然有人报告,说他母亲在近边被另外几个伊尔加尼匪徒掳走;他哭哭啼啼的丢下情人,赶去救出母亲;回头再找到爱人,爱人已经快断气了。他想自杀;母亲说要是他死了,她就别无依靠;于是他鼓足勇气,忍着痛苦活下去了。

一般评判员都偏向这个兵。国王发言的时候却说:"这个兵和其余的两个人,行为固然高尚,但我并不觉得惊奇;昨天查第格做了一件事,却出我意料之外。前几天我罢黜了我宠幸的大臣高兰勃,把他骂得体无完肤;所有的朝臣都说我心肠太软,还互相比赛,唯恐说高兰勃的坏话说得不够。我征求查第格的意见,他居然敢说高兰勃的好话。拿自己的家产补赎过失,把情人让给朋友,为了母亲而牺牲爱人:这种例子,我承认我们的历史上都有过;但从来没有一个朝臣敢替一个失宠的,国王正在为之震怒的大臣说好话。刚才提到的几个义士,我每人赏两万金洋;可是那只金杯,我赐给查第格。"

查第格答道:"真有资格得此金杯的只有陛下;是陛下作了旷古未有的事;因为陛下身为国王,听了臣下的逆耳之言,竟不以为罪。"

大家都赞美国王和查第格。捐献家产的法官,把爱人嫁给朋友的青年,为救母亲而牺牲情人的兵,都得到国王的奖赏,在侠义录上留了名。查第格得了金杯。国王得了圣主的英名,可惜这英名没有保持长久。那天的庆祝会,时间超过了法律的规定;直到如今,亚洲还有人记得。查第格说:"啊,我终于幸福了!"可是他想错了。

六
宰　相

宰相故世，国王任命查第格接任。巴比仑所有的漂亮太太都表示欢迎，因为开国以来不曾有过这样年轻的宰相。所有的朝臣都气恼；眼红的阿利玛士吐了血，鼻子肿得异乎寻常。查第格向王上王后谢过恩，又去谢鹦鹉，说道："美丽的鸟儿，你救了我的命，给我当了宰相；陛下的马和王后的狗害得我好苦，你却赐福于我。想不到人的命运受这些动物操纵！"接着又道："可是这样意想不到的福气，恐怕不能长久罢。"鹦鹉答道："是的。"查第格听着，吃了一惊；但他既是高明的物理学家，又不信鹦鹉能预言，一会儿也就放下心来，尽心竭力的执行宰相的职务。

他教每个人感觉到法律的神圣，而不让任何人感觉到他爵位的压力。他决不干涉枢密会议的舆论，所有的大臣都可发表意见，不会使他不快。他判案子，不是他判而是法律判的；法律太严的时候，他加以减轻；没有法律可引，他就另立新法，其公平合理，人家竟以为是查拉图斯脱拉订的。

"罚一无辜，不如赦一有罪"，这个流传各国的伟大的教训便是从查第格来的。他认为立法的作用，为民奥援与使民戒惧同样重要。人人都想隐蔽事实，查第格主要的才能却是辨明真相。接任不久,他就运用了这个了不起的才能。巴比仑一个有名的商人死在印度;他生前嫁了女儿,把余下的财产平分给两个儿子;还留下三万金洋,预备赏给两个儿子中公认为更孝顺他的一个。大儿子替他盖了一座坟;小儿子拿出一部分遗产送给姊妹。大家说:"大儿子孝父亲,小儿子爱姊妹;三万金洋应当给大儿子。"

查第格把两个儿子先后叫来。他对大儿子说:"你的父亲没有死,最近一场病好了,就要回巴比仑来了。"大儿子答道:"谢谢上帝!只可惜一座坟花了我很多钱!"查第格接着对小儿子照样说了。他答道:"谢谢上帝!我要把全部财产还给父亲;但我送给姊妹的一份,希望父亲让她留着。"查第格说:"你什么都不用还,另外再给你三万金洋;更孝顺父亲的是你。"

一个非常有钱的少女向两个祭司许了婚,受过他们几个月训导,怀孕了。两个男的争着要娶她。她说:"我要嫁给使我为国家多添一个公民的男人。"一个说:"这件好事是我做的。"另外一个说:"这件功劳是我的。"她答道:"两人之中谁能给孩子受最好的教育,我就承认他是孩子的父亲。"她生了一个儿子。两位祭司争着要领去教养。案子告到查第格手里。查第格把两个祭司叫来,先问一个:"你对你监护的孩子预备教些什么?"博士回答:"我要教他八种辞类,教他辩证法,占星学,魔鬼附身术,教他何谓本体,何谓偶然,何谓抽象,何谓具体,何谓单元,何谓先天和谐。"[①] 另

[①] 十七、十八世纪时德国哲学家莱布尼兹的宇宙论,有所谓单元与先天和谐之说,伏尔泰常于小说中加以讥讽。

外一个祭司说:"我吗,我要努力使他做一个正直的人,够得上跟人交朋友的人。"查第格判道:不管你是不是孩子的父亲,你可以娶他的母亲。

七
调解与接见

这样,他的奇妙的天才与慈悲的心肠每天都有所表现,不但人人佩服,而且一致爱戴。他被认为是世界上最有福的人;全国上下只听见他的名字;所有的妇女都打着手眼镜瞧他;所有的国民都颂扬他的正直;学者们奉他为权威,连教士都承认他比年老的总司祭叶蒲更博学。没有人再拿葛里凤的案子告他;大家只相信他认为可信的事。

一千五百年以来,巴比仑有件争论不休的大事;全国为此分作两派,各不相让:一派主张只能用左脚跨进太阳神庙;另外一派痛恨这个习惯,一向是用右脚进门的。大家只等庆祝圣火的节日来到,看看查第格赞成哪一派。所有的眼睛都盯着他的一双脚,全城骚动,都觉得无法预测。查第格把两脚并在一起,跳进庙门;然后雄辩滔滔的发表一篇演讲,证明天地的主宰对人一视同仁,不会对左脚或右脚有所偏爱。

眼红的阿利玛士和他的女人,认为查第格的演讲辞藻贫乏:山岳丘陵,嘴里搬弄得不够。他们说:"查第格语言无味,毫无才气:我们既看不见海洋奔逃,明星下坠,也看不见日球象蜡一般融化；美妙的东方文体，他完全没学到。"① 但查第格的文体只求入情入理。众人都站在他一边，并非因为他走的是正道，或是因为他讲理，或者因为他和蔼可亲，而是因为他是当朝宰相。

白衣祭司与黑衣祭司的大公案，查第格也解决得同样圆满。白衣派一口咬定，面向东方的祷告是亵渎上帝；黑衣派坚持说，上帝最恨祷告的人面向西方。查第格下令面向何处，各听自由。

查第格就有这样的秘诀，把例行公事和特别的事都在早上办完；余下的时间他用来修饰巴比仑的市容。使人下泪的悲剧和使人发笑的喜剧，久已过时了，查第格因为趣味高雅，重新提倡。他并不自命比艺术家懂得更多，他只赏赐他们恩惠和荣誉，决不暗中忌妒他们的才能。晚上，他在宫中娱乐国王，尤其是王后。王上说："多了不起的宰相！"王后说："多可爱的宰相！"两人都补上一句："要是当初把他吊死了，才可惜呢！"

从来没有一个当权的人需要接见那么多的女太太。她们大半来和查第格谈些莫须有的事，目的是要和他有点儿事。眼红的女人在第一批中求见，她用太阳神的名字赌咒，用查拉图斯脱拉的经典赌咒，说她对丈夫的行为深恶痛绝；说他是个醋罐子，粗暴的男人。她还透露出来，男子所以能在某一点上跟神仙相仿，全靠圣洁的火焰给他一些奇妙的效果，但她丈夫受了天罚，得不到那个法宝。最后她把吊袜带掉在地下；查第格照例很有礼貌的检了起来，但并不替她扣在膝上。这个小小的过失，假如算是过失

---

① 山岳丘陵，海洋奔逃，日球融化等数句，系作者讽刺《圣经》中的《诗篇》第一百十三首及《以赛亚书》第十四章的措辞。

的话，竟酿成了空前的惨祸。查第格事过即忘，眼红的女人却是念念不忘。

天天都有女太太们求见。巴比仑的野史上说，查第格投降过一次。但他并无快感，拥抱情妇的时候心不在焉，连他自己都觉得奇怪。受到他这样莫名其妙的宠幸的，是王后阿斯达丹的一个侍女。这多情的巴比仑女子替自己譬解说："他脑子里的事一定多得数不清，连谈情的时候还在那里思索。"在有些男人一声不出，另外一些男人海誓山盟的时间，查第格却不由自主的叫了声："王后！"那巴比仑女子以为查第格快乐之下，恢复了知觉，把她叫做"我的王后！"查第格始终心不在焉，又叫出阿斯达丹的名字。那太太得意忘形，一切都往好处着想，以为查第格的意思是："你比王后阿斯达丹更美！"她拿着精美的礼物走出查第格的后宫；把这桩奇遇讲给她的好朋友，眼红的女人听。眼红的女人看见别人得宠，又气又恨，说道："他连这根吊袜带都不屑替我扣上，我从此不用它了。"——"噢！噢！"交运的女人对眼红的女人说，"你的吊袜带跟王后用的一样，可是向同一个女工买的？"眼红的女人一言不答，左思右想的出了神，找她丈夫商量去了。

查第格接见宾客，审问案子，觉得自己老是心不在焉，不懂什么缘故。这是他唯一的烦恼。

他作了一个梦：先是睡在干草上，有些刺人的草使他不得安稳；然后又软绵绵的躺在一床蔷薇花上，花中钻出一条蛇，伸出锋利的毒舌把他的心咬了一口。他说："唉！我在那些刺人的干草上睡过很久；如今是躺在蔷薇花上；可是那条蛇代表什么呢？"

八
嫉　妒

　　查第格的灾难就是从他的幸运来的,特别是他优异的才能促成的。他每天陪国王和他尊严的王后谈话。装饰能烘托人的美貌,存心讨好也能发挥一个人的才华;因此查第格的谈吐越发动人了。他的年少风流,无形中给了阿斯达丹一个印象,而阿斯达丹并不觉得。她的情爱在无邪的心田中滋长起来。她只觉得跟一个为她丈夫与国家倚重的人见面,谈天,非常有趣,便毫无顾忌毫无惧怕的尽量享受。她在国王面前把查第格夸奖不已,也对宫女们提到,她们又从旁附和,极力吹嘘。这种种情形凑合起来,把爱神的箭深深的扎在她心中,而她自己并不发觉。她送礼给查第格,没想到其中有着殷勤的情意;她自以为和查第格谈话是用的王后身分,只把他当做一个惬意的臣子;但她有时的表情明明显出她动了感情。

　　阿斯达丹的姿色,远胜那个痛恨独眼人的赛弥尔和那个想割掉丈夫鼻子的女人。阿斯达丹的亲昵,红着脸说出来的温柔的话,有心望着别处而始终离不开查第格的眼神,使查第格心中莫名其妙的涌起一股热情。他竭力抵抗;向素来能帮助他的哲学求救;他得到理性的指示,却解不了心中的烦闷。责任心,感激心,冒犯君父的罪孽，在查第格眼里都变成赫然震怒的神道。他挣扎着，他打胜了；但这个需要随时争取的胜利，是用眼泪与呻吟换来的。他和王后都喜欢无拘无束的谈话，觉得其乐无穷；现在他不能再用那种态度了。他的眼睛蒙了一层雾；说话很勉强，有头无尾；他不敢仰视；不由自主的抬起头来，又发现王后眼中含着泪水，射出一支支的火箭；仿佛彼此都在说："我们相爱而怕相爱；我们心中有一股我们认为罪恶的热情。"

查第格见了王后出来，神思恍惚，如醉如痴，心上压着千斤重担：他一阵激动，把心事告诉了朋友加陶；正好比一个人长期熬着剧烈的痛苦，忽然一阵剧痛，不由得大叫一声，额上冒着冷汗，让人家看出了自己的苦楚。

加陶对他说："你想瞒着自己的感情，我早已看出了；情欲自有一些标记，人家不会错认的。你想，亲爱的查第格，我都看透了你的心，难道王上不会发觉你心中有那股冒犯他的感情吗？他是天底下最嫉妒的男人，这是他唯一的缺点。你比王后更能压制热情，因为你是哲学家，也因为你是查第格。阿斯达丹是女人；她因为觉得自己还没有犯罪，所以眉目之间表情更无顾忌。她的清白使她太放心了，在人前不知检点。只要她问心无愧，我就替她提心吊胆。如果你们之间有了默契，就能瞒过众人的耳目。勉强压制的初生的感情非常惹眼，不象得到满足的爱情会隐藏。"这话等于劝查第格欺骗王上，欺骗恩主；查第格听着浑身哆嗦。他虽然对王上犯了无心的罪，却从来没象这个时期那样赤胆忠心。可是王后提到查第格的次数那么多，提到的时候脸那么红，在国王面前和查第格谈话的表情有时那么兴奋，有时那么慌张，查第格退朝以后,她又是一味的出神:国王看在眼里,不由得不烦恼。他所看到的,全部相信;没有看到的,用想象来补充。他特别注意王后的拖鞋是蓝的,查第格的拖鞋也是蓝的;王后的丝带是黄的,查第格的便帽也是黄的:对于一个多心的国王,这些都是触目惊心的标记。他心里已经有了醋意,猜疑自然变成事实。

王上和王后的奴仆,个个能刺探他们的心事,不久都看透阿斯达丹动了爱情,摩勃达起了妒性。眼红的阿利玛士,唆使他那眼红的女人把她和王后同样的吊袜带送给国王。而且祸不单行,那吊袜带也是蓝的。于是国王只盘算怎样报复了。一天夜里,他决意在第二天黎明毒死王后,绞死查第格。命令交给一个狠毒的太监执行,他是专门替王上泄忿的。宫中有个哑而不聋,没人提防的矮子;他像猫狗一样能看到一切秘密的事。小哑巴对王后和查第格素有好感,听见王上要把两人处死,又惊又骇。这可怕的命令几小时内就要执行,有什么办法通风报信呢?他不会写字,只会画图,而且画得很象。他便花了大半夜功夫,把他要告诉王后的事画出来。国王在图中一角暴跳如雷,向太监发令;桌上有一根蓝的绳子,一个瓶,几付蓝的吊袜带和黄的丝带;王后在图的中央,倒在宫女们的怀中奄奄待毙;查第格横在她脚下,已经被绞死。旭日方升的远景,说明这惨酷的死刑要在太阳初放光芒的时候执行。图画好了,小哑巴赶去找阿斯达丹的一个宫女,把她惊醒,做手势要她马上把画送给王后。

半夜里有人敲查第格的门,把他叫醒,递给他王后的一封信。查第格疑心是做梦,双手发抖的拆开信来念了,大吃一惊;他的诧异,惊骇与绝望,简直无法形容。信上写的是:你得马上逃走,有人要来取你性命了。查第格,你逃罢;看在我们的爱情和我的黄丝带份上,你非听我的话不可。我自知无辜,但竟要含垢忍辱,负罪而死了。

查第格几乎连说话的力气都没有。他叫人把加陶找来,一声不出,给他看王后的信。加陶劝他照办,要他立刻取道上孟斐斯。他说:"倘若你大着胆子去见王后,等于要她快死;倘若去面奏王上,你还是送她性命。她的命运由我负责;你管你自己罢。我会透露风声,说你逃往印度。我不久就来找你,告诉你巴比仑的情形。"

加陶立即叫人在一道秘密的宫门口套好两匹最快速的单峰骆驼。他叫查第格上去,简直是抬上去的,因为他快死过去了。只有一个仆人陪查第格同走。加陶又惊骇又难过,一忽儿就不见了朋友的踪影。

那位逃亡的名人走到一座居高临下,俯瞰巴比仑的山岗边上,回头望着王后的宫殿,晕倒了;他醒来只有痛哭流涕,但求速死。他对于最可爱的女子和世界上第一位王后的惨酷的命运想了一阵,又回过来想到自己,叫道:"人生是怎么回事啊?德行啊德行!你对我有什么用?两个女人毫无廉耻的把我欺骗了;第三个清白无辜,长得还比别人好看,倒要死了!我做的好事对我全是祸根,我享的荣华富贵不过是叫我在苦海中陷得更深。要是我和别人一样凶恶,也就跟他们一样快乐了。"这些悲痛的感想把查第格压倒了;眼睛前面挂着一层痛苦的帘幕,脸白得象死人一样,整个的心陷入绝望的深渊,他继续往埃及道上进发。

九
挨打的女人

查第格照着星辰的方向赶路。猎户星和明亮的天狼星,指点他向加诺波口岸前进。他欣赏这些巨大的光球,虽则在我们的肉眼看来不过是些微弱的毫光;另一方面,我们的地球只是宇宙中细微莫辨的一个小点子,我们的贪心却把它看作广大无边,高贵之极。查第格想到人的实际情形,不过是些虫蚁挤在一颗小泥丸上互相吞食。这幅真切的图画使他发觉自己的生命和巴比仑的存在都是虚空的,也就把他的苦难一笔勾销了。他的心灵向着无垠的太空飞去,摆脱了肉体,只管对着宇宙之间永恒不变的法则出神。但等到神志清醒,感情回复的时候,他又想到阿斯达丹也许已经为他而死;广大的宇宙立刻消失,他在整个天地中只看见垂死的阿斯达丹和遭难的查第格。

他望着埃及边境进发,心里七上八下,一忽儿极其旷达,一忽儿痛苦难忍。忠心的仆人已经走进埃及境内第一个小村,替他找宿处去了。查第格向村子四周的花园信步走去,忽然看见大路近边有个女子哭哭啼啼,呼天叫地的喊救命。一个狂怒的男人在背后追着,把她追上了。她抱住男人的膝盖,男人把她又打又骂。查第格看了那男人的凶横和女的一再求告,懂得一个是拈酸吃醋,一个是另有所欢。女的长得娇艳动人，还有点象落难的阿斯达丹；查第格把她打量了一番，一边同情她，一边痛恨那埃及人。女的连哭带喊，叫着查第格："救救我啊！别让这野蛮的男人把我打死啊！救命啊！"

查第格听了，奔过去把身子挡在她和埃及人之间。他懂得一些埃及文，便用埃及话对他说："她是个女人，又长得这么好看，你要是还有点儿人性，得爱惜她才对，这样一件天生的宝贝扑在你脚下，只会啼哭，不会抵抗。你怎么能这样糟蹋她呢？"那疯狂的男人答道："啊！啊！原来你也喜欢她！那我就跟你算账。"他本来揪着女人的头发，那时却松开手，拿起标枪直刺过来，想一下子戳死外国人。查第格很镇静，毫不费事的躲过了疯子的袭击。他在靠近枪尖的一段上抓住标枪：一个想夺回，一个想抢下，把枪折成两截。埃及人掣出佩剑，查第格也身剑相迎；两人杀做一团。一个接二连三的猛攻，一个身手矫捷的招架。女的坐在草坪上整着发髻，看他们厮杀。埃及人更壮健；查第格更灵巧。他的手是听头脑指挥的；对方却象发疯一般，只凭着一股无明火乱攻乱打。查第格抢上一步，夺下他的武器。埃及人愈加怒不可遏，向查第格直扑过来；查第格趁势抱住，抓着他的身体翻倒在地，拿剑指着他胸口，要他讨饶。埃及人发了火，掏出匕首，正当查第格有心饶他的时候刺伤了查第格。查第格气忿之下，一剑戳进埃及人的胸口；埃及人惨叫一声，挣扎了一会，死了。

于是查第格走到那女的面前，声气柔和的说道："我逼得没有办法，只能把他杀了。我替你报了仇；我从来没见过这样蛮横的人，这一下你可逃出了他手掌。现在，太太，你还要我做些什么呢?"她回答:"坏蛋,我要你死!你杀了我的情人,我恨不得撕破你的心。"查第格道:"太太,你找的情人太古怪了;他拚命打你;因为你向我求救,他还要伤我性命。"女的大叫大嚷,说道:"他要能够再打我,我才高兴呢;那是我活该,是我惹起他的妒性来的。我要他打我,要他活过来,要你死!"查第格听了,觉得自己一辈子都没有这样的惊奇,这样的生气;他说:"太太,虽然你长得好看,可是荒唐透顶,不要说那个男人,连我也要揍你了;但我不愿意费这个劲。"说完,他跨上骆驼望村子进发。走不了几步,四个巴比仑差役的声音使查第格回过头去。他们骑着马飞奔而来。其中一个见了那女的,嚷道:"准定是她;她跟人家告诉我们的相貌很象。"他们不管地下的尸首,立刻抓着那女的。女的一叠连声的唤查第格:"侠义的外国人,再救救我罢!我刚才错怪了你,请你原谅。救救我罢,我一辈子跟着你好了。"查第格却没有兴致再为她打架,答道:"找别人去罢!我不再上你的当了。"

并且他受着伤,流着血,需要救护。四个巴比仑人大概是摩勃达王派来的,查第格见了也很惊慌。他赶紧向村子走去,猜不透那四个差役为什么要抓这个埃及女人,但他更奇怪的还是那女人的性格。

十
奴　役

查第格走进埃及的小村，就被村民围住。他们都嚷着："他拐走了美人弥苏弗，刚才又谋杀了克莱多斐斯！"查第格回答说："诸位先生，我要拐走你们的美人弥苏弗才倒楣呢！她太使性了。克莱多斐斯也不是我谋杀的，我不过是保护自己。他要杀我，因为他毒打弥苏弗，而我客客气气的替弥苏弗求情。我是外国人，到埃及来找个栖身的；我正要投奔你们，哪有先拐走一个女人，谋杀一个男人的道理？"

那时的埃及人是公正的，讲情理的。他们把查第格带往村公所，先包扎伤口，再把他和仆人分别盘问，调查真相。大家承认查第格不是凶手，但是犯了人命，依法应当罚作奴隶；两匹骆驼给卖了，拨充公款；带的黄金全部没收，分给村民。查第格和他的伙计被陈列在广场上公开标售。一个叫做赛多克的阿拉伯商人出价最高，买下了；但更能耐苦的仆人卖的价钱比主人贵得多。没有人把他们作比较。因此同是奴隶，查第格还得受他仆人管辖。他们脚上套着链条缚在一起，跟阿拉伯商人回家。查第格一路安慰仆人，劝他耐性，又照例对人生发表许多感想。他说："我走了背运，连累到你。至此为止，所有的事情，后果都奇怪得很。为了看到一只母狗走过，我付了罚金；为了葛里凤，我差点儿受洞腹之刑；因为写了诗歌颂王上，我被送上刑台；因为王后用了黄丝带，我几乎被绞死；这一次因为一个蛮子殴打情妇，我跟你一同做了奴隶。好罢，咱们别灰心；说不定会有出头的日子。做买卖的阿拉伯人非有奴隶不可；既然我跟别人一样是人，为什么不能跟别人一样当奴隶？这商人不会太狠心的；如果他要奴隶好好的当差，就得好好的对待奴隶。"他这么说着，心里却老在挂念巴比仑王后的命运。

过了两天，商人赛多克带着手下的奴隶和骆驼，向荒凉的阿拉伯进发。他的部落住在奥兰勃沙漠附近。路途遥远，又很艰苦。赛多克一路对查第格的当差比对查第格器重得多，因为当差套骆驼的本领比主人强得多；一切小恩小惠都是赏给他的。

离开奥兰勃只差两天路程了，死了一头骆驼；它驮的东西都分派给下人们负担；查第格也分到一份。赛多克看见所有的奴隶弓着背走路，不禁哈哈大笑。查第格不怕唐突，给他解释理由，告诉他平衡的原理。商人听了诧异，对他另眼相看了。查第格看到引起了他的好奇心，越发在这方面下功夫，告诉他许多与他买卖有关的知识；例如体积相同的各种金属与各种货物的比重，几种对人有用的动物的特性，怎样使无用的动物变成有用等等。后来赛多克觉得查第格竟是个大智大慧的人了。他原先很看重查第格的同伴，现在却更加喜欢查第格，待他很好；而赛多克的这番好意也没有落空。

回到自己的部落，赛多克向一个希伯来人讨五百两银子的债。借的时候有两个见证，都死了，没法再叫希伯来人认账。他吞没了赛多克的钱，感谢上帝给了他欺骗一个阿拉伯人的机会。查第格已经成为主人的顾问，主人便向他诉苦。查第格问："你在哪儿把五百两银子借给那骗子的？"赛多克回答："在奥兰勃山近边的一块大石头上。"——"你的债务人是怎么样的性格？"——"还不是骗子那种性格！"赛多克回答。——"我问他的脾气是急躁的还是冷静的，谨慎的还是冒失的？"——赛多克道："在所有赖债的人里头，他是最急躁不过的。"查第格便要求道："好吧，让我代你去向法官申诉。"他果然想法把希伯来人传到庭上，然后向法官说："当今圣主临朝，全靠大人代行公道。这个人欠我主人五百两银子，不肯归还，我代表主人追讨。"法官问："可有证人没有？"——"证人都死了；不过当时借款是在一块大石头上点交的；只要大人下个命令，叫人把石头搬来，我想上面一定有凭据。我和希伯来人都留在这儿，等石头搬来；搬运费可以归我主人负担。"——"好罢，"法官说着，先去审理别的官司了。

官司都审完了，法官问查第格："怎么！你的石头还没有搬来？"希伯来人笑道："大人等到明天，石头还不会来呢；它离开这儿有几十里地，要十五个人才能搬动。"查第格叫道："对啦，我早告诉大人，石头会作证的；他既然知道石头在什么地方，就是承认借款是在石头上点交的。"希伯来人听着慌了，一会儿只得全盘招认。法官判令把希伯来人缚在石头上，不给饮食，直到他把五百两银子偿还为止。他就很快的把欠款还清了。

奴隶查第格和大石头的故事，在阿拉伯名闻遐迩，大受重视。

十一
殉　夫

赛多克喜出望外,把查第格当作了知己。他和以前巴比仑王一样少不了查第格,查第格也因为赛多克没有娶老婆,觉得很高兴。他发见主人本性善良,非常正直,极明事理;只可惜他崇拜天神天将,就是说按照古代阿拉伯风俗,崇拜太阳,月亮和明星。查第格很婉转的和他谈过几次。最后告诉他,那些物体和别的物体并无分别,不比树木岩石更值得尊敬。赛多克道:"它们是永恒的生命,我们享受的好处全是它们的恩赐;它们化育万物,调节四时;并且和我们离得这么远,不由得我们不尊敬。"查第格答道:"红海的水把你的货物运往印度,给你的好处更多;难道红海就不象明星一样古老吗?如果你崇拜距离遥远的东西,就该崇拜地球边上的孟加拉的土地。"赛多克道:"话不是这么说的;明星的光太灿烂了,使我不能不崇拜。"当天晚上,查第格在平时和赛多克一同吃饭的帐幕里,点起大量的火把;主人一到,查第格便跪在蜡烛前面祷告:"永恒而灿烂的光明啊,求你永远保佑我。"说完,他坐下吃饭,对赛多克瞧都不瞧一眼。赛多克很诧异,问道:"你这是干什么?"查第格答道:"我跟你一样,我崇拜这些蜡烛,不把蜡烛的主人和我的主人放在心上。"赛多克体会到这个寓言的深意。他的奴隶的智慧渗透了他的心,他不再崇拜一般的物体而崇拜永恒的造物主了。

那时阿拉伯有个惨无人道的风俗,源出大月氏,由于婆罗门僧的影响,在印度已经根深蒂固,大有蔓延全部东方国家的危险。一个已婚的男人死后,他的爱妻倘要成为圣女,就得当众抱着丈夫的遗体一同烧死。这是一个庄严的典礼,叫做节妇殉夫。殉夫的寡妇最多的部落最受尊敬。赛多克的部落中有个阿拉伯人死了,他的寡妇阿莫娜是个虔诚的信女,宣布当于某日某时在鼓声与喇叭声中投火。查第格向赛多克解释,这个残酷的风俗与人类的利益完全不合;年轻的孤孀还能为国家生儿育女,至少也能抚养原有的孩子,不该让她们投火自焚。他劝告赛多克,要是可能,应当消灭这风俗。赛多克道:"妇女投火的习惯已经有一千多年。经过时间钦定的老规矩,谁敢变更?还有什么东西比古老的陋俗更不可侵犯的?"查第格答道:"要讲古老,理性更古老。你去和部落的首领说话;让我去见那个年轻的孤孀。"

他叫人带往寡妇家;先称赞她的美丽,博取她的欢心;再告诉她把这些迷人的风韵付之一炬是多么可惜;然后赞美她的贞节和勇气。他说:"想来你是极爱你的丈夫了?"那阿拉伯女子回答:"才不爱呢。他是个又粗暴,又嫉妒,叫人受不了的汉子;可是我拿定主意要跟他一同火葬。"查第格道:"那末一个人活活烧死,想必是有说不出的乐趣了。"那太太说:"啊!我一想到就心惊胆战;但是非如此不可。我是信女,不殉葬就要名誉扫地,受众人耻笑。"查第格向她解释,她的殉葬是为了别人,为了虚名。接着又和她谈了半天,使她不但对人生有所留恋,甚至对和她谈话的人也有了好感。查第格问她:"要是你肯放弃殉葬的虚名,打算怎么办呢?"那太太回答:"唉!我想会要求你跟我结婚的。"

查第格一心一意只想着阿斯达丹,把话支开去了。但他立刻去见部落的首领,告诉他经过情形,劝他们定下规矩,寡妇先得跟一个青年男子单独谈过一小时话,才准她殉葬。从此以后,阿拉伯就没有一个投火的妇女。这个残酷的风俗流行了千百年,靠查第格一人之力,一日之间就取消了。可见他是阿拉伯的恩人。

十二
晚　餐

　　赛多克觉得查第格浑身都是智慧，再也少他不得，带着他去赶巴左拉的庙会；那是个大集，世界各地的富商巨贾无有不到的。查第格看见这么多地域不同的人会齐在一处，非常快慰，觉得世界是个大家庭，在巴左拉团聚。第二天，他就在饭桌上遇到一个埃及人，一个孟加拉地方的印度人，一个汉人，一个希腊人，一个赛尔特人，还有几个别的外国人，都是常到阿拉伯海湾来作客，懂阿拉伯文，能彼此通话。埃及人好象火气十足，说道："巴左拉这地方太可恶了！我带着天下最贵重的宝贝，讨价一千两金子都没人要。"赛多克问："怎么啦？是什么宝贝，人家不肯出这个价呢？"埃及人回答："是我姑母的遗体。她生前是全埃及最好的女人，一向和我在一起；这回死在路上，我把她做成一具最讲究的木乃伊；在我们国内拿它做抵押品，要什么就有什么。真怪，这儿的人看到这样可靠的货色，连一千两金子都不愿意给。"他一边气恼，一边正要动手吃一只白煮肥鸡；印度人却抓着他的手，痛苦万分的嚷道："啊！你这是干什么呢？"那个带着木乃伊的人回答："吃鸡啊。"孟加拉人道："使不得，使不得。说不定亡人的灵魂转生在这只母鸡身上，你总不愿意冒险吃你的姑母吧？何况吃鸡明明是不敬天地。"容易动火的埃及人说:"什么吃鸡不敬天地,这话是什么意思?我们崇拜牛,我们照样吃。"印度人道:"崇拜牛?怎么可能呢?"埃及人答道:"太可能了。这习惯,我们已经有了十三万五千年,谁也没说过一句话。"印度人道:"啊!十三万五千年!这数目未免夸张了些。八万年以前,印度地方才开始住人,可是我们确实比你们古老。婆罗门神禁止我们吃牛的时节,你们还没想到把牛放到祭坛上跟肉叉上去呢。"埃及人道:"比起我们的阿比斯神①,你们的婆罗门简直是可笑的混蛋!他做过什么了不起的事?"婆罗门教徒回答:"婆罗门教人识字,教人写字;全世界的人会下棋,也是出于他的传授。"坐在旁边的一个加尔提人插嘴道:"你错了;这些功德都是圣鱼奥奈斯赏赐我们的,敬它才是正理。谁都会告诉你,这位神道长的好漂亮的人头,后面有条金色的尾巴;每天出水三小时向人间布道。它有好几个孩子,大家都知道是国王。我家里供着它的像,向它虔诚顶礼。牛尽吃不妨;吃鱼可是大不敬;并且你们两人出身太低,辈分太晚,没资格跟我争辩。埃及人的历史只有十三万五千年,印度人也只夸口说八万年;我们却有四十万年的历本。相信我的话罢,放弃你们的邪教;我可以送你们美丽的奥奈斯神像,每人一幅。"

汉人开言道:"我十二分敬重埃及人,加尔提人,希腊人,赛尔特人,婆罗门神,圣牛阿比斯,美丽的奥奈斯鱼;但也许理或者象有些人所谓的天,跟牛和鱼一样有价值。我对本国一字不提;它的土地有埃及,加尔提和印度合起来那么大。我不争论立国的

---

① 阿比斯为古代埃及人崇拜的圣牛。

古老；人只要快乐，古老没有什么相干。但要提到历本的话，整个亚洲都是用我们的，而且加尔提人还不会做算术的时候，我们已经有了完美的历法。"

希腊人叫道："你们这批人太没知识了。难道你们不知道混沌为万有之母，不知道这个世界是形与物造成的吗？"他说了半天，被赛尔特人打断话头。赛尔特人在大家争辩的时候喝了很多酒，便自以为比谁都博学。他连咒带骂的说，值得谈论的只有条太斯和橡树上的寄生树；①这寄生树，他是随身带着的。从古以来，世界上只有他的祖先大月氏人是好人；固然他们吃过人，但不能因此而不尊敬他们的民族。谁要毁谤条太斯，非受他一顿教训不可。说到这儿，大家争论激烈；赛多克眼看饭桌要变成战场了。自始至终不出一声的查第格，终究站起来，先向火气最盛的赛尔特人开口，说他理由充足，向他要了寄生树；然后把希腊人的辞令恭维了一阵，又平了众人的怒气。查第格对汉人只说寥寥几句，因为他是全场最讲理的一个。接着他对大家说道："诸位朋友，你们差点儿白吵一场；你们的意见原是一致的。"听到这句，他们一齐嚷起来。查第格对赛尔特人道："你崇拜的并非寄生树，而是寄生树和橡树的创造者，可不是？"赛尔特人回答："当然啰。"——"至于你，埃及先生，大概你是借了某一种牛，敬一个给你们生许多牛的主宰吧？"——"是的。"埃及人回答。查第格又道："比圣

---

① 条太斯为一切高卢人信奉的最高的神道。橡树上的寄生树，名叫"琪"，为高卢人的圣树。赛尔特为印度—欧罗巴族之一支，史前即有大规模的移民运动；后遍及中欧，高卢，西班牙，及不列颠岛屿；终被罗马人同化。

41

鱼奥奈斯更尊贵的是创造鱼和水的主宰。"加尔提人道："我同意这话。"查第格往下又说："印度人和汉人，跟你们一样承认有个万物的本原；希腊人的高论，我听不大懂，但我断定他也敬重一个造出形与物的，最高的主宰。"大家钦佩的希腊人说查第格完全了解他的思想。查第格便接口道："可见你们的意见都一样，没有什么可争执的。"在场的人都拥抱查第格。赛多克的货卖了很高的价钱，带着朋友查第格回部落去了。查第格一到，知道他出门的时期被人告了一状，要用文火把他烧死。

十三
约　会

　　查第格去巴左拉旅行的时期,供奉星辰的祭司们决定要惩罚他。向例,祭司们把青年孤孀送去殉葬以后,遗下的珠宝首饰都归他们所有。查第格跟他们捣乱,罚他受火刑还是最客气的呢。他们控告查第格对天神天将不怀好意;他们出面作证,赌神发咒的说听他讲过,星辰早上不是落到海里去的。这种大逆不道的言论,把法官们气得浑身发抖,差点儿把衣服都撕破;倘若查第格有钱赔偿,他们早就撕破了;但他们极度悲愤之下,仅仅判决把查第格用文火烧死。赛多克又惊又急,到处买面子,托人营救,可是没用;后来连他自己也不敢开口了。那时,年轻的寡妇阿莫娜觉得活着很有意思,对查第格感激不尽;她听了他的解释,已经明白烧死活人的害处,便拿定主意不让查第格受火刑。阿莫娜只在心中盘算,不露一点风声。查第格第二天就要处决,阿莫娜只有当夜营救。这慈悲而细心的女人便想了这样的办法。

　　她搽了香水,装扮得极其风流极其华丽,愈加衬托出她的美,跑去见那供奉星辰的大司祭,要求密谈。到了那位年高德劭的长老前面,她道:"大熊星的长子,金牛星的兄弟,天狼星的堂弟(这都是大司祭的尊号),我要告诉你我心中的顾虑。我没有和亲爱的丈夫一同火葬，恐怕是犯了滔天大罪。真的，我有什么东西值得保存呢？不过是一堆早晚要腐烂，而现在已经凋残的肉。"她撩起丝衫的长袖，露出雪白耀眼，非常好看的手臂。她说："你瞧，这还有什么可留恋的？"大司祭心中觉得大可留恋；他先用眼睛表示，又用嘴巴证实，赌咒说他一辈子也没见过这样美的胳膊。寡妇叹道："也许手臂不象别的部分那么丑；但你不能不承认，我的胸部的确不值得爱惜。"于是她露出一对天下无双的乳房。跟它相比，便是象牙球上放一颗蔷薇花苞，也只等于黄杨木上插一根茜草；而刚洗过澡的羔羊也好象是黄里带黑的了。除了这酥胸以外，她的脉脉含情的大黑眼睛射出温柔的火焰；鲜艳的绯色和纯洁的乳白色在她脸上交相辉映；鼻子决不象里庞山上的高塔；嘴唇好比两行珊瑚礁，藏着阿拉伯海中最美的珍珠。老司祭看着，觉得自己返老还童，只有二十岁了。他结结巴巴说了几句痴情话。阿莫娜看他动了火，趁此替查第格求情。他说："唉！美丽的太太，即使我答应饶他也无济于事；赦免状还得我另外三个同事签字。"阿莫娜道："不管，你签了再说。"祭司道："我很愿意，只要你肯行个方便，作为我通融的代价。"阿莫娜道："这是承蒙抬举了；请你等太阳下山，明亮的希德星在天边出现的时候上我家去；我准定在一张粉红色的沙发上恭候，象奴婢一样的听你摆布。"她带着签过字的赦免状走了；丢下那老人在那里神魂颠倒，唯恐精力不济。直到晚上，他都忙着洗澡，喝一种用锡兰的桂皮，跟提多累和德拿特两处最名贵的香料合成的酒，好不心焦的等希德星出现。

美丽的阿莫娜跑去见第二位祭司。这祭司向她保证，说太阳、月亮、明星和天上所有的光辉，跟她迷人的风韵相比，不过是些磷火罢了。阿莫娜替查第格求情,对方要她付代价。阿莫娜应允了,约他在阿日尼勃星升起的时候相会。从第二位祭司家出来,她又去见第三第四位祭司,要他们签字,挨着一颗颗星定了约会。然后她叫人通知法官,说有要事请他们到她家里去。他们来了;阿莫娜拿出四个人的签字,说出祭司们为了赦免查第格所勒索的代价。一个一个祭司都来准时赴约,一个一个祭司都很惊奇,不但遇到了同事,还有法官在场,不禁满面羞惭。查第格得救了。赛多克对阿莫娜的智巧钦佩不置,娶了她做老婆。查第格扑在救命的美人脚下谢了恩,动身往别处去。赛多克和他两人临别哭了一场,发誓结为生死之交,相约谁要发了大财,一定和朋友共享。

查第格往叙利亚方面走去,始终挂念遭难的阿斯达丹,也始终想着那老是捉弄他、磨难他的命运。他说:"怎么!看见一只母狗走过,就得出四百两金子!写了四行打油诗歌颂国王,就得砍头!因为王后的拖鞋和我的便帽颜色相同,就得绞死!救了一个挨打的妇女,就得当奴隶;又因为救了阿拉伯所有青年孤孀的性命,差点儿被活活烧死!"

十四

强　盗

将近贝德累—阿拉伯[①]和叙利亚接壤的边界上,查第格走过一座相当坚固的宫堡;里面走出一群阿拉伯人把他团团围住,喝道:"你的财物都是我们的,你的人是我们主人的。"查第格一言不答,拔出剑来;他的仆人也有胆量,跟着拔剑。为首的几个阿拉伯人冲上来,被他们刺死了;围攻的人越来越多;他们俩毫不惊慌,决意周旋到底。两人抵抗一大群人,这样的战斗当然不能持久。宫堡的主人叫做阿蒲迦,从一扇窗里看见查第格勇猛非凡,动了敬爱之心。他急忙赶来,拨开手下的人,救出两位旅客。他说:"打我地面上过的都是我的,我在别人土地上碰到的也是我的。但看你是个好汉,我为你破一次例。"他叫查第格进入宫堡,吩咐从人好好款待。晚上,阿蒲迦请查第格一同吃饭。

宫堡里的王爷是那种所谓绿林大盗的阿拉伯人;但他在许多坏事中间也偶尔做些好事;他狠命的抢劫,大量的施舍;行事不顾一切,待人倒还温和;大吃大喝的时候,心情十分快活,尤其是爽直无比。他对查第格颇有好感,查第格谈锋越来越健,一顿

[①] 贝德累—阿拉伯是阿拉伯半岛上一大片多石而荒瘠的高原。

饭直吃了半天。最后阿蒲迦说道："我劝你在这儿入伙罢；包你找不到更好的出路；这行业不坏，将来你也能跟我一样。"查第格道："请问你这高尚的行业干了多久啦？"王爷回答："我年纪轻轻就干了。我先在一个精明的阿拉伯人手下做跟班，苦不堪言。眼看人人有份的地面上，命运就没给我留下一份，我灰心透了。我把心中的苦恼告诉一个阿拉伯老头；他说：'孩子，别灰心。从前有一颗沙子，自叹不过是沙漠之中一个无声无臭的原子；过了几年，这沙子变成钻石，现在做了印度王冠上最美的装饰品。'这话打动了我的心；我本来是沙子，可是决心要变做钻石了。我先抢了两匹马，再纠合一些伙伴，装配起来，居然有了拦劫小队客商的实力。这样，我与众人之间财富的距离就逐渐消灭。世界上的财宝，我也有份了，不但得了补偿，还加上厚利：大家对我很敬重；我做了打家劫舍的大王，强占了这座宫堡。叙利亚总督想从我手里夺去；但我已经财源充足，不用害怕；我送了总督一笔钱，把宫堡留下了，又扩充了地盘。总督还派我替王上掌管贝德累—阿拉伯地区的赋税。我尽了收税的责任，可不管缴税的义务。

"巴比仑的大都督以摩勃达王的名义，派一个小官儿来想把我绞死。那家伙带着命令来了；我早已得到消息；先当他的面把他带来的四个帮手勒死；然后问他绞死了我，他能到手多少钱。他说大概有三百金洋。我叫他明白跟着我好处更多。我收他做了副头领，如今是我手下最得力的一个头目，也是最有钱的一个。你要相信我的话，可以跟他一样得意。自从摩勃达王被杀，巴比仑大乱之后，打劫的时机再好没有了。"

查第格道:"摩勃达王被杀了!王后阿斯达丹又怎么啦?"阿蒲迦回答:"不知道。我只晓得摩勃达王发了疯,被人杀了,巴比仑秩序大乱,全国各地都遭了破坏。我已经捞进不少,好买卖还有的是。"查第格道:"可是王后呢?难道你一点不知道她的下落吗?"他回答:"有人提到一个叫做伊尔加尼的诸侯;王后不在大乱中送命,便是被伊尔加尼掳去作了妃子。不过我关心的是财物,不是新闻。我几次出马,也掳了些妇女,可是一个不留,有些姿色的都卖了好价,从来不追究她们姓甚名谁。买主不买出身;哪怕是王后,长得难看也没人要。说不定阿斯达丹王后是我手里卖出去的,也说不定早已死了。我不管这些,我看你也犯不上比我多操心。"阿蒲迦这么说着,喝酒喝得那末勇猛,终于思路不清,查第格什么话都问不出来了。

他垂头丧气,失魂落魄,呆着不动了。阿蒲迦一边喝酒,一边胡说八道,口口声声自称为天下最有福的人,还劝查第格想法跟他一样快活。末了他迷迷糊糊的有了醉意,上床做他的好梦去了。查第格心惊肉跳,打熬了一夜。他说:"怎么!国王发了疯?被人杀死了?我还不免可怜他呢。国家大乱,这强盗倒逍遥快活。命运啊命运!强盗得福,天生的最可爱的人偏偏遭了惨死,或者活着而比死还难受。噢,阿斯达丹!你究竟怎么啦?"

天一亮,查第格在宫堡里逢人便问;但大家都忙着,谁也不理他;半夜里又抢到一批财物,正在分赃,乱哄哄的闹成一片。他们只答应他一件事,就是准他上路。他趁此机会,连忙动身;但是许多痛苦的感想使他更加丧气了。

查第格走在路上又急又慌,脑子里想的无非是遭难的阿斯达丹，巴比仑的国王，朋友加陶，快活的强盗阿蒲迦，被巴比仑差官在埃及边境抓去的使性女人，还有他自己身受的种种不幸和阴错阳差的倒楣事儿。

十五
渔　夫

离开阿蒲迦的宫堡一二十里,查第格走到一条小河边上,老是怨命,自认是受尽苦难的典型。他看见一个渔夫躺在河滨,眼睛望着天,有气无力的拉着一个网,好象扔在那里不管似的。

渔夫说:"我真是天底下最苦的人了。大家公认我是巴比仑最出名的乳酪商,现在可倾家荡产了。我的老婆是我这等人所能娶到的最好看的女人,可是她把我欺骗了。我剩下一所破房子,却眼看它抢得精光,毁掉了。我躲在茅蓬里,只能靠打鱼为生,可是一条鱼都捉不到。鱼网啊鱼网!我不叫你下水了,还是我自己投河罢。"说着他站起身子向前,好象要投水自尽的样子。

查第格心上想:"怎么!还有人跟我一样倒楣!"感慨之下,立刻有了救人的念头。他奔上去拦着渔夫,用同情和安慰的神气盘问。据说一个人只要不是单独受难,痛苦就会减轻。查拉图斯脱拉认为这倒不是由于幸灾乐祸,而是由于需要。你会把不幸的人当作同胞一般亲近。幸运儿的快乐对你近于侮辱;但两个可怜虫好比两株嫩弱的小树靠在一起,互相倚傍着抵抗大雷雨。

查第格问渔夫:"你为什么向苦难屈服呢?"渔夫回答:"因为我无路可走了。在巴比仑郊外的但尔巴克镇上,我原是数一数二的人物。老婆帮我做的干乳酪可以说全国第一；阿斯达丹王后和有名的宰相查第格，都喜欢吃。我供给了他们六百块。有一天我进城收账，到了巴比仑，知道王后和查第格都失踪了。我从来没见过查第格大人，我赶到他府上，碰见大都督的一班弓箭手，带着王上的诏书，正在那里忠心耿耿的，有条有理的抢劫。我奔到王后的御膳房：有几位掌膳大臣说王后死了；另有几位说她关在牢里；还有说她逃走的；但他们一致担保，谁也不会付我的乳酪账。我带着我女人到另一位主顾奥刚大爷府上，求他可怜我们走了背运，请他照顾；他照顾了我女人，可不照顾我。乳酪原是我的祸根，但我女人比她做的乳酪还白，白里泛出来的红光，便是泰尔城出的朱砂也未必能胜过。就为这缘故，奥刚把她留下，把我逐出大门。我痛不欲生，给我亲爱的妻子写了一封信。她对送信的人说：'啊，是的，我知道这写信的人，人家跟我提过：听说他做的一手好乳酪，叫他给送点来，钱照给就是了。'

"我倒了楣，想告状。身边只剩六两金子：替我出主意的讼师要我二两，经办案子的检察官要二两，首席法官的书记要二两。这些费用交清了，案子还没开审；我花的钱已经超过我的乳酪和老婆的价值。我回到村里，打算卖掉屋子，要回老婆。

"屋子明明值六十两金子，但人家知道我穷，又急于脱手。我找的第一个买主出价三十两，第二个二十两，第三个十两。我没了主意，正想成交；不料伊尔加尼的诸侯来攻打巴比仑，过一处抢一处，把我的屋子先抢光了，又放火烧了。

"我丢了钱，丢了屋子，丢了老婆，躲到这地方来想靠打鱼过活；谁知道鱼跟人一样跟我开玩笑。我一条都捉不到，饿得要命；

不是遇到你大恩人，我早死在河里了。"

渔夫这番话不是一口气说的；因为查第格激动非凡，不时打断他的话，紧钉着问："怎么！你完全不知道王后的下落吗？"渔夫回答："不知道，大人；我只晓得王后和查第格不付我的乳酪账；我只晓得人家抢走我的老婆，只晓得我走投无路。"查第格道："我希望你的钱不至于全部落空，听说查第格是个君子；他想回巴比仑，要是能回去，除了还你的旧账，还会给你更多的钱。可是你的女人并不怎样老实，还是不要讨回了罢。听我的话，上巴比仑去；我比你先到，因为我骑马，你走路。你去见那位赫赫有名的加陶，告诉他说你遇到了他的朋友；你在他家里等我。好罢，也许你会有苦尽甘来的日子。"

接着他又道："噢，法力无边的奥洛斯玛特大神，你利用我来安慰这个人，你又派谁来安慰我呢？"查第格说着，把从阿拉伯带来的钱分了一半给渔夫；渔夫又惊又喜，吻着加陶的朋友的脚，说道："啊，你真是我的救命星君！"

查第格老是向渔夫打听消息，流着眼泪。渔夫叫道："怎么！大人，难道你这个大善士也有痛苦吗？"查第格回答："比你还痛苦百倍。"——"一个施舍的人怎么会比一个受恩的人更可怜呢？"——查第格答道："因为你最大的痛苦是在于生活，我的不幸在于感情。"渔夫问："是不是奥刚抢走了你的太太？"这句话使查第格想起所有的遭遇，说出他一桩桩的祸事，从王后的母狗起，到遇见强盗阿蒲迦为止。他对渔夫说："奥刚应该受罚。但命运偏疼的往往就是这等人。不管怎样，你去见加陶大人，在他家等我罢。"两人就此分手：渔夫一边走一边感谢命运，查第格一边走一边怨恨命运。

十六
四脚蛇

他走到一片美丽的草原上,看见好些妇女专心一意的在那里找什么东西。他大胆走近去,问一个女的可不可以让他帮着找。那叙利亚女人答道:"不行;我们找的东西是男人碰不得的。"查第格说:"怪了;能不能请你告诉我,男人碰不得的是什么东西?"她说:"是四脚蛇。"——"是四脚蛇吗,太太?请问为什么要找四脚蛇?"——"为了我们的主子奥瞿大人;你不看见草原尽头,河边上有座宫堡吗?那就是他的府上。我们是他手下低微的奴隶。奥瞿大人病了,医生要他吃一条用玫瑰香水煎的四脚蛇。四脚蛇很少见,并且只有女人能捉到;所以奥瞿大人出了赏格,我们之中谁要捉到一条四脚蛇,他就娶做夫人。请你别打搅我;因为你瞧,要是我的同伴占了先,我的损失就大了!"

查第格丢下这叙利亚女人,让她和别的妇女找她们的四脚蛇;他继续在草原上走去。到一条小溪旁边,看见另外有个太太躺在草地上,根本不找四脚蛇。她长得气宇不凡,但是戴着面网。她对着小溪弯着腰,长吁短叹,手里拿着一根小棒,在草原和小溪之间的细沙上划来划去。查第格为了好奇,想看看她写些什么;他走近去,先看到一个 Z 字,又是一个 A 字,大为惊奇;接着又看到一个 D 字，查第格不由得打了个寒噤。等到他姓名的末了两个字母出现，他的诧异真是从来未有的了。他先呆了一会；然后声音断断续续的问道："噢，慈悲的太太，请你原谅一个落难的异乡人问句话：怎么有这等怪事，你的美丽的手会写出查第格这个姓氏？"一听这声音，一听这几句，那太太手指颤巍巍的撩起面网，瞧着查第格，又感动、又惊奇、又快乐的叫了一声：种种感触一时涌上心头，她支持不住，倒在查第格怀里昏迷了。原来她就是阿斯达丹，就是巴比仑的王后，就是查第格责备自己不该爱的爱人，就是查第格为之痛哭，为她的遭遇担惊受怕的人。查第格也失去了知觉；一会儿醒过来，只见阿斯达丹有气无力的睁开眼睛，又是羞怯又是怜爱。查第格叫道："噢！各位不朽的神明！弱小的人类，命运都操在你们手里。你们居然把阿斯达丹还给我了吗？想不到在这个时间，这个地方，这个情形之下和她相会！"他跪在阿斯达丹面前，把头碰着尘土。王后扶他起来，教他在小溪旁边挨着她坐下。她把眼睛抹了又抹，只是流不完的眼泪。她几次三番开口，几次三番被呜咽声打断。她问查第格他们怎么会相遇的；查第格来不及回答，她又问别的事了。她才开头诉说自己的苦难，忽然又想知道查第格的苦难。等到两人激动的心情平静了些，查第格方始三言两语，说出他走到这片草原上的缘由。"可是，不幸的可敬的王后！您怎么会待在这个偏僻的地方，穿着奴隶的服式，跟那些听着医生嘱咐，找四脚蛇的女奴做伴的呢？"

美丽的阿斯达丹说道："趁她们找四脚蛇的时候，让我把所受的罪和所有的遭遇统统告诉你。我直到与你相会之后，才原谅上天给我吃了那些苦。你知道王上看到你是天下最可爱的男人，大不乐意；为了这缘故，有天夜里他决计把你绞死，把我毒死。你也知道，靠天照应，我那个小哑巴把国王的命令通知了我。忠心的加陶逼你听我的话逃走以后，立即从暗门进入宫内，把我带走，送往奥洛斯玛特神庙。加陶的哥哥是庙里的祭司，把我藏在一尊魁梧的神像里头，神像的头碰到庙顶，下面直到庙基。我待在那儿象活埋一样，但有祭司服侍，生活所需，一应俱全。第二天清早，太医拿着四种毒药和鸦片合成的药酒，进我的寝宫；另外一个官员拿了蓝帛上你家去；都扑了空。加陶为了骗王上，假装去告发我们，说你取道上印度，说我逃往孟斐斯。王上就派武弁去追。

"缉捕我的差役不认得我。我一向只对你一个人露面，还是在御前，奉了王上的命。所以他们只能凭着口述的相貌来追我。到了埃及边境，他们瞧见有个女人和我身材相仿，也许比我更有风韵，在路上哭哭啼啼的徘徊。他们断定她就是巴比仑的王后，带她去见摩勃达。摩勃达发现他们认错了人，先是大发雷霆；但过了一会，把那女的细看之下，觉得她长得很美，也就平了气。她名叫弥苏弗。我后来听说，这名字在埃及文中的意思是使性的美人。果然，她名不虚传；但她笼络男人的本领不亚于她的使性。她得了摩勃达的欢心，把他收拾得服服帖帖，居然做了他的妻子。从此她本性毕露，毫无顾忌的逞着荒唐的念头胡作非为。大司祭年纪大了，又害着痛风症，弥苏弗强迫他表演跳舞；大司祭不肯，她便百般虐待。她又要大司马做一种包馅子的点心。大司马说他不是点心司务，可是没用，非做不可；他丢了官，因为把点心烤焦了。弥苏弗叫侍候她的一个矮子当了大司马，派一个侍从当了枢密大臣。她就是如此这般的治理巴比仑的。百姓们都怀念我。国王在没有想到把我毒死,把你绞死之前,还算为人正直;一朝宠幸了使性的美人,爱情把他的德性淹没了。圣火节那天,他到庙里来。我看见他跪在我躲藏的神像前面为弥苏弗祈福。我提高着嗓子,向他叫道:你想谋害一个安分守己的女子,娶上一个无法无天的泼妇;你已经变成暴君,神明不会再接受你的祈祷了。摩勃达听了好生惭愧,心都乱了。从我嘴里出来的神示和弥苏弗的专横,吓得摩勃达神魂颠倒,不多几天就发了疯。

"国王的发疯成为全国叛乱的信号,因为百姓都觉得他是受了上天的惩罚。大家抢着武器,纷纷造反。养尊处优,承平日久的巴比仑,一变而为互相残杀,惨不堪言的战场。我被人从神像底下拉出来,做了一个党派的领袖。加陶赶往孟斐斯,找你回巴比仑。伊尔加尼的诸侯听到这些消息,又带着军队到加尔提来成立第三个党派。他攻打国王;国王带着荒唐的埃及女人迎战,死于乱枪之下;弥苏弗落在敌人手里。我不幸也被伊尔加尼的党羽掳去,恰好跟弥苏弗同时带去见那位诸侯。他说我比埃及女人更漂亮;你听了这话一定很得意,可是你马上要生气的,因为他把我派入后宫。他很坚决的和我说,等他就要发动的一仗打完之后,就来找我。你想我那时多么痛苦。我跟摩勃达已经毫无关系,满可以和查第格结合了,谁知又给这蛮子套上锁链。我凭着我的身份和志气,尽量拿出我的高傲来跟他顶撞。我一向听说,像我这等人物自有一种天生的威严,一开口,一瞪眼,就能叫胆大妄为的人俯首帖耳。当时我用王后的口气说话,不料人家把我当作侍女看待。伊尔加尼诸侯连话都不屑和我说,只告诉他的黑人太监,说我狂妄无礼，但长得还好看。他吩咐黑太监好生照料，起居饮食和别的宠姬一样，为的是要把我调养得皮肤娇嫩，等他有便光顾的时候，不至于辱没他的恩泽。我说要自杀；他笑着回答说不会的，这一套玩意儿，他早已见惯。他走开的时候得意扬扬，好象把一只鹦鹉关进了笼子。你看，一个天下第一位的王后，而且一心向着查第格的人，竟然落到这步田地！"

听了这两句，查第格跪在阿斯达丹面前，在她膝上洒满眼泪。阿斯达丹不胜怜爱的把他扶起，接着说："我眼看跳不出蛮子的掌心，还有一个妖精般的女人和我关在一起，把我当作情敌。她和我讲她在埃及的事。她所描写的你的相貌，事情发生的时期，你骑的单峰骆驼，还有其他的情形，都使我断定为她打架的人就是查第格。我认为你一定在孟斐斯，便决计逃往那儿。我对她说：'美丽的弥苏弗，你比我风趣得多，更能替伊尔加尼消愁解闷。你还是帮我逃走，那就是你一个人的天下了；你摆脱了情敌，又促成了我的幸福。'弥苏弗果然帮我出谋划策。我便带着一个埃及女奴，私下逃了。

我快到阿拉伯了，忽然被一个出名的强盗，叫做阿蒲迦的掳去，卖给一批商人；他们又送我进这座奥瞿大人住的宫堡。他买我下来，并不知道我是谁。这家伙生性好吃，一味讲究珍馐美馔，以为上帝生他下来就是为的吃喝。他胖得不可收拾，往往喘不过气来。消化正常的时候，他从来不听医生的话；一朝吃坏了，就任凭医生摆布。这回他信了医生的话，以为吞一条用玫瑰香水煎的四脚蛇，就能治病。因此奥瞿大人许下愿心，女奴之中谁要捉到一条四脚蛇，就能做他的夫人。你瞧，我不是让她们去立功吗？而且自从上天保佑，和你相遇之后，我更没意思去找那四脚蛇了。"

长期压制的心意，两人的苦难和深情，在高尚热烈的心中自然引起许多感触；阿斯达丹和查第格把这些感触诉说完了，又被执掌爱情的天神把他们的话传到维纳斯耳里。[①]

那些妇女一无所获，回到奥罢的宫堡。查第格上门求见，对奥罢说道："但愿上天降福，保佑您终身安泰！我是医生，听说贵体违和，特意拿着一条用玫瑰香水煎好的四脚蛇赶来。我并不想嫁给您，只求您释放一个巴比仑的青年女奴，她到府上才不过几天。倘若我不能治好你大人的贵恙，我情愿代她在府上当奴隶。"

这个提议被接受了。阿斯达丹带着查第格的仆人动身往巴比仑，答应随时派人送信，报告那边的情形。他们俩的告别和相会一样多情。正如《藏特经》上说的，离别和聚首是人生两个最重大的时间。查第格爱王后的心，和他的海誓山盟一样深；王后爱查第格的心，比她嘴里说的还要热。

然后查第格对奥罢说道："大人，我的四脚蛇不是给人吞服的，它的药性必须由您的毛孔吸收；我把它装在一只吹饱了气的口袋里，口袋外面包着一层细腻的皮。您得使尽气力推这个袋，我再把袋扔还给您，这样一来一往要做好几遍：几天之后，您就可看出我的医道如何。"

第一天，奥罢弄得上气不接下气，累死了。第二天，他疲劳略减，睡得好一些。不到八天，他的精力，健康，轻快的心情，

[①] 希腊神话以维纳斯为执掌爱情之神。

一齐恢复，和年富力强的时代一样。查第格对他说："这是因为您抛了皮球，饮食有了节制。奉告大人：天底下并没有什么四脚蛇；①只要经常运动，饮食有度，就能长保康宁。要求滥吃滥喝和身体强壮两全的办法，正和点铁成金的丹方，占星术与祭司们的神学同样的虚妄。"

奥瞿手下的大医官觉得查第格对医学界是个很大的威胁，便跟药剂师联合一致，预备打发查第格到另一个世界去找四脚蛇。老是行善得祸的查第格，为了治好一个贪嘴的贵人，又要性命不保了。他们办了一桌精美的酒席请他，预定在第二道菜上把他毒死；但吃到第一道，来了阿斯达丹的信差。查第格离开饭桌，动身了。伟大的查拉图斯脱拉说过："一个人有了美女垂青，往往能逢凶化吉。"

---

① 这里所谓四脚蛇，是传说中近乎四脚蛇的一种怪兽。

十七
比　武

　　象美丽而落难的后妃一样，阿斯达丹王后回到巴比仑大受欢迎。城中已经比较安定。伊尔加尼的诸侯在某次战役中阵亡了。巴比仑人得胜之余，宣称要挑选一位国君与阿斯达丹结为夫妇。巴比仑的国王兼阿斯达丹的夫君这个天下第一的名位，谁都不愿意让阴谋与党派操纵。大家发誓，非立一个智勇双全的人不可。当下在离城一二十里的地方辟了一个大校场，四周搭起华丽的看台。选手穿着全副武装到场，各人在看台后面有间独立的卧房，不准外人与他相见或是相认。竞赛的项目是先跟四个骑士格斗，再由四战四胜的人互相角逐，以压倒群雄为优胜。优胜的人过四天再来，穿着原来的盔甲，解答祭司们的谜语。解答不出的取消资格。还得重新比武，直到选出一个文武两场都获优胜的人为止；因为群众决定要立一个智勇双全的国王。比赛期间，王后从头至尾都受着严密的监视，只许戴着面网观战，不能和选手交谈，免得有偏袒不公之事。

　　这便是阿斯达丹报告查第格的消息，她只希望查第格为了她拿出勇气和才智来压倒众人。查第格立即动身，暗中求告爱神维纳斯加强他的勇气，增长他的智力。大会前日，他到了幼发拉底河边。他把自己的徽号,跟别的选手的徽号在一处登记了;然后按照比赛规则,隐着姓名,遮着面部,到抽签排定的房内歇息。查第格的朋友加陶,在埃及白找了他一场,回到巴比仑,叫人把王后赠送的全副盔甲送进他的卧房,还代王后牵来一匹最好的波斯马。查第格看出礼物是阿斯达丹送的,他的勇气与爱情也就添加了新的力量与新的希望。

第二天,王后坐在满缀珠宝的华盖之下;四周的看台上挤满了巴比仑所有的妇女和各个阶级的人。选手登场,把各人的徽号放在大司祭脚下,听候抽签。查第格抽在最后。第一个上场的是个家财富有的贵人,名叫伊多巴,虚荣透顶,胆子很小,身手笨拙,毫无头脑。手下的奴仆说象他这样的人应当做国王,他答道:"是的,象我这样的人应当统治天下。"他便从头到脚武装起来:披着黄金的战袍,外浇绿色珐琅,头盔上插着绿色羽毛,枪上缀着绿色丝缨。但看伊多巴骑马的架式,便知巴比仑的王位,上天决不是留给他的。第一个和他交锋的骑士把他挑下马;第二个把他刺翻在马背上,两脚朝天,张着手臂。伊多巴重新坐起,姿势难看之极,引得观众哈哈大笑。第三个武士连枪都不用,只纵上一步,抓着伊多巴的右腿绕了半圈,把他摔在沙地上;值场的马夫笑着赶来,扶他上马。第四个骑士抓着他的左腿,把他向另外一边摔下。他在一片倒彩声中被人送往小房间过夜;这是比赛的规矩。伊多巴勉强拖着身子走去,说道:"想不到象我这样的人遇到这样的事!"

其余的选手应付得比较高明。有的接连打败两个骑士,还有连胜三个的。只有奥泰默王爷四战四胜。最后轮到查第格:他姿势优美，一连把四个骑士挑下马去。那就要看奥泰默和查第格两人谁胜谁负了。奥泰默穿着金地蓝花的战袍，羽毛也是蓝的；查第格是白盔白甲。看客分做两派，有的希望穿蓝的得胜，有的希望穿白的得胜。王后心跳不已，只求上天保佑穿白的。

两位争冠军的选手互相冲刺，闪避，矫捷非凡，枪法那么巧妙，坐在鞍上那么稳定：除了王后以外，大家巴不得有两个国王。后来两人的马都累了，枪也断了；查第格使出解数，窜到穿蓝的背后，跃上马背，把他拦腰抱着，摔在地下。奥泰默躺在场上，查第格跨着他的坐骑在他周围打转，表演种种骑马的架式。看台上的观众一齐呐喊："白衣武士得胜了！"奥泰默气愤交加，纵起身子，掣出佩剑；查第格从马上跃下，举刀相迎。两人就在地下重新交锋，一忽儿是勇力占先，一忽儿是智巧得势。盔上的羽毛，护臂上的钉子，战袍上的锁片，在急攻猛打之下纷纷飞落。两人有时往横里砍去，有时从直里刺来，忽左忽右，不是对着头部，便是照准胸部；或是后退，或是向前；时而分开，时而合拢；他们象蛇一般的蜷做一团，象狮子一般的向前猛扑；刀剑相击，金星乱迸。末了，查第格定了定神，收住刀虚晃一下，一个箭步上前把奥泰默摔倒，劈手夺下他的武器。奥泰默嚷道："噢，白袍选手，巴比仑的王位被你抢去了！"王后快乐得无以复加。穿白的和穿蓝的两位勇士，和别的选手一样，都被照章送往下处歇宿；他们自有一般哑巴侍候，张罗饮食。王后的那个小哑巴是否在那里服侍查第格，只有让读者去猜了。他们单独睡过一晚，第二天早上，冠军还得把徽号送交大司祭查验，同时宣布自己的姓名。

查第格筋疲力尽，虽然心上有着爱人，也睡着了。伊多巴住在隔壁，可睡不着。他半夜起来，走进查第格的卧房，偷了查第格的徽号，把绿盔绿甲替换了查第格的白盔白甲。天一亮，伊多巴得意扬扬的去见大司祭，自称为夺得锦标的人。大家没防他这一着；查第格好梦正酣，场上已经宣布伊多巴优胜。阿斯达丹回到巴比仑，心中说不出的惊骇和着急。看台上的人差不多已经散尽，查第格方始醒来。他找他的盔甲，只有一套绿的。身边没有旁的衣服，只得穿上。他又诧异又气恼，恨恨的穿着那装束出场。

看台上和校场上还剩下些人，都把查第格大声吆喝，围着他当面羞辱。从来没有人受过这样的难堪。查第格按捺不住，挥着刀，把欺侮他的群众赶散了，但他不知怎么办。他不能去见王后，也不能追讨王后送的盔甲，恐怕连累她。阿斯达丹固然痛苦万分，查第格也怒火中烧，忧急不已。他沿着幼发拉底河走去，以为命中注定要终身受难，没有救星的了。他把一桩桩的倒楣事儿温了一遍，从厌恶独眼的女人起，到盔甲被盗为止；他心上想："醒得太晚竟会有这样的结果！我只要少睡一会，就能登上巴比仑的王位，做阿斯达丹的丈夫。学问，品行，勇气，从头至尾只替我惹祸招殃。"末了他不免嘀嘀咕咕的咒骂上帝，疑心真有什么残酷的命运操纵一切，欺压善良，保佑穿绿的武士飞黄腾达。他多少伤心事里头，有一件是身上还穿着那套招人笑骂的绿盔绿甲。正好有个商人走过，查第格把那盔甲三钱不值两文的卖了，另外买了件袍子，一顶小帽。这样打扮好了，他沿着幼发拉底河前进，心里只怪怨上帝老是跟他作对。

十八
隐　士

　　查第格走在路上遇到一个隐士，令人起敬的白发直挂到腹部，手里捧着一本书，专心一意的念着。查第格站住了，向他深深鞠了一躬。隐者答礼的时候高雅大方，十分和气，引起查第格的好奇心，想跟他攀谈。他问隐士看的什么书。隐者道："是命运之书，要不要看看？"他把书递给查第格。查第格虽则精通好几种文字，看到这本书却一字不识，心里越发奇怪了。和善的老人说道："我看你郁闷得很。"查第格回答："唉！我有我的伤心事啊！"老人接口道："要是你愿意我跟你做伴，也许对你有些好处；有时候我能够在遭难的人心里播下些安慰的种子。"隐士的风度，白须和他手里的书，都叫查第格肃然起敬。他发觉老人的议论中间颇有些卓越的智慧。隐士提到命运，正义，道德，至高无上的善，人类的缺陷，德行与邪恶，都发挥得淋漓尽致，真切动人。查第格听着，觉得有股不可抵抗的力量把他吸住了。他央求老人一路陪他回巴比仑。老人答道："这是我求之不得的。请你用奥洛斯玛特的圣名起誓，在这几天之内，不管我作些什么，你决不离开我。"查第格起了誓，两人便一同出发。

　　当夜两位旅客走近一座壮丽的宫堡。隐士要求让他和同行的青年借宿。门房俨然象个贵人，摆着一副大施主面孔引他们入内，交给一个总管，由总管带去参观富丽堂皇的内室；还让他们坐在桌子下首，和主人一同吃饭。主人对他们望都不望。但他们受到的款待跟大家一样，又周到又丰盛。吃完饭，仆人叫他们在一只镶嵌珐琅和红宝石的金浴盆内洗澡，然后送入一间华丽的卧房安息。第二天早上，仆人给旅客每人一块金洋，把他们打发了。

查第格在路上说道："那主人虽然有些骄傲，人倒宽宏大量，待客非常豪爽。"他这么说着，发觉隐士背的那只大行囊绷得很紧，很大；原来他偷了镶宝石的金浴盆，装在袋里。查第格面上不敢有所表示，心里却好生奇怪。

中午，隐士走到一所很小的屋子门口，要求歇一会脚。屋主是个吝啬的富翁。一个衣衫褴褛的老当差出来接客，口气很粗暴，带他们到马房里，拿出一些霉橄榄，粗面包和坏了的啤酒。隐士和头天晚上吃得一样得意。老当差在旁监视，唯恐他们偷东西，一面还催他们快走。隐士叫他过来，把早上到手的两块金洋给了他，还谢他的照应，接着又道："请你让我跟贵主人说句话。"当差很诧异，带两位旅客进去。隐士见了主人，说道："慷慨的大爷，我受了您这样盛大的招待，不胜感激；送上金盆一只，表示我一点心意，务请收下。"吝啬鬼大吃一惊，几乎仰面朝天摔在地下。他还在那里发愣，隐士已经急急忙忙带着年轻的旅伴走了。查第格说道："师傅，这是什么意思呢？我觉得你和一般人完全不同：一位贵人豪爽非凡的招待你，你倒偷了他一只镶宝石的金盆，拿去送给一个对你这么怠慢的吝啬鬼。"老人答道："孩子，那豪爽的主人招待过客，只是为了沽名钓誉，卖弄财富，从此他可以安分一些；吝啬鬼却会慷慨一些。你别大惊小怪,跟我走就是了。"查第格猜不透这个人究竟是荒唐透顶的疯子,还是大智大慧的哲人；但隐士的话说得好不威严,查第格又起过誓,只得跟着他走。

傍晚,他们俩走到一所建筑精美而朴素的屋子,既不显得奢华,也不显得俭啬。主人是个退休的哲学家,安安静静的在那里修心养性,但并不感到无聊。他造了这隐居所；对过往旅客无不竭诚招待,没有一点炫耀的意味。他亲自出来迎接两位客人,让他们先到一间舒服的房内歇息。一会儿,他亲自来陪他们去吃饭,菜肴精美可口。吃饭中间,他谈到巴比仑最近的革命,说话很得体。他似乎真心爱戴王后,希望查第格能参加这次比武,竞争王位。"但是,"他又说,"百姓就不配有一个象查第格那样的国君。"查第格听着脸红了,心里越发痛苦。他们谈话之间,都承认世界上的事情不能永远合乎圣人贤士的心意。隐者始终认为大家不明白天意所在,只看到一鳞半爪而判断全局是不对的。

接着谈到情欲。查第格道:"啊！情欲真是祸水！"隐士回答:"那好比鼓动巨帆的风；有时大风过处,全舟覆没；但没有风,船又不能行动。胆汁使人发怒,使人害病；但没有胆汁又不能活命。世界上没有一样东西不危险,又没有一样东西少得了。"

然后又提到快乐；隐士断定那是神明的恩赐,他说:"因为人的感觉与思想都不是自发的,一切都从外界得来；苦与乐,跟人的生命同样来自外界。"

查第格大为惊异,怎么一个行为如此荒唐的人,说理会如此透彻。彼此又愉快又得益的谈了一会,主人把他们带往卧室,感谢上天送了两位道高德重的客人上门。他送他们钱,态度大方自然，决不令人难堪。隐者辞谢了。他向主人告别，声明天不亮就得动身回巴比仑。宾主依依不舍的作别；查第格尤其敬重这样一位可爱的人，对他仰慕不置。

隐士和查第格进入卧房，谈了半天赞美主人的话。天才透亮，老人唤醒同伴，说道："该动身了；可是趁大家还在睡觉，我要给主人留些纪念，表示我的敬意和好意。"说着，他拿起一个火把，点着屋子。查第格吓得大叫，拦着他，不让他作出这样狠毒的事。但隐士力气很大，把查第格拉着就走。屋子已经着火。两人走了好一程，隐士又停下来，若无其事的看火烧，说道："谢谢上帝，我这主人翁真有福气，他的屋子从上到下，整个儿毁了！"听着这几句，查第格又想笑出来，又想把尊严的老人骂一顿，打一顿，又想自个儿逃跑。结果他一样都没有做，只是震于老人的威严，身不由主的跟着他去过最后一宿。

那是在一个寡妇家里，她又慈悲又贤德，有一个十四岁的侄儿，非常可爱，是她唯一的希望。寡妇想尽办法款待他们。第二天，她吩咐侄儿送两位客人过一座桥，桥新近断了，是个危险的口子。少年挺殷勤的走在他们前面。到了桥上，隐士招呼少年道："你过来，我要表示对你叔母的感激。"他揪着少年的头发，把他摔在河里。孩子掉下去，在水面上冒了一冒，被急流吞没了。查第格嚷道："噢，你这个禽兽！你这个十恶不赦的坏蛋！"隐士打断了他的话，说道："你不是答应我耐性的吗？告诉你，在那天火烧的屋子底下，主人得了大宗藏金；至于这个被上帝处死的孩子，一年之内要谋杀他的叔母，两年之内要谋杀你。"查第格嚷道："谁告诉你的，蛮子？即使你看了那本命运之书，预先知道这些事，孩子又没得罪你,怎么能把他淹死?"

查第格正说着,发觉老人的须没有了,脸变得跟年轻人一样。隐士的服装不见了;通体放光,色相庄严的身上,长出四个美丽的翅膀。查第格扑在地下,叫道:"噢,天使!噢,天神!原来你是从天而降,来感化一个凡夫俗子,要他顺从千古不变的法则的。"天使奥斯拉答道:"凡人一事不知,事事臆断。不过芸芸众生,最值得我点醒的还是你。"查第格道:"我不敢相信自己的判断;可是请你替我解释一个疑问:训导那个孩子,使他一心向善,不是比把他淹死更好吗?"奥斯拉回答:"他要是一心向善,要是活在世上,命中注定他将来要跟他的女人和儿子一齐被人谋害。"查第格道:"怎么!难道世界上非有罪恶与灾祸不可吗?好人一定得遭难吗?"奥斯拉答道:"恶人终究是苦恼的:他们的作用不过是磨炼世上少数的正人君子;须知善恶相生,没有一种恶不生一点儿善果的。"——"可是,"查第格道,"假定有善无恶又怎么呢?"奥斯拉答道:"那末这世界不是这样的世界了;世事演变也将受另外一类的智慧调度;那种完美的智慧只存在于天国之内,因为恶是不能接近上帝的。上帝造出无数的世界,没有一个相同。变化无穷的种类就是他法力无边的象征。地球上没有两张相同的树叶,无垠的太空没有两个相同的星球。你生活在一颗原子上面,你所看到的都是由一个无所不包的主宰,根据永久不变的法则使它们各居其位,生逢其时。大家以为刚才死掉的那个孩子是偶然落水的,那所屋子是偶然起火的;可是天下没有一桩出于偶然的事;什么都是考验,或是惩罚,或是奖赏,或是预防。你别忘了那个渔夫,他自认为天下最倒楣的人。奥洛斯玛特却派你改变了他的命运。弱小的人啊,你应当崇拜主宰,别跟他反抗。"查第格说:"可是……",言犹未了,天使已经向十重天上飞去。查第格心悦诚服,跪在地下颂赞上帝。天使却在云端里对他大声叫着:"上巴比仑去罢。"

十九
猜　谜

　　查第格怔住了，好象一个霹雳打在他身边；他茫茫然走着。进巴比仑那天，参加过比武的人已经在王宫的大厅上会齐，预备解释谜语，答复大司祭的问题。除了绿袍武士，其余的都到了。查第格在城里才露面，就被群众围住；他们把他百看不厌的瞧着，嘴里不住的祝福，心里不住的祝祷，但愿他能统治天下。眼红的阿利玛士看见他走过，马上浑身发抖，掉过头去。众人抬着查第格，直送到会场。王后听说查第格来了，一边存着希望，一边觉得害怕，心里七上八下，说不出的焦急：她既不明白查第格怎么会丢了盔甲，更不明白伊多巴怎么会穿着白的。查第格一到，场上就唧唧哝哝，起了一阵骚动。大家重新见到他，惊喜交集；但当天的会只有比过武的人才能出席。

　　查第格说道："我跟别的选手一样比过武；但我的盔甲今天给另外一个人穿在身上。我要求先解答谜语，再提出我参加过竞赛的证据。"大会把这件事付表决：查第格诚实不欺的名声还深深的印在众人心里，大家便毫不迟疑，允许他参加了。

　　大司祭先提出一个问题：世界上哪样东西是最长的又是最短的，最快的又是最慢的，最能分割的又是最广大的，最不受重视的又是最受惋惜的；没有它，什么事都作不成；它使一切渺小的东西归于消灭，使一切伟大的东西生命不绝？

轮到伊多巴发言。他回答说象他这样的人是不懂什么谜语的，只要一刀一枪胜过别人就行了。其余的人，有的说谜底是运气，有的说是地球，又有的说是光线。查第格认为是时间。他说："最长的莫过于时间，因为它永无穷尽；最短的也莫过于时间，因为我们所有的计划都来不及完成；在等待的人，时间是最慢的；在作乐的人是最快的；它可以扩展到无穷大，也可以分割到无穷小；当时谁都不加重视，过后谁都表示惋惜；没有它，什么事都作不成；不值得后世纪念的，它都令人忘怀；伟大的，它都使它们永垂不朽。"全场一致认为查第格的解释是对的。

第二个谜语是：什么东西得到的时候不知感谢，有了的时候不知享受，给人的时候心不在焉，失掉的时候不知不觉？

各人说出各人的答案。只有查第格猜中是生命。其余的谜语，查第格都同样轻而易举的解答了。伊多巴口口声声说，这是最容易不过的事，只要他肯费心，他照样能应对如流。接着又问到正义，问到至高无上的善，问到治国之道。查第格的回答都被认为最有道理。有人说道："可惜这样一个聪明人武艺这样不行。"

查第格道："求诸位大人明鉴，我曾经在比武场中战胜群雄。白盔白甲是我的。伊多巴大人趁我睡着的时候把它拿去了，大概他认为比绿的更合适。现在让他穿着从我那儿拿去的漂亮盔甲，我只穿着长袍，我预备凭我的剑在诸位面前向伊多巴证明，打败英勇的奥泰默的不是他，而是我。"

伊多巴心里十拿九稳，接受了挑战。他觉得戴着头盔，穿着战袍，裹着护臂，打败一个身穿便衣，头戴睡帽的敌人，真是太方便了。查第格向王后行了礼，拔出剑来；王后瞧着他，又快活又害怕。伊多巴掣出剑来，对谁都不理。他望查第格直冲过去，仿佛勇猛非凡。他打算劈开查第格的脑袋。查第格躲过了，挺着剑的后三段望对方的剑尖只一斫，就把伊多巴的剑斩断了。查第格随即抱着伊多巴的身子把他摔倒，剑尖指着他胸甲的隙缝，说道："要不让我解除武装，我就要你性命。"伊多巴始终觉得奇怪，像他那样的人竟会处处失利；当下他听凭摆布。查第格不慌不忙，脱下他漂亮的头盔，华丽的胸甲，好看的护臂，明晃晃的护腿，披戴在自己身上，奔过去拜倒在阿斯达丹脚下。加陶毫不费事的证明了这盔甲原是查第格的。大会一致通过，立查第格做国王；阿斯达丹的赞成，尤其不在话下。她受了那么多灾难，终于苦尽甘来，看到她那举世钦仰的爱人做了她的丈夫。伊多巴回到家里称孤道寡去了。查第格登了王位，十分快乐。他心上记着奥斯拉天使的话，也没忘了沙子变成钻石的事。王后和他都敬爱上帝。查第格让使性的美人弥苏弗天南地北的流浪。但他把强盗阿蒲迦召来，封他一个体面的军职，答应他只要做一个真正的军人，将来还有高官厚爵可得；倘使胆敢重操旧业，一定把他吊死。

赛多克和他美丽的妻子阿莫娜，从阿拉伯奉诏而来，管理巴比伦的贸易。加陶论功行赏，授了官职，极受宠爱。他做了王上的朋友。全世界的君主唯独这位国王有一个朋友。小哑巴也没有被遗忘。渔夫得了一所美丽的屋子；奥刚罚出一大笔钱赔偿渔夫，还得归还他妻子；但渔夫已经醒悟，只收了赔款。

美丽的赛弥尔因为错认查第格会变做独眼，后悔不迭；阿曹拉因为想割掉查第格的鼻子,痛哭不已。查第格送了礼物去安慰她们。眼红的阿利玛士羞愤交加,一病不起。从此天下太平,说不尽的繁荣富庶,盛极一时。国内的政治以公平仁爱为本。百姓都感谢查第格,查第格却是感谢上天。

如此世界

巴蒲克所见的幻象
——巴蒲克记

在掌管天下万国的神灵中，伊多里埃位列一等，专管上亚细亚部门。有一天他下降人间，到阿姆河畔大月氏人巴蒲克的住处，对他说："巴蒲克，波斯人的疯狂与放荡引起了我们的愤怒：昨天管辖上亚细亚的诸神举行会议，决不定对柏塞波里斯[①]是加以惩罚，还是把它毁灭。你往那城中走一遭，全部考察一下，回来给我一个忠实的报告；我根据你的报告，再决定对那城市或者惩戒，或者毁灭。"——"可是，大人，"巴蒲克诚惶诚恐的回答，"我从来没到过波斯，一个人都不认识。"天神说："那就更好，你不会有所偏袒。上天已经赋予你鉴别力，我再给你一项神通，使你能叫人信赖；你只管四处去走，去看，去听，留心观察，不用害怕；你到处会受到很好的款待。"

巴蒲克便跨上骆驼，带着几个下人出发。过了几天，在示拿平原附近遇到波斯军队前往迎击印度军队。巴蒲克先打听一个掉在后面的士兵，和他攀谈，问他两国为何交兵。小兵说："凭着所

[①] 柏塞波里斯为波斯旧京，公元前三三一年被亚历山大焚毁。作者借此影射巴黎。

有的神明起誓，我一点不知道。那也不关我事。我只晓得为了要活命，不是杀人，就是被杀；替谁当差都没关系。或许我明天就投入印度军营，听说他们的粮饷比这该死的波斯军队每天多发半个铜子。要知道为什么打仗，你去问我的队长罢。"

巴蒲克送了一份小小的礼给那个兵，走进营盘。不久他结识了队长，问他战争的宗旨。队长说："我怎么知道呢？这个好听的宗旨跟我有什么相干？我的家离开柏塞波里斯有好几百里；听到开仗的消息，我立刻丢下家属，照我们的习惯，跑来找个发财或送命的机会，好在我没有事作。"巴蒲克说："你的同伴不比你知道得清楚些吗？"军官回答："不；为什么互相残杀，只有我们几个大都督才真正明白。"

巴蒲克觉得奇怪，去见一般将领，和他们混熟了。其中一个终于和他说："这场战争使亚洲受了二十年难，起因是波斯大帝的一个妃子手下有个太监，和印度大帝某衙门中一个小官儿起了冲突。所争的权利大约值一块波斯金洋的三十分之一。印度的宰相和我们的宰相，都很严正的维护他们主人的权益。争执变得激烈了。双方各派一百万大军出动，每年还得征发四十多万人补充。屠杀，焚烧，破坏的城镇，糜烂的地方，越来越多；生灵涂炭，而战祸方兴未艾。我们的宰相和印度的宰相屡次声明，他们所作所为无非是为人类谋福利；每次声明过后，总多几个毁坏的城市和遭难的省份。"

下一天，听到和议即将成立的风声，波斯的将军与印度的将军急不可待的下令进攻，杀得血流遍野。战争的祸害与丑恶，巴蒲克全看到了；他目睹一般将领的策划，都是想尽方法要叫自己的统帅打败。他眼看军官们被手下的士兵杀害；士兵们把快要断气的同伴勒死，为的是抢他们身上血肉狼藉，溅满泥浆的破布。他走进伤兵医院：因为波斯王出了高俸雇用的救护人员惨无人道，玩忽职守，大半的伤兵都死了。巴蒲克叫道："这些是人还是野兽？啊！柏塞波里斯一定要被毁灭的了。"

巴蒲克这样想着，进入印度军营。正象伊多里埃早告诉他的，印度人招待他和波斯人一样好。但使他毛骨悚然的同样的暴行，他也全部看到。"噢！噢！"他心上想，"倘使伊多里埃天神要诛灭波斯人，印度的神灵也应该诛灭印度人。"接着他访查两军中的详细情形，听到许多慷慨豪爽，仁爱侠义的行为，使他又惊又喜，叫道："不可思议的人类！这许多卑鄙的和高尚的性格，这许多罪恶和德行，你们怎么能兼而有之呢？"

和议成立。两军的将领没有一个得到胜利，单单为他们私人的利益叫那么多人——他们的同胞——流了血；那时各自到朝廷上争功邀赏去了。公家的文告庆祝和平，一致宣称德行与福祉已经回到人间。巴蒲克道："感谢上帝！纯洁的风气经过洗涤，今后要常住在柏塞波里斯了，它决不会称那些恶神的心愿遭到毁灭的：咱们赶快奔往那座亚洲的京城去吧。"

他到那座伟大的京城是打老城门进去的：一片的野蛮景象，粗俗可厌，叫眼睛看了受罪。城里这个区域，整个儿脱不了当初兴建时代的气息；因为虽则人家一味厚古薄今，初期的尝试无论在哪方面都是简陋的。

巴蒲克混在人堆里；他们都是些最肮脏最难看的男女，神气痴呆，赶往一所阴森森的大屋子。巴蒲克听着连续不断的嗡嗡声，看着忙忙碌碌和有人掏出钱来买座位的情形，以为是个卖草垫椅子的市场。不一会他瞧见许多妇女跪在地下，装做眼睛直勾勾的望着前面，暗中却瞅着男人，才明白原来他进了一所神庙。好些又尖又嘎，又粗野又不调和的嗓子，在天顶下面发出口齿不清的声音，活象彼克托尼平原上的野驴，听见吹了牛角号而与之呼应的叫声。巴蒲克掩着耳朵；但看到几个工人拿着铣子锄头进庙，他恨不得连眼睛鼻子也一齐堵住。工人们掀起一块大石板，掘出臭气四溢的泥土往两旁扔；然后拿一个死人放下坑去，盖上石板。

巴蒲克叫道："怎么！他们把尸首埋在敬神的地方！怎么！他们的庙基底下都铺满了死人？怪不得柏塞波里斯常常受瘟疫之害。尸体的腐烂，加上这么多人挤在一处的臭秽，大可毒害全球呢。啊！该死的柏塞波里斯！大概天神们的意思是要毁了它，造一所更好的城市，叫一般比较干净而唱得好一些的百姓去住。上天自有道理，由它去安排罢。"

太阳的路程走了将近一半。巴蒲克要到京城的另外一头，上一位太太家去吃饭；她的丈夫是军官，托巴蒲克捎着几封家信。巴蒲克先在柏塞波里斯绕了几转，看见一些别的神庙，建筑比较好，装饰也更体面，坐满了一般文雅的人，传出悠扬悦耳的音乐。他留意到许多公共喷泉，尽管地位不当，却是壮丽夺目；有几处广场上立着铜像，纪念波斯前朝的几位贤君；在别的广场上他听见群众嚷着："什么时候才会有我们爱戴的君主呢？"跨在河上的几座雄壮的大桥，宏伟而方便的河滨道，以及两岸的宫殿，巴蒲克看了都赞叹不置。他还欣赏一所极大的建筑：打过胜仗，受过伤的成千老兵每天在那儿礼拜战神[1]。最后他到那位太太府上，太太请了一批上等人做陪客，等他吃饭。屋子很干净，陈设华丽，菜肴精美，女主人年轻，貌美，风雅，殷勤，宾客的风度也跟她不相上下。巴蒲克时时刻刻心里想着："这样一所可爱的城，伊多里埃天神想要把它毁灭，简直是跟大家取笑了。"

可是他发觉，那太太开头很多情的向他打听丈夫的近况，晚饭终了的时候，她更多情的和一个年轻祭司谈话。巴蒲克又看见一位法官，当着妻子的面热烈的拥抱一个寡妇；而这度量宽宏的寡妇一手勾着法官的脖子，伸出另外一只手让一个很俊俏很谦恭的青年市民握着。法官的太太第一个离席，到隔壁小房间去招待她的精神导师。[2] 这导师本是约好来吃饭的，但迟到了。他极有口才，在小房间内和法官太太谈得那么恳切，那么动人，太太回来眼睛湿了，脸上升火，走路不稳，连说话都发抖。

巴蒲克开始担心，伊多里埃天神的主意或许是不错的。因为他有叫人信赖的神通，当天就参透女主人的秘密。她告诉他喜欢那年轻祭司，又向他担保，说柏塞波里斯城中家家户户都跟她府上的情形相仿。巴蒲克断定这样的社会是维持不下去的；嫉妒，反目，报复，会把所有的家庭闹得天翻地覆；每天都要有流泪与流血的事；做丈夫的一定会杀死妻子的情夫，或者被情夫所杀。他觉得伊多里埃有心毁灭一座灾祸连绵的京城，的确是件好事。

---

[1] 影射巴黎的残废军人院。
[2] 精神导师是指导一个人灵修的教士。

他正想着这些不祥的念头，门上来了一个人，容貌严肃，穿着黑大氅，恭恭敬敬的求见年轻法官。法官既不站起身子，也不对来人瞧上一眼，只是神态傲慢，心不在焉的交给他一些文件，打发他走了。巴蒲克打听来客是谁。女主人轻轻的说："他是本地最高明的一个律师，研究法律有五十年了。我们这位先生只有二十五岁，两天以前当了司法大臣；他要审理一件尚未过目的案子，叫那位律师做一个节略。"巴蒲克说道："这糊涂青年向一个老人请教，倒也聪明；可是为什么不让那老人当法官呢？"——"你这是开玩笑了，"有人回答巴蒲克，"在低微的职位上辛辛苦苦干到老的人，从来爬不上高位的。这位青年官职很大，因为他父亲有钱。我们这儿的审判权是跟分种田一样花钱买的。"巴蒲克嚷道："噢！竟有这样的风俗！噢！这个倒楣的城！不是黑暗到极点吗？花钱买来的法官，他的判决一定是按着价钱出卖的；这地方简直腐败透了。"

他正在表示痛苦和惊奇，一个当天才从队伍中回来的青年军人对他说："为什么你不愿意人家买法官做呢？我带着两千人去跟死亡相搏的权利，就是买来的。我今年花掉四万金洋，为的是裹着血衣，一连三十夜躺在地下，后来又中了两箭，至今还觉得痛呢。既然我倾家荡产，去替我从未见过的波斯皇帝当兵，法官要享受一下南面听讼的乐趣，当然也该花点儿钱了。"巴蒲克听着气愤，把这个标卖文武官职的国家暗中定了罪。他不假思索就断定了，这国内决没有人知道何谓战争何谓法律，即使伊多里埃不加诛戮，腐败的政治也会把这些人断送了的。

巴蒲克对他们的轻视越发加深了一层，因为来了一个胖子，跟众人随便打了个招呼，走近青年军官，对他说："我只能借给你五万金洋，因为全国的关卡今年只给我赚到三十万。"巴蒲克打听这个抱怨赚钱赚得这么少的人是谁；人家告诉他，柏塞波里斯一共有四十位无冕之王，订了租约，包下波斯帝国，收来的税只消缴一部分给王上。①

饭后，巴蒲克走进城内最壮丽的一所神庙，坐在一群到这儿来消闲的男女中间。高台上出现一位祭司，讲了半天善与恶。他把无需分析的道理分作几部，把明白了当的事有条不紊的加以证明，把无人不知的东西教给大众。他很冷静的装做很激动；讲完了，满头大汗，上气不接下气。全场的人醒过来，自以为受了一番教育。巴蒲克说："这个人用足功夫叫二三百个市民受罪；但他心意是好的，不能作为毁灭柏塞波里斯的理由。"

从这个集会出来，巴蒲克被带去参加一个群众庆祝会，那是三百六十天天天举行的。地方象神庙，庙堂深处有一座宫殿②。柏塞波里斯最美的妇女和最显赫的大臣都整整齐齐的坐在那里，场面非常好看，巴蒲克开头以为这就是庆祝会了。一会儿，两三个象国王与王后一般的人物在殿前出现；他们说的话与民众说的大不相同；平仄协调，音韵铿锵，词意高雅，精妙绝伦。没有一个人打瞌睡，大家听着，寂静无声，只偶尔有些感动与赞美的表示。

---

① 这是影射当时法国的包税员。
② 指戏院。

关于人君的责任，爱护道德的热忱，情欲的危险，他们都说得精辟动人，使巴蒲克听着下泪。他断定他所听到的这些男女英雄，国王王后，准是国家任用的宣教师；他甚至想劝伊多里埃来听听他们，满以为这样一个场面必定能使伊多里埃回心转意，永远和柏塞波里斯的市民言归于好。

庆祝会散了，巴蒲克立刻想去看看那位主要的王后。她刚才在华丽的宫中宣扬过高尚与纯洁的道德。巴蒲克托人引见；介绍人带他打一座狭小的楼梯走上三楼，进入一间家具简陋的寓所，碰到一个衣衫破烂的女人，神气又庄严又凄怆的对他说："这营生还养不活我呢；你所看到的许多国王中间，有一位让我怀了孕；不久我就要生产；我没有钱，而没有钱就不能生产。"巴蒲克送她一百金洋，心上想："要是柏塞波里斯只有这个缺点，伊多里埃也不该生那么大的气。"

当下他又到一些商人那儿消磨了一晚，他们卖的都是华丽而无用的玩艺儿。带他去的是他相熟的一个聪明人。他挑喜欢的东西买了；人家对他礼貌周全，卖的价钱却大大的超过原价。回到家里，朋友告诉他人家如何如何欺骗他。巴蒲克把商人的姓名记在字版上，打算叫伊多里埃惩罚全城的那天特别注意。正写着，有人敲门：原来那商人亲自来送回巴蒲克忘在柜上的钱袋。巴蒲克嚷道："你既然不知羞耻，卖给我的小玩意儿敲了四倍的价钱，怎么又会这样诚实这样热心呢？"商人答道："城里稍微有些名气的生意人，没有一个不会把你的钱袋送回的；但说我把货卖多了四倍价钱，那是人家骗你了；我卖多了你十倍的钱，你一个月以后再想出售，连这十分之一的钱还卖不到。可是这也很公道；这些无聊东西能有价值，全靠人的好奇心；靠了这好奇心，我才能养活我手下的上百工匠，我才能有一所体面的屋子，有一辆方便的车和几匹马；也靠了这好奇心，我们才能繁荣工业，培养趣味，发展贸易，增加民间的财富。同样的小玩艺儿，我卖给邻国比卖给你还要贵，而在这一点上，我是对国家有益的。"

巴蒲克想了一会，把商人的姓名在字版上抹掉了。

巴蒲克不知道对柏塞波里斯作何感想，决定去拜访祭司和学者，因为学者是研究智慧，祭司是研究宗教的；他只希望他们能替其余的人补救一下。第二天早上，他到一所修道院去。院长向巴蒲克承认，因为许了清贫的愿，他每年有十万进款；由于许了谦卑的愿，他有很大的势力。然后院长把巴蒲克交给一个小修士陪去参观。

修士正把忏悔院的富丽堂皇的内景指点给巴蒲克看，外边却纷纷传说他是来整顿全体社团的。他立刻收到各修院的申请书，内容无非是：保留本院，解散一切别的组织。听他们的辩护，所有的社团都有存在的必要，听他们相互的控诉，全部应该解散。巴蒲克很佩服，居然没有一个社团不想为了感化天下而独霸天下的。一个矮小的候补修士对巴蒲克说道："救世大业眼看要完成了：詹尔杜斯德已经回到世界上；女孩子们都在预言，还叫人用钳子夹着身体，用鞭子抽着屁股。[①] 所以求你保佑我们对抗喇嘛。"——

---

① 影射十七世纪基督旧教中的让森派，常以苦行自罚，以求灵魂得救。下文所谓西藏的喇嘛系指罗马的教皇。

"怎么,"巴蒲克问,"对抗那个住在西藏的喇嘛吗?"——"是的。"——"难道你们跟他打仗不成?你们可是在招兵?"——"不是的;但喇嘛说人是自由的,我们不信;我们写小册子攻击他,他不看;他还不大听见人家提起我们呢;他把我们定罪的方式,就好比一个家主叫人在园子里扑灭树上的青虫。"① 这些自称为明哲之士的荒谬,出家人的阴谋,提倡谦卑与抛弃名利的人的野心,骄横与贪婪,使巴蒲克气得发抖,认为伊多里埃要毁灭这批贱民真有道理。

回到家里,他叫人买些新书来排遣心中的苦闷,又请几个学者吃饭,借此散散心。来的人比请的多了两倍,好象黄蜂受了蜜的吸引。这些清客忙着吃喝,讲话;他们只称赞两种人,死了的人和他们自己;对当代的人物,除了饭局的主人以外,从来不赞美。他们之中谁要说了一句妙语,别人就低着眼睛,咬着嘴唇,恨自己不曾说得。他们不象祭司那样隐藏,因为野心的目标没有那么大。每人千方百计想争一个跟班的职位和大人物的名声。彼此说些侮辱的话,自以为语妙天下。他们对巴蒲克的使命略有所闻。其中一个放低着声音,要求巴蒲克害一个作家的性命,因为五年以前对他没有恭维到家。另外一个要求断送一个市民,因为看了他的喜剧从来不笑。第三个要求消灭学士院会员,因为他想进学士院而始终进不去。吃完饭,他们孤零零的各自回家,因为

---

① 让森派认为人类有原始罪恶,非上帝特赦,灵魂不能得救。教皇斥为邪说;"人是自由的"一语即表示人可以自由赎罪,以求永生,无须先得上帝特赦。

除了在请他们吃饭的财主家里,他们都势不两立,彼此不说话的。巴蒲克觉得让这批蛀虫在大毁灭中送命并无多大害处。

巴蒲克打发他们走了,念了几本新书,觉得和那般客人的气息一样。尤其使他愤慨的是那些恶意中伤的报纸,趣味恶俗的记载,全是在妒忌,卑鄙和饥饿的指使之下写出来的。还有那欺善怕恶的讽刺,专门敷衍老鹰,糟蹋白鸽;还有枯燥无味的小说,描写的都是作者不认识的妇女。①

巴蒲克把这些可厌的著作统统丢在火里,晚上出门散步。有人介绍他去见一位年老的学者,不在那些篾片之列的。这学者从来不与俗流为伍,识得人性,也与世人交接,说话很有见识。巴蒲克很痛心的和学者提到他的所见所闻。

贤明的学者回答说:"你看到了一些要不得的文字;但是每个时代,每个国家,每个方面,总是坏的多于牛毛,好的寥寥无几。你招待的是一批学究的渣滓;因为每个行业中间,总是最没资格出场的人老着面皮出现。真正的贤者安分守己的隐在一边,只跟同道来往。值得你一看的人物和书籍,我们还有。"他这么说着,来了另外一个学者。两人的谈话都很有趣味,使人得益,毫无成见,又完全合乎礼义;巴蒲克不能不承认从来没听过这样的议论。他轻轻说道:"这样的人,伊多里埃天神是不敢冒犯的,否则他也太狠心了。"

巴蒲克对学者之流是回心转意了,对其余的人始终怀着怒意。

---

① 这是指当时流行的一派索隐小说,书中人物多影射贵族阶级的妇女。

那个和他谈话的贤者对他说:"你是外国人;无数的弊端涌现在你眼前,而隐藏的好事和有时就从那些弊端中来的好事,你都错过了。"巴蒲克这才知道,学者之中有的并不嫉妒,祭司中间也有德行高卓的。末了他领会到,这些庞大的社团看上去在互相倾轧,走着同归于尽的路,其实倒是很有益的组织;每个祭司的团体,对于敌对的团体都有约束作用。虽则他们在某些意见上分歧,但提倡的都是同样的道德,他们都在教导民众,也都能够服从法律;好比家庭教师监督家长的孩子,家长又监督着教师。巴蒲克接触了好几个这样的人,看到了一些圣洁的心灵。他打听到连那些要讨伐喇嘛的疯子里头,也有些伟大的人物。[1] 最后他疑心,柏塞波里斯的风俗人情很可能和城中的建筑物一样,有的教他看了可怜,有的使他赞叹不已。

他对那学者说:"我早先以为那些祭司是危险分子,现在我明白他们很有用处,特别在有一个贤明的政府,不让他们变得举足轻重的时候。但你至少得承认:你们一般青年法官才学会骑马,就买上一个司法官的职位,他们在庭上一定会蛮横无理到极可笑的地步,也要偏枉不公到极腐败的地步;还不如把这些职位免费派给老法学家,他们已经把是非曲直衡量了一辈子了。"

学者答道:"你没有到柏塞波里斯,先看到我们的军队;你知道我们的青年军官打仗打得很好,虽然他们的职位是买来的;也许你会看到我们的青年法官案子也判得不差,即使他们的审判权

---

[1] 早期的让森派中,如帕斯卡尔,如尼古拉,如阿尔诺,在学问与道德方面都是了不起的人物。

是花了钱买的。"

下一天，大理院正要判决一件重要的案子，学者带着巴蒲克去了。案情是大众皆知的。所有发言的老律师，主张都动摇不定；援引了上百条法律，没有一条针对案子的关键；他们从四面八方看问题，没有一个方面看得真切。律师们还在迟疑不决，法官们却很快的定夺了。他们的判决差不多是全体一致的。他们判得很好，因为根据理性的指示；律师们的辩护不行，因为他们只请教书本。

巴蒲克由此推断，弊端中间往往有些很好的事。他本来对于金融家的财富非常愤慨，那天却看到这财富也能产生善果。皇帝需要款子，用普通手段半年还张罗不到的，靠金融家的力量，不出一小时就凑齐了。巴蒲克看到由地面上的露水凝成的大块的云，变了雨水还给土地。并且这些新兴人物的子弟，受的教育往往比旧家子弟更好，他们的能力有时还高明得多；因为有个精明的父亲，并不妨碍儿子成为一个公正的法官，勇敢的军人，能干的政治家。

巴蒲克不知不觉原谅了金融家的贪心；他们其实未必比别人更贪，而且对社会还是少不得的。他宽恕了为要打仗要审判而不惜倾家荡产的愚蠢，这愚蠢产生了伟大的法官和英雄。他不再责备学者们的妒忌，他们之中有的是教育大众的人；他对野心勃勃，玩弄手段的祭司也回心转意了，他们大德多于小疵；但巴蒲克还有许多抱怨的事，尤其妇女们的放荡以及由放荡造成的祸害，使他不胜忧虑。

因为他想把各色人等看透,叫人介绍去见一位大臣;一路提心吊胆,唯恐劈面撞见什么妇女被丈夫凶杀的事。到了大臣那里,在穿堂内等了两小时才得通报,通报之后又等了两小时。这期间,他决定把这位大臣和他手下那些傲慢的属吏的名字告诉伊多里埃。穿堂内挤满了上下三等的妇女,穿各色道袍的祭司,① 还有法官,商人,军官,学究;大家都在抱怨大臣。吝啬鬼和放高利贷的都说:"这家伙一定在外省大刮地皮";使性的人责备大臣脾气古怪;酒色之徒说他只想寻欢作乐;阴谋家但愿大臣早日被人暗算;妇女们希望快快换一个更年轻的大臣。

巴蒲克听着他们的议论,不由得想道:"这倒是个有福的人;所有的仇敌都在他的穿堂里;忌妒他的都被他的权势压倒了;瞧他不起的人都跪在他脚下。"巴蒲克终于进去了,见到一个矮小的,被年龄与公事压成驼背的老头,但人还活泼,极有机智。

他很中意巴蒲克,巴蒲克也觉得他值得敬重。两人谈话很投机。大臣告诉巴蒲克,说自己很苦;大家当他财主,其实他很穷;人人以为他权倾一世,其实老是受着牵掣;他所帮助的人多半忘恩负义;连续不断的辛苦了四十年,难得有片刻安慰。巴蒲克为之感动了,心上想,假定这人犯着过失,伊多里埃天神要加以惩罚,也不该置之死地,只消让他在原来的位置上干下去就行了。

他正和大臣谈话,请巴蒲克吃过饭的漂亮太太突然闯进来,

---

① 影射基督旧教中的各个宗派,他们穿的法衣,颜色各各不同,如耶稣会派穿黑,多明我派穿白。

眼睛和额上都带着痛苦与愤怒的表情。她对大臣说了一大篇责备的话，流着泪，愤愤不平的说，她丈夫要求的职位不但他的出身够得上，他立的军功和受的伤也使他受之无愧，她怪怨当局不该拒绝。她把意思表达得那么有力，诉苦诉得那么有风度，把对方的意见批驳得那么巧妙，把自己的理由陈述得那么动听，她走出办公室的时候居然替丈夫把功名争到了。

巴蒲克挽着她的手臂，说道："太太，为了一个你心中不爱的，又是你应当见了害怕的男人，你怎么肯这样费心呢？"她嚷道："怎么！我不爱我的丈夫？告诉你，我丈夫是我世界上最好的朋友，我样样肯为他牺牲，除了我的情人；他为我干什么都愿意，除了和他的情妇分离。我要介绍你见见那位太太，真是个可爱的女子，聪明绝顶，品性极好；今天晚上，我跟她和我的丈夫，还有我的年轻祭司，一同吃饭；你来跟我们一块儿乐一下罢。"

那太太把巴蒲克带到她家里。丈夫终于回来了，很痛苦；但见到太太，又高兴又感激。他把妻子，情妇，青年祭司和巴蒲克，都拥抱了。饭桌上一团和气，又快乐，又风趣，又文雅。美丽的女主人对巴蒲克说："告诉你，大家有时认为不规矩的女人，差不多永远抵得上一个最规矩的男人。你要不信，明天不妨陪我上美人丹沃纳家吃饭。有些贞节的老婆子把她攻击得体无完肤；但她们做的全部好事还不及她的多。她不管为了多大利益，也不肯做一件小小的不义之事；她只替情人出些高尚的主意，只关心他的荣誉；情人错过一个行善的机会，就会对着她脸红；因为能鼓励一个人行善的，莫如有一个你不愿意失去她对你的敬意的情妇，做你行为的见证与评判。"

巴蒲克准时赴约。他看见屋子里享用玩好，一应俱全；而支配一切的却是丹沃纳。她对每个人都有一套得体的话。她的自由自在的气息使别人也跟着心中舒坦；她的讨人喜爱不是有意的；她的和气不下于她的热心；人又长得好看，这就使她的种种优点更有价值。

巴蒲克虽是大月氏人，虽是天神派来的使者，也发觉如果在柏塞波里斯再住下去，就要为了丹沃纳把伊多里埃忘了。他对这个城市有了感情，认为居民虽则轻浮，虚荣，爱说人家坏话，可是温和有礼，殷勤亲切。他唯恐天神把柏塞波里斯判罪，甚至想到自己要做的报告就觉得害怕。

为他的报告，他想出一个办法。他叫城中最高明的熔铸匠用各种金属，泥土，最名贵和最粗劣的石子混合起来，造了一座小小的人像，拿去给伊多里埃，说道："你是否因为这美丽的人像不是纯金打的或钻石雕的，就把它毁掉？"伊多里埃明人不用细说，连惩罚柏塞波里斯的念头都抛开了，决定让世界如此这般的下去。他说：即使不是一切皆善，一切都还过得去。柏塞波里斯就给保留了下来。巴蒲克当然不抱怨，他不象约拿因为上帝不毁灭尼尼微而生气。但一个人在鲸鱼腹中待了三天，当然不会象看着歌剧喜剧，跟风雅人士一同吃饭那么心情愉快。[1]

---

[1] 《旧约·约拿书》载：约拿奉耶和华之命警告尼尼微人将受天谴，约拿惧而逃，乘舟遇风，被水手投入海，葬身鱼腹三日夜，得庆更生，复往尼尼微宣告神示。尼尼微人惧祸悔改，耶和华卒免予毁灭，约拿因此大为不悦。

老实人

第一章
老实人在一座美丽的宫堡中怎样受教育，怎样被驱逐

从前威斯发里地方，森特-登-脱龙克男爵大人府上，有个年轻汉子，天生的性情最是和顺。看他相貌，就可知道他的心地。他颇识是非，头脑又简单不过；大概就因为此，人家才叫他作老实人。府里的老用人暗中疑心，他是男爵的姊妹和邻近一位安分善良的乡绅养的儿子；那小姐始终不肯嫁给那绅士，因为他旧家的世系只能追溯到七十一代，其余的家谱因为年深月久，失传了。

男爵是威斯发里第一等有财有势的爵爷，因为他的宫堡有一扇门，几扇窗。大厅上还挂着一幅壁毯。养牲口的院子里所有的狗，随时可以编成狩猎大队；那些马夫是现成的领队；村里的教士是男爵的大司祭。他们都称男爵为大人；他一开口胡说八道，大家就跟着笑。

男爵夫人体重在三百五十斤上下，因此极有声望，接见宾客时那副威严，越发显得她可敬可佩。她有个十七岁的女儿居内贡，面色鲜红，又嫩又胖，教人看了馋涎欲滴。男爵的儿子样样都跟父亲并驾齐驱。教师邦葛罗斯是府里的圣人，老实人年少天真，一本诚心地听着邦葛罗斯的教训。

邦葛罗斯教的是一种包罗玄学、神学、宇宙学的学问。他很巧妙的证明天下事有果必有因，又证明在此最完美的世界上，男爵的宫堡是最美的宫堡，男爵夫人是天底下好到不能再好的男爵夫人。

他说："显而易见，事无大小，皆系定数；万物既皆有归宿，此归宿自必为最美满的归宿。岂不见鼻子是长来戴眼镜的吗？所以我们有眼镜。身上安放两条腿是为穿长袜的，所以我们有长袜。石头是要人开凿，盖造宫堡的，所以男爵大人有一座美轮美奂的宫堡；本省最有地位的男爵不是应当住得最好吗？猪是生来给人吃的，所以我们终年吃猪肉；谁要说一切皆善简直是胡扯，应当说尽善尽美才对。"

老实人一心一意的听着，好不天真的相信着；因为他觉得居内贡小姐美丽无比，虽则从来没胆子敢对她这么说。他认定第一等福气是生为男爵；第二等福气是生为居内贡小姐；第三等福气是天天看到小姐；第四等福气是听到邦葛罗斯大师的高论，他是本省最伟大的，所以是全球最伟大的哲学家。

有一天，居内贡小姐在宫堡附近散步，走在那个叫做猎场的小树林中，忽然瞥见丛树之间，邦葛罗斯正替她母亲的女仆，一个很俊俏很和顺的棕发姑娘，上一课实验物理学。居内贡小姐素来好学，便屏气凝神，把她亲眼目睹的，三番四覆搬演的实验，观察了一番。她清清楚楚看到了博学大师的充分根据，看到了结果和原因；然后浑身紧张，胡思乱想地回家，巴不得做个博学的才女；私忖自己大可做青年老实人的根据，老实人也大可做她的根据。

回宫堡的路上,她遇到老实人,不由得脸红了;老实人也脸红了;她跟他招呼,语不成声;老实人和她答话,不知所云。第二天,吃过中饭,离开饭桌,居内贡和老实人在一座屏风后面;居内贡把手帕掉在地下,老实人捡了起来;她无心地拿着他的手,年轻人无心的吻着少女的手,那种热情,那种温柔,那种风度,都有点异乎寻常。两人嘴巴碰上了,眼睛射出火焰,膝盖直打哆嗦,手往四下里乱动。森特-登-脱龙克男爵打屏风边过,一看这个原因这个结果,立刻飞起大腿,踢着老实人的屁股,把他赶出大门。居内贡当场晕倒,醒来挨了男爵夫人一顿巴掌。于是最美丽最愉快的宫堡里,大家为之惊惶失措。

第二章
老实人在保加利亚人中的遭遇

老实人，被赶出了地上的乐园，茫无目的，走了好久，一边哭一边望着天，又常常回头望那座住着最美的男爵小姐的最美的宫堡。晚上饿着肚子，睡在田里；又遇着大雪。第二天，老实人冻僵了，挣扎着走向近边一个市镇，那市镇叫做伐特勃谷夫-脱拉蒲克-狄克陶夫。他一个钱没有，饿得要死，累得要死，好不愁闷的站在一家酒店门口。两个穿蓝衣服[①]的人把他看在眼里，其中一个对另外一个说："喂，伙计，这小伙子长得怪不错，身量也合格。"他们过来很客气的邀他吃饭。老实人挺可爱挺谦逊的答道："承蒙相邀，不胜荣幸，无奈我囊空如洗，付不出份头啊。"两个穿蓝之中的一个说："啊，先生，凭你这副品貌才具，哪有破钞之理！你不是身长五尺半吗？"老实人鞠了一躬，道："不错，我正是五尺半高低。"——"啊，先生，坐下吃饭罢；我们不但要替你惠钞，而且决不让你这样一个人物缺少钱用；患难相助，人之天职，可不是吗？"老实人回答："说得有理；邦葛罗斯先生一向这么告诉我的；我看明白了，世界真是安排得再好没有。"两人要

[①] 当时招募新兵的差役都穿蓝制服。

他收下几块银洋,他接了钱,想写一张借据,他们执意不要。宾主便坐下吃饭。他们问:"你不是十分爱慕?……"老实人答道:"是啊,我十分爱慕居内贡小姐。"两人之中的一个忙说:"不是这意思;我们问你是否爱慕保加利亚国王?"老实人道:"不,我从来没见过他。"——"怎么不?他是天底下最可爱的国王,应当为他干杯。"——"好罢,我遵命就是了。"说着便干了一杯。两人就说:"得啦得啦,现在你已经是保加利亚的柱石,股肱,卫士,英雄了;你利禄也到手了,功名也有望了。"随即把老实人上了脚镣,带往营部,叫他向左转,向右转,扳上火门,扳下火门,瞄准,射击,快步跑,又赏他三十军棍。第二天他操练略有进步,只挨了二十棍;第三天只吃了十棍,弟兄们都认为他是天才。

老实人莫名其妙,弄不清他怎么会成为英雄的。一日,正是美好的春天,他想出去遛遛,便信步前行,满以为随心所欲的调动两腿,是人和动物共有的权利。还没走上七八里地,四个身长六尺的英雄追上来,把他捆起,送进地牢。他们按照法律规定,问他喜欢哪一样:还是让全团弟兄鞭上三十六道呢,还是脑袋里同时送进十二颗子弹?他声明意志是自由的,他两样都不想要;只是枉费唇舌,非挑一样不可。他只能利用上帝的恩赐,利用所谓自由,决意挨受三十六道鞭子。他挨了两道。团里共有两千人,两道就是四千鞭子:从颈窝到屁股,他的肌肉与神经统统露在外面了。第三道正要开始,老实人忍受不住,要求额外开恩,干脆砍掉他的脑袋。他们答应了,用布条蒙住他的眼睛,教他跪下。恰好保加利亚国王在旁走过,问了犯人的罪状;国王英明无比,听了老实人的情形,知道他是个青年玄学家,世事一窍不通,便把他赦免了；这宽大的德政，将来准会得到每份报纸每个世纪的颂扬。一位热心的外科医生，用希腊名医狄俄斯戈里传下的伤药，不出三星期就把老实人治好。他已经长了些新皮，能够走路了，保加利亚王和阿伐尔①王却打起仗来。

---

① 阿伐尔人一称阿巴尔人，为匈奴族的一支，曾于七、八世纪时侵入欧洲，后为查理曼大帝逐走；自十世纪后即不见史乘。伏尔泰仅以之为寓言材料，读者幸勿以史实绳之。

第三章
老实人怎样逃出保加利亚人的掌握，以后又是怎样的遭遇

两支军队的雄壮，敏捷，辉煌和整齐，可以说无与伦比。喇叭，横笛，双簧管，军鼓，大炮，合奏齐鸣，连地狱里也从来没有如此和谐的音乐。先是大炮把每一边的军队轰倒六千左右；排枪又替最美好的世界扫除了九千到一万名玷污地面的坏蛋。刺刀又充分说明了几千人的死因。总数大概有三万上下。老实人象哲学家一样发抖，在这场英勇的屠杀中尽量躲藏。

两国的国王各自在营中叫人高唱吾主上帝，感谢神恩；老实人可决意换一个地方去推敲因果关系了。他从已死和未死的人堆上爬过去，进入一个邻近的村子，只见一片灰烬。那是阿伐尔人的村庄，被保加利亚人依照公法焚毁的。这儿是戳满窟窿的老人，眼睁睁的看着他们被杀的妻子，怀中还有婴儿衔着血污的奶头；那儿是满足了英雄们的需要后，被开肠破肚的姑娘，正在咽最后一口气；又有些烧得半死不活的，嚷着求人结果他们的性命。地下是断臂折腿，旁边淌着脑浆。

老实人拔步飞奔，逃往另外一个村子：那是保加利亚人的地方；阿伐尔人对付他们的手段也一般无二。老实人脚下踩着的不

是瓦砾，便是还在扭动的肢体。他终于走出战场，搭裢内带着些干粮，念念不忘的想着居内贡小姐。到荷兰境内，干粮完了；但听说当地人人皆是富翁，并且是基督徒，便深信他们待客的情谊决不亚于男爵府上，就是说和他没有为了美丽的居内贡而被逐的时代一样。

他向好几位道貌岸然的人求布施，他们一致回答，倘若他老干这一行，就得送进感化院，教教他做人之道。

接着他看见一个人在大会上演讲，一口气讲了一个钟点，题目是乐善好施。他讲完了，老实人上前求助。演说家斜觑着他，问道："你来干什么？你是不是排斥外道，拥护正果的？"老实人很谦卑的回答："噢！天下事有果必有因；一切皆如连锁，安排得再妥当没有。我必须从居内贡小姐那边被赶出来，必须挨鞭子。我必须讨面包，讨到我能自己挣面包为止。这都是必然之事。"演说家又问："朋友，你可相信教皇是魔道吗？"[①]老实人回答："我还没听见这么说过；他是魔道也罢，不是魔道也罢，我缺少面包是真的。"那人道："你不配吃面包；滚开去，坏蛋；滚，流氓，滚，别走近我。"演说家的老婆在窗口探了探头，看到一个不信教皇为魔道的人，立刻向他倒下一大……噢，天！妇女的醉心宗教竟会到这个地步！

一个未受洗礼的，再浸礼派[②]信徒，名叫雅各，看到一个同

[①] 荷兰在宗教革命时代为新教徒的大本营，当然反对教皇。

[②] 再浸礼派为基督教中的一小派，认为婴儿受洗完全无效，必于成人后再行洗礼。该派起源于十六世纪，正当日耳曼若干地区发生农民革命的时期。

胞，一个没有羽毛而有灵魂的两足动物，受到这样野蛮无礼的待遇，便带他到家里，让他洗澡，给他面包，啤酒，送他两个弗洛冷①，还打算教老实人进他布厂学手艺，布厂的出品是在荷兰织造，而叫作波斯呢的一种印花布。老实人差不多扑在他脚下，叫道："邦葛罗斯老师早告诉我了，这个世界上样样都十全十美；你的慷慨豪爽，比着那位穿黑衣服的先生和他太太的残酷，使我感动多了。"

第二天，他在街上闲逛，遇到一个化子，身上长着脓疱，两眼无光，鼻尖烂了一截，嘴歪在半边，牙齿乌黑，说话逼紧着喉咙，咳得厉害，呛一阵就掉一颗牙。

---

① 弗洛冷为一种货币名称，十三世纪起由翡冷翠政府发行，原为金币。以后各国皆有仿制，并改铸为银币，法、荷、奥诸国均有。

第四章
老实人怎样遇到从前的哲学老师邦葛罗斯博士,和以后的遭遇

老实人一见之下,怜悯胜过了厌恶,把好心的雅各送的两个弗洛冷给了可怕的化子。那鬼一样的家伙定睛瞧着他,落着眼泪,向他的脖子直扑过来。老实人吓得后退不迭。"唉!"那个可怜虫向这个可怜虫说道:"你认不得你亲爱的邦葛罗斯了吗?"——"什么!亲爱的老师,是你?你会落到这般悲惨的田地?你碰上了什么倒楣事呀?干嘛不住在最美的宫堡里了?居内贡小姐,那女中之宝,天地的杰作,又怎么样了呢?"邦葛罗斯说道:"我支持不住了。"老实人便带他上雅各家的马房,给他一些面包;等到邦葛罗斯有了力气,老实人又问:"那末居内贡呢?"——"她死了。"老实人一听这话就晕了过去。马房里恰好有些坏醋,邦葛罗斯拿来把老实人救醒了。他睁开眼叫道:"居内贡死了!啊,最美好的世界到哪里去了?她害什么病死的?莫非因为看到我被她令尊大人一边踢,一边赶出了美丽的宫堡吗?"邦葛罗斯答道:"不是的;保加利亚兵先把她蹂躏得不象样了,又一刀戳进她肚子;男爵上前救护,被乱兵砍了脑袋;男爵夫人被人分尸,割作几块;我可怜的学生和他妹妹的遭遇完全一样;宫堡变了平地,连一所谷仓,

一头羊，一只鸭子，一棵树都不留了；可是人家代我们报了仇，阿伐尔人对近边一个保加利亚男爵的府第，也如法炮制。"

听了这番话，老实人又昏迷了一阵；等到醒来，把该说的话说完了，便追问是什么因，什么果，什么根据，把邦葛罗斯弄成这副可怜的形景。邦葛罗斯答道："唉，那是爱情啊；是那安慰人类，保存世界，为一切有情人的灵魂的、甜蜜的爱情啊。"老实人也道："噢！爱情，这个心灵的主宰，灵魂的灵魂，我也领教过了。所得的酬报不过是一个亲吻，还有屁股上挨了一二十下。这样一件美事，怎会在你身上产生这样丑恶的后果呢？"

于是邦葛罗斯说了下面一席话："噢，亲爱的老实人！咱们庄严的男爵夫人有个俊俏的侍女，叫做巴该德，你不是认识的吗？我在她怀中尝到的乐趣，赛过登天一般；乐趣产生的苦难却像堕入地狱一样，使我浑身上下受着毒刑。巴该德也害着这个病，说不定已经死了。巴该德的那件礼物，是一个芳济会神甫送的；他非常博学，把源流考证出来了：他的病是得之于一个老伯爵夫人，老伯爵夫人得之于一个骑兵上尉，骑兵上尉得之于一个侯爵夫人，侯爵夫人得之于一个侍从，侍从得之于一个耶稣会神甫，耶稣会神甫当修士的时候，直接得之于哥伦布的一个同伴。至于我，我不会再传给别人了，我眼看要送命的了。"

老实人嚷道："噢，邦葛罗斯！这段家谱可离奇透了！祸根不都在魔鬼身上吗？"——"不是的，"那位大人物回答，"在十全十美的世界上，这是无可避免的事，必不可少的要素。固然这病不但毒害生殖的本源，往往还阻止生殖，和自然界的大目标是相反的；但要是哥伦布没有在美洲一座岛上染到这个病，我们哪会有巧克力，哪会有作胭脂用的胭脂虫颜料？还得注意一点：至此为止，这病和宗教方面的争论一样，是本洲独有的。土耳其人，印度人，波斯人，中国人，暹罗人，日本人，都还没见识过；可是有个必然之理，不出几百年，他们也会领教的。目前这病在我们中间进步神速，尤其在大军之中，在文雅，安分，操纵各国命运的佣兵所组成的大军之中；倘有三万人和员额相等的敌军作战，每一方面必有两万人身长毒疮。"

老实人道："这真是妙不可言。不过你总得医啊。"邦葛罗斯回答："我怎么能医？朋友，我没有钱呀。不付钱，或是没有别人代付钱，你走遍地球也不能放一次血，①洗一个澡。"

听到最后几句，老实人打定了主意；他去跪在好心的雅各面前，把朋友落难的情形说得那么动人，雅各竟毫不迟疑，招留了邦葛罗斯博士，出钱给他治病。治疗的结果，邦葛罗斯只损失了一只眼睛和一只耳朵。他笔下很来得，又精通算术。雅各派他当账房。过了两月，雅各为了生意上的事要到里斯本去，把两位哲学家带在船上。邦葛罗斯一路向他解释，世界上一切都好得无以复加。雅各不同意。他说："无论如何，人的本性多少是变坏了，他们生下来不是狼，却变了狼。上帝没有给他们二十四磅的大炮，②也没有给他们刺刀；他们却造了刺刀大炮互相毁灭。多少起的破产，和法院攫取破产人财产，侵害债权人利益的事，我可以

---

① 至十九世纪中叶为止，放血为欧洲最普遍的一种治疗方法，其作用略如吾国民间之"放痧"。

② 二十四磅炮即发射二十四磅重的炮弹的炮。

立一本清账。"独眼博士回答道:"这些都是应有之事,个人的苦难造成全体的幸福;个人的苦难越多,全体越幸福。"他们正在这么讨论,忽然天昏地黑,狂风四起,就在望得见里斯本港口的地方,他们的船遇到了最可怕的飓风。

第五章
飓风,覆舟,地震;邦葛罗斯博士,老实人和雅各的遭遇

船身颠簸打滚,人身上所有的液质①和神经都被搅乱了:这些难以想象的痛苦使半数乘客软瘫了,快死了,没有气力再为眼前的危险着急。另外一半乘客大声叫喊,作着祷告。帆破了,桅断了,船身裂了一半。大家忙着抢救,七嘴八舌,各有各的主意,谁也指挥不了谁。雅各帮着做点儿事;他正在舱面上,被一个发疯般的水手狠狠一拳,打倒在地;水手用力过猛,也摔出去倒挂着吊在折断的桅杆上。好心的雅各上前援救,帮他爬上来;不料一使劲,雅各竟冲下海去,水手让他淹死,看都不屑一看。老实人瞧着恩人在水面上冒了一冒,不见了。他想跟着雅各跳海;哲学家邦葛罗斯把他拦住了,引经据典地说:为了要淹死雅各,海上才有这个里斯本港口的。他正在高谈因果以求证明的当口,船裂开了,所有的乘客都送了性命,只剩下邦葛罗斯,老实人和淹死善人雅各的野蛮水手;那坏蛋很顺利的泅到了岸上;邦葛罗斯和老实人靠一块木板把他们送上陆地。

---

① 此液质(humeur)指人身内部的各种液体,如血,淋巴等等。

他们惊魂略定，就向里斯本进发；身边还剩几个钱，只希望凭着这点儿盘川，他们从飓风中逃出来的命，不至于再为饥饿送掉。

　　一边走一边悼念他们的恩人；才进城，他们觉得地震了。①港口里的浪象沸水一般往上直冒，停泊的船给打得稀烂。飞舞回旋的火焰和灰烬，盖满了街道和广场；屋子倒下来，房顶压在地基上，地基跟着坍毁；三万名男女老幼都给压死了。水手打着唿哨，连咒带骂地说道："哼，这儿倒可以发笔财呢。"邦葛罗斯说："这现象究竟有何根据呢？"老实人嚷道："啊！世界末日到了！"水手闯进瓦砾场，不顾性命，只管找钱，找到了便揣在怀里；喝了很多酒，醉醺醺的睡了一觉，在倒坍的屋子和将死已死的人中间，遇到第一个肯卖笑的姑娘，他就掏出钱来买。邦葛罗斯扯着他袖子，说道："朋友，使不得，使不得；你违反理性了，干这个事不是时候。"水手答道："天杀的，去你的罢！我是当水手的，生在巴太维亚；到日本去过四次，好比十字架上爬过四次，理性，理性，你的理性找错了人了！"

　　几块碎石头砸伤了老实人；他躺在街上，埋在瓦砾中间，和邦葛罗斯说道："唉，给我一点儿酒和油罢；我要死了。"邦葛罗斯答道："地震不是新鲜事儿；南美洲的利马去年有过同样的震动；同样的因，同样的果；从利马到里斯本，地底下准有一道硫磺的暗流。""那很可能，"老实人说，"可是看上帝份上，给我一些油和酒呀。"哲学家回答："怎么说可能？我断定那是千真万确的事。"

---

① 影射一七五五年十一月一日的里斯本地震。

老实人晕过去了，邦葛罗斯从近边一口井里拿了点水给他。

第二天，他们在破砖碎瓦堆里爬来爬去，弄到一些吃的，略微长了些气力。他们跟旁人一同救护死里逃生的居民。得救的人中有几个请他们吃饭，算是大难之中所能张罗的最好的一餐。不用说，饭桌上空气凄凉得很；同席的都是一把眼泪，一口面包。邦葛罗斯安慰他们，说那是定数："因为那安排得不能再好了；里斯本既然有一座火山，这座火山就不可能在旁的地方。因为物之所在，不能不在，因为一切皆善。"

旁边坐着一位穿黑衣服的矮个子，是异教裁判所的一个小官；他挺有礼貌地开言道："先生明明不信原始罪恶了；倘使一切都十全十美，人就不会堕落，不会受罚了。"①

邦葛罗斯回答的时候比他礼貌更周到："敬请阁下原谅，鄙意并非如此。人的堕落和受罚，在好得不能再好的世界上，原是必不可少的事。"那小官儿又道："先生莫非不信自由吗？"邦葛罗斯答道："敬请阁下原谅；自由与定数可以并存不悖；因为我们必须自由，因为坚决的意志……"邦葛罗斯说到一半，那小官儿对手下的卫兵点点头，卫兵便过来替他斟包多酒或是什么奥包多酒。

---

① 最后两句指亚当与夏娃偷食禁果之事。

第六章
怎样的举办功德大会禳解地震，
老实人怎样的被打板子

地震把里斯本毁了四分之三，地方上一般有道行的人，觉得要防止全城毁灭，除了替民众办一个大规模的功德会，别无他法。科印勃勒大学①的博士们认为，在庄严的仪式中用文火活活烧死几个人，是阻止地震万试万灵的秘方。

因此他们抓下一个皮斯加伊人，两个葡萄牙人；皮斯加伊人供认娶了自己的干妈②，葡萄牙人的罪名是吃鸡的时候把同煮的火腿扔掉。刚吃过饭的邦葛罗斯和他的门徒老实人也被捕了，一个是因为说了话，一个是因为听的神气表示赞成。两人被分别带进一间十分凉快，永远不会受到阳光刺激的屋子。八天以后，他们俩穿上特制的披风，头上戴着尖顶纸帽：老实人的披风和尖帽，画的是倒垂的火焰，一些没有尾巴没有爪子的魔鬼；邦葛罗斯身

---

① 科印勃勒大学为葡萄牙有名的大学。一七五六年六月二十日，葡萄牙确曾举办此种"功德大会"。

② 教徒受洗时有教父教母各一人，干妈为教徒对教母的称谓。

上的魔鬼又有尾巴又有爪子,火焰是向上的。他们装束停当,①跟着大队游行,听了一篇悲壮动人的讲道,紧跟着又是很美妙的几部合唱的音乐。一边唱歌,一边就有人把老实人按着节拍打屁股。皮斯加伊人和两个吃鸡没吃火腿的葡萄牙人,被烧死了,邦葛罗斯是吊死的,虽然这种刑罚与习惯不合。当天会后,又轰隆隆的来了一次惊心动魄的地震。②

老实人吓得魂不附体,目瞪口呆,头里昏昏沉沉,身上全是血迹,打着哆嗦,对自己说道:"最好的世界尚且如此,别的世界还了得?我屁股挨打倒还罢了,保加利亚人也把我打过的;可是亲爱的邦葛罗斯!你这个最伟大的哲学家!我连你罪名都不知道,竟眼看你吊死,难道是应该的吗?噢,亲爱的雅各,你这个最好的好人,难道应该淹死在港口里吗?噢,居内贡小姐,你这女中之宝,难道应当被人开肠剖肚吗?"

老实人听过布道,打过屁股,受了赦免,受了祝福,东倒西歪,挣扎着走回去,忽然有个老婆子过来对他说:"孩子,鼓起勇气来,跟我走。"

---

① 十六、七世纪时,异教裁判所执行火刑时,犯人装束确如作者所述。
② 一七五五年十二月二十一日葡萄牙再度地震。

第七章
一个老婆子怎样的照顾老实人,
老实人怎样的重遇爱人

老实人谈不到什么勇气,只跟着老婆子走进一所破屋:她给他一罐药膏叫他搽,又给他饮食;屋内有一张还算干净的床,床边摆着一套衣服。她说:"你尽管吃喝;但愿阿多夏的圣母,巴杜的圣·安东尼,刚波斯丹的圣·雅各,一齐保佑你:我明儿再来。"老实人对于见到的事,受到的灾难,始终莫名其妙,老婆子的慈悲尤其使他诧异。他想亲她的手。老婆子说道:"你该亲吻的不是我的手;我明儿再来。你搽着药膏,吃饱了好好的睡罢。"

老实人虽则遭了许多横祸,还是吃了东西,睡着了。第二天,老婆子送早点来,看了看他的背脊,替他涂上另外一种药膏;过后又端中饭来;傍晚又送夜饭来。第三天,她照常办事。老实人紧钉着问:"你是谁啊?谁使你这样大发善心的?教我怎么报答你呢?"好心的女人始终不出一声;晚上她又来了,却没有端晚饭,只说:"跟我走,别说话。"她扶着他在野外走了半里多路,到一所孤零零的屋子,四周有花园,有小河。老婆子在一扇小门上敲了几下。门开了;她带着老实人打一座暗梯走进一个金碧辉煌的小房间,叫他坐在一张金银铺绣的便榻上,关了门,走了。老实人以为是做梦,他把一生看作一个恶梦,把眼前看做一个好梦。

一忽儿老婆子又出现了,好不费事的扶着一个浑身发抖的女子,庄严魁伟,戴着面网,一派的珠光宝气。老婆子对老实人说:"你来,把面网揭开。"老实人上前怯生生的举起手来。哪知不揭犹可,一揭就出了奇事!他以为看到了居内贡小姐;他果然看到了居内贡小姐,不是她是谁!老实人没了气力,说不出话,倒在她脚下。居内贡倒在便榻上。老婆子灌了许多酒,他们才醒过来,谈话了:先是断断续续的一言半语,双方同时发问,同时回答,不知叹了多少气,流了多少泪,叫了多少声。老婆子教他们把声音放低一些,丢下他们走了。老实人和居内贡说:"怎么,是你!你还活着!怎么会在葡萄牙碰到你?邦葛罗斯说你被人强奸,被人开肠剖肚,都是不确的吗?"美丽的居内贡答道:"一点不假。可是一个人受了这两种难,不一定就死的。"——"你爸爸妈妈被杀死,可是真的?"——"真的,"居内贡哭着回答。——"那末你的哥哥呢?"——"他也被杀死了。"——"你怎么在葡萄牙的?怎么知道我也在这里?你用了什么妙计,教人带我到这屋子来的?"那女的说道:"我等会告诉你。你先讲给我听;从你给了我纯洁的一吻,被踢了一顿起,到现在为止,经过些什么事?"

老实人恭恭敬敬听从了她的吩咐。虽则头脑昏沉,声音又轻又抖,脊梁还有点儿作痛,他仍是很天真的把别后的事统统告诉她。居内贡眼睛望着天;听到雅各和邦葛罗斯的死,不免落了几滴眼泪。接着她和老实人说了后面一席话,老实人一字不漏地听着,目不转睛的瞅着她,仿佛要把她吞下去似的。

第八章
居内贡的经历

"我正躺在床上,睡得很熟,不料上天一时高兴,打发保加利亚人到我们森特-登-脱龙克美丽的宫堡中来;他们把我父亲和哥哥抹了脖子,把我母亲割做几块。一个高大的保加利亚人,身长六尺,看我为了父母的惨死昏迷了,就把我强奸;这一下我可醒了,立刻神志清楚,大叫大嚷,拚命挣扎,口咬,手抓,恨不得挖掉那保加利亚高个子的眼睛;我不知道我父亲宫堡中发生的事原是常有的。那蛮子望我左腋下戳了一刀,至今还留着疤。"天真的老实人道:"哎哟!我倒很想瞧瞧这疤呢。"居内贡回答:"等会给你瞧。先让我讲下去。"——"好,讲下去罢。"老实人说。

她继续她的故事:"那时一个保加利亚上尉闯进来,看我满身是血,那兵若无其事,照旧干他的。上尉因为蛮子对他如此无礼,不禁勃然大怒,就在我身上把他杀了;又叫人替我包扎伤口,带往营部作为俘虏。我替他煮饭洗衣,其实也没有多少内衣可洗。不瞒你说,他觉得我挺美;我也不能否认他长得挺漂亮,皮肤又白又嫩;除此以外,他没有什么思想,不懂什么哲学;明明没受过邦葛罗斯博士的熏陶。过了三个月,他钱都花完了,对我厌倦了,把我卖给一个犹太人,叫做唐·伊萨加,在荷兰与葡萄牙两地做买卖的,极好女色。他对我很中意,可是占据不了;我抗拒他不象抗拒保加利亚兵那样软弱。一个清白的女子可能被强奸一次,但她的贞操倒反受了锻炼。

"犹太人想收服我,送我到这座乡下别墅来。我一向以为森特-登-脱龙克宫堡是世界上最美的屋子,现在才发觉我错了。

"异教裁判所的大法官有天在弥撒祭中见到我,用手眼镜向我瞄了好几回,叫人传话,说有机密事儿和我谈。我走进他的府第,说明我的出身;他解释给我听,让一个以色列人霸占对我是多么有失身分。接着有人出面向唐·伊萨加提议,要他把我让给法官大人。唐·伊萨加是宫廷中的银行家,很有面子,一口回绝了。大法官拿功德会吓他。犹太人受不了惊吓,讲妥了这样的条件:这所屋子跟我作为他们俩的共有财产,星期一、三、六,归犹太人,余下的日子归大法官。这协议已经成立了六个月。争执还是有的;因为决不定星期六至星期日之间的那一夜应该归谁。至于我,至今对他们俩一个都不接受,大概就因为此,他们对我始终宠爱不衰。

"后来为了禳解地震,同时为了吓吓唐·伊萨加,大法官办了一个功德大会。我很荣幸的被邀观礼,坐着上席;弥撒祭和行刑之间的休息时期,还有人侍候女太太们喝冷饮。看到两个犹太人和娶了干妈的那个老实的皮斯加伊人被烧死,我的确非常恐怖,但一见有个身穿披风,头戴纸帽的人,脸孔很象邦葛罗斯,我的诧异,惊惧,惶惑,更不消说了。我抹了抹眼睛,留神细看;他一吊上去,我就昏迷了。我才苏醒,又看到你剥得精赤条条的;我那时的恐怖,错愕,痛苦,绝望,真是达于极点。可是老实说,你的皮肤比我那保加利亚上尉的还要白,还要红得好看。我一见之下,那些把我煎熬把我折磨的感觉更加强了。我叫着嚷着,想喊:'喂,住手呀!你们这些蛮子!'只是喊不出声音,而且即使喊出来也未必有用。等你打完了屁股,我心里想:怎么大智大慧的邦葛罗斯和可爱的老实人会在里斯本,一个挨了鞭子,一个被吊死?而且都是把我当作心肝宝贝的大法官发的命令!邦葛罗斯从前和我说,世界上一切都十全十美;现在想来,竟是残酷的骗人话。

"紧张,慌乱,一忽儿气得发疯,一忽儿四肢无力,快死过去了;我头脑乱糟糟的,想的无非是父母兄长的惨死,下流的保加利亚兵的蛮横,他扎我的一刀,我的沦为奴仆,身为厨娘,还有那保加利亚上尉,无耻的唐·伊萨加,卑鄙的大法官,邦葛罗斯博士的吊死,你挨打屁股时大家合唱的圣诗,尤其想着我最后见到你的那天,在屏风后面给你的一吻。我感谢上帝教你受尽了折磨仍旧回到我身边来。我吩咐侍候我的老婆子照顾你,能带到这儿来的时候就带你来。她把事情办得很妥当。现在能跟你相会,听你说话,和你谈心,我真乐死了。你大概饿极了罢;我肚子闹饥荒了;来,咱们先吃饭罢。"

两人坐上饭桌;吃过晚饭,又回到上文提过的那张便榻上;他们正在榻上的时候,两个屋主之中的一个,唐·伊萨加大爷到了。那天是星期六,他是来享受权利,诉说他的深情的。

第九章
居内贡,老实人,大法官和
犹太人的遭遇

自从以色列国民被移置巴比仑到现在,这伊萨加是性情最暴烈的希伯来人了。[①] 他说:"什么!你这加利利[②]的母狗,养了大法官还不够,还要我跟这个杂种平分吗?"说着抽出随身的大刀,直扑老实人,没想到老实人也有武器。咱们这个威斯发里青年,从老婆子那儿得到衣服的时候也得了一把剑。他虽是性情和顺,也不免拔出剑来,教以色列人直挺挺的横在美丽的居内贡脚下。

她嚷起来:"圣母玛丽亚!怎么办呢?家里出了人命了!差役一到,咱们就完啦。"老实人说:"邦葛罗斯要没吊死,在这个危急的关头,一定能替咱们出个好主意,因为他是大哲学家。既然他死了,咱们去跟老婆子商量罢。"她非常乖巧,刚开始发表意见,另外一扇小门又开了。那时已经半夜一点,是星期日了。这

---

① 希伯来族自所罗门王薨后,分为犹太与以色列两国,公元前六世纪为巴比仑王尼布甲尼撒二世征服,大批希伯来人被移往巴比仑为奴。西方所谓希伯来人,以色列人,犹太人,皆指同一民族。

② 加利利人为异教徒对基督徒之称谓,因伊萨加为犹太人,居内贡为基督徒。

一天是大法官的名分。他进来,看见打过屁股的老实人握着剑,地下躺着个死人,居内贡面无人色,老婆子正在出主意。

那时老实人转的念头是这样的:"这圣徒一开口叫人,我就万无侥幸,一定得活活烧死;他对居内贡也可能如法炮制。他多狠心,叫人打我屁股;何况又是我的情敌;现在我杀了人,被他当场撞见,不能再三心两意了。"这些念头来得又快又清楚;他便趁大法官还在发楞的当口,马上利剑一挥,把他从前胸戳到后背,刺倒在犹太人旁边。"啊,又是一个!"居内贡说。"那还有宽赦的希望吗?我们要被驱逐出教,我们的末日到了。你性子多和顺,怎么不出两分钟会杀了一个犹太人一个主教的?"①老实人答道:"美丽的小姐,一个人动了爱情,起了妒性,被异教裁判所打了屁股,竟变得连自己也认不得了。"

老婆子道:"马房里有三匹安达鲁齐马,鞍辔俱全:叫老实人去套好牲口;太太有的是金洋钻石;快快上马,奔加第士去;我只有半个屁股好骑马,也顾不得了;天气很好,趁夜凉赶路也是件快事。"

老实人立刻把三匹马套好。居内贡,老婆子和他三人一口气直赶了四五十里。他们在路上逃亡的期间,公安大队到了那屋子;他们把法官大人葬在一所华丽的教堂内,把犹太人扔在垃圾堆上。

老实人,居内贡和老婆子,到了莫雷那山中的一个小镇,叫做阿伐赛那。他们在一家酒店里谈了下面一段话。

---

① 异教裁判所的法官均系高级的教士兼的。

第十章

老实人，居内贡和老婆子怎样
一贫如洗的到加第士，怎样的上船

居内贡一边哭一边说："啊，谁偷了我的比斯多①和钻石的？教咱们靠什么过活呢？怎么办呢？哪里再能找到大法官和犹太人，给我金洋和钻石呢？"老婆子道："唉！昨天晚上有个芳济会神甫，在巴大育和我们宿在一个客栈里，我疑心是他干的事；青天在上，我决不敢冤枉好人，不过那神甫到我们房里来过两次，比我们早走了不知多少时候。"老实人道："哎啊！邦葛罗斯常常向我证明，尘世的财富是人类的公产，人人皆得而取之。根据这原则，那芳济会神甫应当留下一部分钱，给我们做路费。美丽的居内贡，难道他什么都不留给我们吗？"她说："一个子儿都没留。"老实人道："那怎么办呢？"老婆子道："卖掉一匹马罢；我虽然只有半个屁股，还是可以骑在小姐背后；这样我们就可以到加第士了。"

小客栈中住着一个本多会修院的院长，花了很低的价钱买了马。老实人，居内贡和老婆子，经过罗赛那，基拉斯，莱勃列克撒，到了加第士。加第士正在编一个舰队，招募士兵，预备教巴

---

① 比斯多为西班牙的一种金币。

拉圭的耶稣会神甫①就范,因为有人告他们煽动某个部落反抗西班牙与葡萄牙的国王。老实人在保加利亚吃过粮,便到那支小小的远征军中,当着统领的面表演保加利亚兵操,身段动作那么高雅,迅速,俐落,威武,矫捷,统领看了,立即分拨一连步兵归他统率。他当了上尉,带着居内贡小姐,老婆子,两名当差和葡萄牙异教裁判所大法官的两匹安达鲁齐马,上了船。

航行途中,他们一再讨论可怜的邦葛罗斯的哲学。老实人说:"现在咱们要到另外一个世界去了;大概那个世界是十全十美的。因为老实说,我们这儿的物质生活和精神生活,的确有点儿可悲可叹。"居内贡道:"我真是一心一意的爱你,可是我所看到的,所经历的,使我还惊慌得很呢。"——"以后就好啦,"老实人回答,"这新世界的海洋已经比我们欧洲的好多了;浪更平静,风也更稳定。最好的世界一定是新大陆。"居内贡说:"但愿如此!可是在我那世界上,我遭遇太惨了,几乎不敢再存什么希望。"老婆子说:"你们都怨命;唉!你们还没受过我那样的灾难呢。"居内贡差点儿笑出来,觉得老婆子自称为比她更苦命,未免可笑;她道:"哎!我的老妈妈,除非你被两个保加利亚兵强奸,除非你肚子上挨过两刀,除非你有两座宫堡毁掉,除非人家当着你的面杀死了你两个父亲两个母亲,除非你有两个情人在功德会中挨打,我就不信你受的灾难会超过我的;还得补上一句:我是七十二代贵族之后,生为男爵的女儿,结果竟做了厨娘。"——"小姐,"老婆子

---

① 南美之巴拉圭于十七世纪时为西班牙属国,西王腓列伯三世授权耶稣会教士统治,直至一七六七年此神权政治方始告终。

回答,"你不知道我的出身;你要是看到我的屁股,就不会说这种话,也不会下这个断语了。"这两句话大大的引起了居内贡和老实人的好奇心。老婆子便说出下面一番话来。

第十一章
老婆子的身世

"我不是一向眼睛里长满红筋,眼圈这么赤红的;鼻子也不是一向碰到下巴的,我也不是一向当用人的。我是教皇厄尔彭十世和巴莱斯德利那公主生的女儿;十四岁以前住的王府,把你们日耳曼全体男爵的宫堡做它的马房还不配;威斯发里全省的豪华,还抵不上我一件衣衫。我越长越美,越风流,越多才多艺;我享尽快乐,受尽尊敬,前程似锦。我很早就能挑动人家的爱情了。乳房慢慢的变得丰满,而且是何等样的乳房!又白,又结实,模样儿活象梅迭西斯的维纳斯①身上的。还有多美的眼睛!多美的眼皮!多美的黑眉毛!两颗眼珠射出来的火焰,象当地的诗人们说的,直盖过了天上的星光。替我更衣的女用人们,常常把我从前面看到后面,从后面看到前面,看得出神了,所有的男人都恨不得做她们的替工呢。

"我跟玛沙-加拉的王子订了婚。啊!一位多么体面的王子!长得跟我一样美,说不尽的温柔,风雅,而且才华盖世,热情如

---

① 希腊古雕塑中有许多维纳斯像,均系杰作。后人均以掘得该像之所在地,或获得该像之诸侯之名名之。梅迭西斯为文艺复兴时期统治翡冷翠的大族。

火。我爱他的情分就象初恋一样,对他五体投地,如醉若狂。婚礼已经开始筹备了。场面的伟大是空前未有的;连日不断的庆祝会,骑兵大操,滑稽歌剧;全意大利争着写十四行诗来歌颂我,我还嫌没有一首象样的。我快要大喜的时候,一个做过王子情妇的老侯爵夫人,请他到家里去喝巧克力茶。不到两小时,他抽搐打滚,形状可怕,竟自死了。这还不算一回事。我母亲绝望之下,——其实还不及我伤心,——想暂时离开一下那个不祥之地。她在迦伊埃德附近有块极好的庄田。我们坐着一条本国的兵船,布置得金碧辉煌,好比罗马圣·比哀教堂的神龛。谁知海盗半路上来袭击,上了我们的船。我们的兵不愧为教皇的卫队,他们的抵抗是丢下枪械,跪倒在地,只求饶命。

"海盗立即把他们剥得精光,象猴子一般;我的母亲,我们的宫女,连我自己都在内。那些先生剥衣服手法的神速,真可佩服。但我还有更诧异的事呢:他们把手指放在我们身上的某个部分,那是女人平日只让医生安放套管的。这个仪式,我觉得很奇怪。一个人不出门就难免少见多怪。不久我知道,那是要瞧瞧我们有没有隐藏什么钻石。在往来海上的文明人中间,这风俗由来已久,从什么时代开始已经不可考了。我知道玛德会的武士们[①]俘获土耳其人的时候,不论男女,也从来不漏掉这个手续;这是没有人违反的一条公法。

"一个年轻公主,跟着母亲被带往摩洛哥去当奴隶,那种悲

[①] 玛德会一名耶路撒冷的圣·约翰会,为基督旧教中的一个宗派,纯属军事性质的教会团体;创于十一世纪,以地中海的玛德岛为根据地。

惨也不必细说了。在海盗船上受的罪,你们不难想象。我母亲还非常好看;我们的宫女,连一个普通女仆的姿色,也是全非洲找不出来的。至于我,长得那么迷人,赛过天仙下凡,何况还是个处女。但我的童贞并没保持多久:我替俊美的王子保留的一朵花,给海盗船上的船长硬摘了去。他是一个奇丑无比的黑人,自以为大大抬举了我呢。不必说,巴莱斯德利那公主和我,身体都很壮健,因此受尽折磨,还能捱到摩洛哥。闲言少叙;这些事也太平常了,不值一提。

"我们到的时节,摩洛哥正是一片血海。摩莱·伊斯玛伊皇帝的五十个儿子各有党派:那就有了五十场内战:黑人打黑人,黑人打半黑人,[①] 半黑人打半黑人,黑白混血种人打黑白混血种人。全个帝国变了一个日夜开工的屠宰场。

"才上岸,与我们的海盗为敌的一帮黑人,立刻过来抢他的战利品。最贵重的东西,除了钻石与黄金,就要算到我们了。我那时看到的厮杀,你们休想在欧洲地面上看到:这是水土关系。北方人没有那种热血,对女人的疯劲也不象在非洲那么普遍。欧洲人血管里仿佛孱着牛奶;阿特拉斯山[②] 一带的居民,血管里有的是硫酸,有的是火。他们的厮杀就象当地的狮虎毒蛇一般猛烈,目的是要抢我们。一个摩尔人抓着我母亲的右臂,我船上的大副抓着她的左臂,一个摩尔兵拽着她的一条腿,我们的一个海盗拽着另外一条。全体妇女几乎同时都被四个兵扯着。船长把我藏在他

---

① 半黑人指皮肤黝黑,近于紫铜色的人。
② 阿特拉斯为北非大山脉,主山在摩洛哥境内。

身后,手里握着大弯刀;敢冒犯他虎威的,他都来一个杀一个。临了,所有的意大利妇女,连我母亲在内,全被那些你争我夺的魔王撕裂了,扯做几块。海盗,俘虏,兵,水手,黑人,半黑人,白人,黑白混血种人,还有我那船长,全都死了;我压在死人底下,只剩一口气。同样的场面出现在一千多里的土地上,可是谟罕默德规定的一天五次祈祷,从来没耽误。

"我费了好大气力,从多少鲜血淋漓的尸首下面爬出来,一步一步,挨到附近一条小溪旁边,一株大橘树底下:又惊又骇,又累又饿,不由得倒下去了。我疲倦已极,一忽儿就睡着;那与其说是休息,不如说是晕厥。正当我困惫昏迷,半死半活的时候,忽然觉得有件东西压在我身上乱动。睁开眼来,只见一个气色很好的白种人,叹着气,含含糊糊说出几个意大利字:多倒楣啊,一个人没有了……

第十二章
老婆子遭难的下文

"我听到本国的语言惊喜交集,那句话也同样使我诧异。我回答他说,比他抱怨的更倒楣的事儿,多得很呢。我三言两语,说出我才经历的悲惨事儿,但我精神又不济了。他抱我到邻近一所屋子里,放在床上,给我吃东西,殷勤服侍,好言相慰,恭维我说,他从来没见过我这样的美人儿,他对自己那个无可补救的损失,也从来没有这样懊恼过。他道:'我生在拿波里;地方上每年要阉割两三千儿童:有的割死了,有的嗓子变得比女人的还好听,又有的大起来治理国家大事。① 我的手术非常成功,在巴莱斯德利那公主府上当教堂乐师。'我叫起来:'那是我的母亲啊!'——'你的母亲!'他哭着嚷道。'怎么!你就是我带领到六岁的小公主吗?你现在的才貌,那时已经看得出了。'——'是我呀;我母亲就在离开这儿四百步的地方,被人剁了几块,压在一大堆死尸底下……'

"我告诉了他前前后后的遭遇;他也把他的经历告诉了我。某

---

① 影射西班牙的加洛·勃罗斯几(1705—1782),他被封为贵族,执掌朝政,烜赫一时。

基督教强国派他来见摩洛哥王，商量一项条约，规定由某强国供给火药，大炮，船只，帮助摩洛哥王破坏别个基督教国家的商业。那太监说：'我的使命已经完成，正要到葛太去搭船，可以带你回意大利。可是多倒楣啊，一个人没有……'

"我感动得流下泪来，向他千恩万谢。但他并不带我回意大利，而是带往阿尔及尔，把我卖给当地的总督。我刚换了主人，蔓延欧、亚、非三洲的那场大瘟疫，就在阿尔及尔发作了，来势可真不小。你们见过地震，可是，小姐，你可曾见过鼠疫？"——"没有，"男爵小姐回答。

老婆子又道："要是见过，你们就会承认比地震可怕得多。鼠疫在非洲是常事；我也传染了。你们想想罢：一个教皇的女儿，只有十五岁，短短三个月时间就变做赤贫，变做奴隶，几乎天天被强奸，眼看母亲的肢体四分五裂，自己又尝遍饥饿和战争的味道，在阿尔及尔得了九死一生的鼠疫。可是我竟没有死。不过我那个太监和总督，以及总督的姬妾，都送了命。

"可怕的鼠疫第一阵袭击过了以后，总督的奴隶被一齐出卖。有个商人把我买下来，带往突尼斯，转卖给另一个商人；他带我上的黎波里，又卖了；从的黎波里卖到亚历山大，从亚历山大卖到斯麦那，从斯麦那卖到君士坦丁堡。最后我落入苏丹御林军中的一个军官手里，不久他奉派出去，帮阿左夫抵抗围困他们的俄罗斯人。①

---

① 影射一六九五至一六九六年间的战事。伏尔泰当时正为其所著的俄国史搜集材料。

"那军官是个多情种子，把全部姬妾都带着走，安置在阿左夫海口上一个小炮台里，拨两个黑人太监和二十名士兵保护。我们这边杀了无数俄罗斯人，俄罗斯人也照样回敬我们。阿左夫变了一片火海血海，男女老幼无一幸免，只剩下我们的小炮台；敌人打算教我们活活饿死；可是二十名卫队早就赌神发咒，决不投降。他们饿极了，没有办法，只得拿两名太监充饥，生怕违背他们发的愿。几天以后，他们决意吃妇女了。

"我们有个很虔诚很慈悲的回教祭司，对卫兵恳切动人的讲了一次道，劝他们别把我们完全杀死。他说：'你们只消把这些太太们割下半个屁股，就可大快朵颐；倘若再有需要，过几天还有这么丰盛的一餐等着你们。你们这种大慈大悲的行为，足以上感苍天，得到救助的。'

"他滔滔雄辩，把卫兵说服了。我们便受了这个惨酷的手术。祭司拿阉割儿童用的药膏，替我们敷上。我们差不多全要死下来了。

"卫兵们刚吃完我们供应的筵席，俄罗斯人已经坐了平底船冲进来，把卫兵杀得一个不留。俄罗斯人对我们的情形不加理会。幸而世界上到处都有法国军医；其中有个本领挺高强的来救护我们，把我们治好了。我一辈子也不会忘记，我的伤疤完全结好的那天，他就向我吐露爱情。同时还劝我们大家别伤心；说好几次围城的战争都发生同样的事，那是战争的定律。

"等到我的同伴们都能走路了，就被带往莫斯科。分派之下，我落在一个贵族手里；他叫我当园丁，每天赏我二十鞭子。两年之后，宫廷中互相倾轧的结果，我那位爵爷和三十来个别的贵族，都被凌迟处死。我乘机逃走,穿过整个俄罗斯,做了多年酒店侍女,先是在里加,后来在罗斯托克,维斯玛,来比锡,卡塞尔,攸德累克德,来顿,海牙,罗忒达姆。贫穷和耻辱,磨得我人也老了;我只剩着半个屁股,永远忘不了是教皇之女;几百次想自杀,却始终丢不下人生。这个可笑的弱点,大概就是我们的致命伤:时时刻刻要扔掉的枷锁,偏偏要继续背下去;一面痛恨自己的生命,一面又死抓不放;把咬你的毒蛇搂在怀里抚摩,直到它吃掉你的心肝为止:这不是愚不可及是什么?

"在我命里要飘流过的地方上,在我当过侍女的酒店里,诅咒自己生命的人,我不知见过多多少少;但自愿结束苦命的,只见到十二个:三个黑人,四个英国人,四个日内瓦人,还有一个叫作罗贝克的德国教授。最后我在犹太人唐·伊萨加家当老妈子;他派我服侍你,美丽的小姐;我关切着你的命运,对你的遭遇比对我自己的还要操心。我永远不会提到自己的苦难,要不是你们把我激了一下,要不是船上无聊,照例得讲些故事消遣消遣。总而言之,小姐,我有过经验,见过世面;你不妨请每个乘客讲一讲他们的历史,借此解闷;只要有一个人不自怨其生,不常常自命为世界上最苦的人,你尽管把我倒提着摔下海去。"

第十三章
老实人怎样的不得不和
居内贡与老婆子分离

美丽的居内贡听了老婆子的故事,便按照她的身分与品德,向她施礼。居内贡也听了老婆子的主意,邀请全体乘客挨着次序讲自己的身世。老实人和居内贡听着,承认老婆子有理。老实人说:"可惜葡萄牙的功德大会不照规矩,把大智大慧的邦葛罗斯吊死了;要不然他对于海陆两界的物质与精神的痛苦,准能发挥一套妙论,而我也觉得颇有胆气,敢恭恭敬敬的向他提出几点异议。"

每个乘客讲着他的故事,不觉航行迅速,已经到了布宜诺斯艾利斯[1]。居内贡,老实人上尉和老婆子,一同去见唐·斐南多总督,他有伊巴拉,[2]腓加罗阿,玛斯卡林,朗波尔陶和索萨五处封邑。那位大人拥有这么多头衔,自然有一副高傲的气概,配合他的身份。他和人说话,用的是鄙夷不屑的态度,鼻子举得那么高,

---

[1] 即今南美阿根廷的京城。

[2] 伊巴拉等五个名字,乃一七五八年九月谋刺葡萄牙王凶犯之名,作者借作总督封邑之名。

嗓子喊得那么响，口吻那么威严，神情那么傲慢，使晋见的人都恨不得揍他一顿。他好色若命，觉得居内贡是他生平第一次见到的美人儿，一开口便问她是不是上尉的老婆。老实人看了问话的神气吓了一跳：他既不敢说是老婆，因为她其实不是；又不敢说是姊妹，因为她其实也不是；虽则这一类的谎话在古人中很通行，①对今人也有很多方便，但老实人太纯洁了，不敢有半点儿隐瞒，便道："承蒙居内贡小姐不弃，已经答应下嫁小人，我们还要请大人屈尊，主持婚礼呢。"

唐·斐南多·特·伊巴拉翘起胡子，狞笑了一下，吩咐老实人去检阅部队。老实人只得遵命；总督留下居内贡小姐，向她表示热情，宣布第二天就和她成婚，不管在教堂里行礼还是用别的仪式，他太喜欢她的姿色了。居内贡要求宽限一刻钟，让她定定神，跟老婆子商量一下，而她自己也得打个主意。

老婆子对居内贡说："小姐，你没有一个小钱，空有七十二代的家谱；总督是南美洲最有权势的爵爷，长着一绺漂亮胡子；要做总督夫人只在你自己手里。莫非你还心高气傲，打算苦熬苦守，从一而终吗？你已经被保加利亚人强奸；一失身于犹太人，再失身于大法官。吃苦吃多了，也该尝尝甜头。换了我，决不三心两意，一定嫁给总督大人，一方面提拔老实人，帮他升官发财。"老婆子正凭着年龄与经验，说着这番考虑周详的话，港口里却驶进一条小船，载着一个法官和几名差役。事情是这样的：

---

① 此系隐指亚伯拉罕在基拉尔地方伪称妻子为妹的故事，详见《旧约·创世记》第二十章。

老婆子原没猜错,当初居内贡和老实人匆匆忙忙逃走,在巴大育镇上失落的珠宝,的确是一个宽袍大袖的芳济会神甫偷的。他想把一部分宝石卖给一个珠宝商,珠宝商识破是大法官的东西。神甫被吊死以前,供认珠宝是偷来的,说出失主的面貌行踪。官方发觉了居内贡和老实人逃亡的路由,一直追踪到加第士,到了加第士,立即派一条船跟着来。那船已经进入布宜诺斯艾利斯港,外面纷纷传说,有个法官就要上岸,缉捕谋杀大主教的凶手。机灵的老婆子当下心生一计,对居内贡说道:"你不能逃,也不用怕,杀大主教的不是你;何况总督喜欢你,决不让人家得罪你的;你尽管留在这儿。"她又赶去找老实人,说道:"快快逃罢;要不然一小时之内,你就得送上火刑台。"事情果然紧急,一刻都耽误不得;可是怎么舍得下居内贡呢?又投奔哪儿去呢?

第十四章
老实人与加刚菩,在巴拉圭的耶稣会士中受到怎样的招待①

老实人曾经在加第士雇了一个当差。在西班牙沿海和殖民地上,那种人是很多的。他名叫加刚菩,四分之一是西班牙血统,父亲是图库曼②地方的一个混血种。他当过助祭童子,圣器执事,水手,修士,乐器工匠,大兵,跟班。加刚菩非常喜欢他的东家,因为东家待人宽厚。当下他抢着把两匹安达鲁齐马披挂停当,说道:"喂,大爷,咱们还是听老婆子的话,三十六着走为上。"老实人掉着泪说:"噢!我亲爱的居内贡!总督大人正要替我们主婚了,我倒反而把你扔下来吗?路远迢迢地来到这里,你如今怎么办呢?"加刚菩道:"由她去罢,女人家自有本领;她有上帝保佑;咱们快走罢。"——"你把我带往哪儿呢?咱们上哪里去呢?没有了居内贡,咱们如何是好呢?"——"哎,"加刚菩回答,"你原本

---

① 伏尔泰曾为其所著《风俗论》(1758)搜集有关巴拉圭耶稣会士的材料;一七五四至一七五八年间,作者又将此项题材写成重要文字多篇。本章所述,伏尔泰大抵皆有考据。

② 图库曼为今阿根廷的一个省份。

是要去攻打耶稣会士的，现在不妨倒过来，去替他们出力。我认得路，可以送你到他们国内；他们手下能有个会保加利亚兵操的上尉，要不高兴才怪！你将来一定飞黄腾达。这边不得意，就上那边去。何况广广眼界，干点儿新鲜事也怪有趣的。"

老实人问："难道你在巴拉圭耽过吗？"加刚菩道："怎么没耽过？我在阿松西翁学院做过校役，我对于耶稣会政府，跟加第士的街道一样熟。那政府真是了不起。国土纵横千余里，划作三十行省。神甫们无所不有，老百姓一无所有；那才是理智与正义的杰作。以我个人来说，我从来没见过象那些神甫一样圣明的人，他们在这里跟西班牙王葡萄牙王作战，在欧洲听西班牙王葡萄牙王的忏悔；在这里他们见到西班牙人就杀，在马德里把西班牙人送上天堂；我觉得有意思极了；咱们快快赶路罢。包你此去成为世界上第一个有福的人。神甫们知道有个会保加利亚兵操的上尉投奔，不知要怎样快活哩！"

到了第一道关塞，加刚菩告诉哨兵，说有个上尉求见司令。哨兵把话传到守卫本部，守卫本部的一个军官亲自去报告司令。老实人和加刚菩的武器先被缴掉，两匹安达鲁齐马也被扣下。两个陌生人从两行卫兵中间走过去，行列尽头便是司令：他头戴三角帽，撩起着长袍，腰里挂着剑，手里拿着短枪。他做了一个记号，二十四个兵立刻把两个生客团团围住。一个班长过来传话，要他们等着，司令不能接见，因为省长神甫不在的时节，不许任何西班牙人开口，也不许他们在本地逗留三小时以上。加刚菩问："那末省长神甫在哪儿呢？"班长答道："他做了弥撒，阅兵去了；要过三个钟点，你们才能亲吻他的靴尖。"——"可是，"加刚菩说，

"敝上尉是德国人,不是西班牙人。他和我一样饥肠辘辘;省长神甫没到以前,能不能让我们吃顿早饭?"

班长立即把这番话报告司令。司令说:"感谢上帝!既然是德国人,我就可以跟他说话了。带他到我帐下来。"老实人便进入一间绿荫覆盖的办公厅,四周是绿的云石和黄金砌成的列柱,十分华丽;笼内养着鹦鹉,蜂雀,小纹鸟和各种珍异的飞禽。黄金的食器盛着精美的早点;巴拉圭土人正捧着木盘在大太阳底下吃玉蜀黍,司令官却进了办公厅。

司令少年英俊,脸颊丰满,白皮肤,好血色,眉毛吊得老高,眼睛极精神,耳朵绯红,嘴唇红里带紫,眉宇之间有股威武的气概,但不是西班牙人的,也不是耶稣会士的那种威武。老实人和加刚菩的兵器马匹都发还了;加刚菩把牲口拴在办公厅附近,给它们吃燕麦,时时刻刻瞟上一眼,以防万一。

老实人先亲吻了司令的衣角,然后一同入席。耶稣会士用德文说道:"你原来是德国人?"老实人回答:"是的,神甫。"两人这么说着,都不由自主的觉得很惊奇,很激动。耶稣会士又问:"你是德国哪个地方的?"——"敝乡是该死的威斯发里省。我的出生地是森特-登-脱龙克宫堡。"——"噢,天!怎么可能呢?"那司令嚷着。老实人也叫道:"啊!这不是奇迹吗?"司令问:"难道竟是你吗?"老实人道:"这真是哪里说起!"两人往后仰了一交,随即互相拥抱,眼泪象小溪一般直流。"怎么,神甫,你就是美人居内贡的哥哥吗?就是被保加利亚人杀死的,就是男爵大人的儿子吗?怎么又在巴拉圭做了耶稣会神甫?这世界真是太离奇了。噢,邦葛罗斯!邦葛罗斯!你要不是吊死的话，又该怎么高兴啊！"

几个黑奴和巴拉圭人端着水晶盂在旁斟酒，司令教他们回避了。他对上帝和圣·伊涅斯[①]千恩万谢，把老实人搂在怀里；两人哭做一团。老实人道："再告诉你一件事，你还要诧异，还要感动，还要莫名其妙哩。你以为令妹居内贡被人戳破肚子，送了性命；其实她还在人世，健康得很呢。"——"在哪里？"——"就在近边，在布宜诺斯艾利斯的总督府上；我是特意来帮你们打仗的。"他们那次长谈，每句话都是奇闻。两人的心都跳上了舌尖，滚到了耳边，在眼内发光。因为是德国人，他们的饭老吃不完；一边吃一边等省长神甫回来。司令官又对老实人讲了下面一番话。

[①] 圣·伊涅斯（1491—1556），又名圣·伊涅斯·特·雷育拉，为耶稣会的创办人。

第十五章
老实人怎样杀死他亲爱的居内贡的哥哥

"我一世也忘不了那悲惨的日子,看着父母被杀,妹妹被强奸。等到保加利亚人走了,大家找来找去,找不到我心爱的妹子。七八里以外,有一个耶稣会的小教堂;父亲,母亲,我,两个女用人和三个被杀的男孩子,都给装上一辆小车,送往那儿埋葬。一位神甫替我们洒圣水,圣水咸得要命,有几滴洒进了我的眼睛;神甫瞧见我眼皮眨了一下,便摸摸我的心,觉得还在跳,就把我救了去。三个星期以后,我痊愈了。亲爱的老实人,你知道我本来长得挺好看,那时出落得越发风流倜傥;所以那修院的院长,克罗斯德神甫,对我友谊深厚,给我穿上候补修士的法衣;过了一晌又送我上罗马。总会会长正在招一批年轻的德国耶稣会士。巴拉圭的执政不欢迎西班牙的耶稣会士,喜欢用外国籍教士,觉得容易管理。总会会长认为我宜于到那方面去传布福音。所以我们出发了,一共是三个人,一个波兰人,一个提罗尔人,一个就是我。一到这儿,我就荣任少尉和助理祭司之职;现在已经升了中校,做了神甫。我们对待西班牙王上的军队毫不客气;我向你担保,他们早晚要被驱逐出教,被我们打败的。你这是上帝派来帮助我们的。告诉我,我的妹子可是真的在近边,在布宜诺斯艾利斯总督那儿?"老实人赌神发咒，回答说那是千真万确的事。于是两人又流了许多眼泪。

男爵再三再四的拥抱老实人，把他叫做兄弟，叫做恩人。他说："啊，亲爱的老实人，说不定咱们俩将来打了胜仗，可以一同进城去救出我的妹子来。"老实人回答："这正是我的心愿；我早打算娶她的，至今还抱着这个希望。"——"怎么！混蛋！"男爵抢着说。"我妹妹是七十二代贵族之后，你好大胆子，竟想娶她？亏你有这个脸，敢在我面前说出这样狂妄的主意！"老实人听了这话呆了一呆，答道："神甫，家谱有什么用？我把你妹妹从一个犹太人和一个大法官怀中救出来，她很感激我，愿意嫁给我。老师邦葛罗斯常说的，世界上人人平等；我将来非娶她不可。"——"咱们走着瞧罢，流氓！"那森特-登-脱龙克男爵兼耶稣会教士一边说，一边拿剑背望老实人脸上狠狠的抽了一下。老实人马上拔出剑来，整个儿插进男爵神甫的肚子；等到把剑热腾腾的抽出来，老实人却哭着嚷道："哎哟！我的上帝！我杀了我的旧主人，我的朋友，我的舅子了；我是天底下最好的好人，却已经犯了三条人命，内中两个还是教士！"

在办公厅门口望风的加刚菩立刻赶进来。主人对他道："现在只有跟他们拼命了，多拼一个好一个。他们一定要进来的，咱们杀到底罢。"加刚菩事情见得多了，镇静非凡；他剥下男爵的法衣穿在老实人身上，把死人头上的三角帽也给他戴了，扶他上马。这些事，一霎眼之间就安排停当了。"大爷，快走罢；他们会当你是神甫出去发布命令；即使追上来，咱们也早过了边境了。"说话之间，加刚菩已经长驱而出，嘴里用西班牙文叫着："闪开！闪开！中校神甫来啦！"

第十六章
两个旅客遇到两个姑娘，两只猴子，和叫做大耳朵的野蛮人

老实人和他的当差出了关塞，那边营里还没人知道德国神甫的死。细心的加刚菩办事周到，把行囊装满了面包，巧克力，火腿，水果，还有几升酒。他们骑着两匹安达鲁齐马，进入连路都没有的陌生地方。后来发见一片青葱的草原，中间夹着几条小溪。两位旅客先让牲口在草地上大嚼一顿。加刚菩向主人提议吃东西，他自己以身作则，先吃起来了。老实人说道："我杀了男爵大人的儿子，又一世见不到美人儿居内贡，教我怎么吃得下火腿呢？和她离得这么远，又是悔恨，又是绝望，这样悲惨的日子，过下去还有什么意思？德雷甫的见闻录①又要怎样的说我呢？"

他这么说着照旧吃个不停。太阳下山了。两位迷路的人听见几声轻微的呼叫，好象是女人声音。他们辨不出是痛苦的叫喊，还是快乐的叫喊。一个人在陌生地方不免提心吊胆；他们俩便急忙站起。叫喊的原来是两个赤身露体的姑娘，在草原上奔跑，身

---

① 十八世纪时，耶稣会于法国索纳州德雷甫城办一刊物，名《见闻录》，抨击当时反宗教的哲学思想。

子非常轻灵；两只猴子紧跟在后面，咬她们的屁股。老实人看了大为不忍。他在保加利亚军中学会了放枪，能够在树林中打下一颗榛子，决不碰到两旁的叶子。他便拿起他的西班牙双膛枪，一连两响，把两只猴子打死了，说道："亲爱的加刚菩，我真要感谢上帝，居然把两个可怜的姑娘救了命。杀掉一个大法官和一个耶稣会士，固然罪孽不轻；这一来也可以将功赎罪了。或许她们是大人家的女儿，可能使我们在本地得到不少方便呢。"

他还想往下说，不料两个姑娘不胜怜爱的抱着两只猴子，放声大恸，四下里只听见一片凄惨的哭声。老实人登时张口结舌，楞住了。终于他对加刚菩道："想不到有这样好心肠的人。"加刚菩答道："大爷，你做的好事；你把这两位小姐的情人打死了。"——"她们的情人！怎么可能？加刚菩，你这是说笑话罢？教我怎么能相信呢？"加刚菩回答说："大爷，你老是这个脾气，对什么事都大惊小怪。有些地方，猴子会博得女人欢心，有什么希奇！它们也是四分之一的人，正如我是四分之一的西班牙人。"老实人接着道："不错，老师邦葛罗斯讲过，这一类的事从前就有，杂交的结果，生下那些半羊半人的怪物；古时几位名人还亲眼见过；但我一向以为是无稽之谈。"加刚菩道："现在你该相信了罢！你瞧，没有教育的人会作出什么事来。我只怕这两个女的捣乱，暗算我们。"

这番中肯的议论使老实人离开草原，躲到一个树林里去。他和加刚菩吃了晚饭；两人把葡萄牙异教裁判所的大法官，布宜诺斯艾利斯的总督，森特-登-脱龙克男爵，咒骂了一顿，躺在藓苔上睡着了。一早醒来，他们觉得动弹不得了；原来当地的居民大耳人①,听了两个女子的密告,夜里跑来用树皮绳把他们捆绑了。周围有五十来个大耳人,拿着箭、棍、石斧之类;有的烧着一大锅水;有的在端整烤炙用的铁串;他们一齐喊着:"捉到了一个耶稣会士!捉到了一个耶稣会士!我们好报仇了,我们有好东西吃了;大家来吃耶稣会士呀,大家来吃耶稣会士呀!"

加刚菩愁眉苦脸,叹道:"亲爱的大爷,我不是早告诉你吗?那两个女的要算计我们的。"老实人瞧见锅子和铁串,叫道:"我们不是被烧烤,就得被白煮。啊!要是邦葛罗斯看到人的本性如此这般,不知又有什么话说!一切皆善!好,就算一切皆善,可是我不能不认为,失去了居内贡小姐,又被大耳人活烤,总是太残忍了。"加刚菩老是不慌不忙,对发愁的老实人道:"我懂得一些他们的土话,让我来跟他们说罢。"老实人道:"千万告诉他们,吃人是多么不人道,而且不大合乎基督的道理。"

加刚菩开言道:"诸位,你们今天打算吃一个耶稣会士,是不是?好极了,对付敌人理当如此。天赋的权利就是叫我们杀害同胞,全世界的人都是这么办的。我们没有应用吃人的权利,只因为我们有旁的好菜可吃;但你们不象我们有办法。把胜利的果实扔给乌鸦享受,当然不如自己把敌人吃下肚去。可是诸位,你们决不吃你们的朋友的。你们以为要烧烤的是一个耶稣会士,其实他是保护你们的人,你们要吃的是你们敌人的敌人。至于我,我是生在你们这里的;这位先生是我的东家,非但不是耶稣会士,还杀了一个耶稣会士,他穿的便是从死人身上剥下来的衣服,所

---

① 此系印第安族的一支,戴大木耳环,故被称为大耳人。

以引起了你们的误会。为了证明我的话,你们不妨拿他穿的袍子送往神甫们的边境,打听一下我的主人是不是杀了一个耶稣会军官。那要不了多少时间;倘若我是扯谎,你们照旧可以吃我们。但要是我并无虚言,那末你们对于公法、风俗、法律的原则,认识太清楚了,我想你们决不会不饶赦我们的。"

大耳人觉得这话入情入理,派了两位有声望的人士作代表,立即出发去调查真假;两位代表多才多智,不辱使命,很快就回来报告好消息。大耳人解了两个俘虏的缚,对他们礼貌周到,供给他们冷饮,妇女,把他们送出国境,欢呼道:"他们不是耶稣会士!他们不是耶稣会士!"

老实人对于被释放的事赞不绝口。他道:"嚯!了不起的民族!了不起的人!了不起的风俗!我幸而把居内贡小姐的哥哥一剑刺死,要不然决无侥幸,一定给吃掉的了。可是,话得说回来,人的本性毕竟是善的,这些人非但不吃我,一知道我不是耶稣会士,还把我奉承得无微不至。"

第十七章
老实人和他的随从怎样到了黄金国，
见到些什么①

到了大耳人的边境，加刚菩和老实人说："东半球并不胜过西半球，听我的话，咱们还是抄一条最近的路回欧洲去罢。"——"怎么回去呢？"老实人道。"又回哪儿去呢？回到我本乡罢，保加利亚人和阿伐尔人正在那里见一个杀一个；回葡萄牙罢，要给人活活烧死；留在这儿罢，随时都有被烧烤的危险。可是居内贡小姐住在地球的这一边，我怎么有心肠离开呢？"

加刚菩道："还是往开颜②那方面走。那儿可以遇到法国人，世界上到处都有他们的踪迹；他们会帮助我们，说不定上帝也会哀怜我们。"

到开颜去可不容易：他们知道大概的方向；可是山岭，河流，

---

① 相传南美洲有一遍地黄金的国土，叫做黄金国（El Dorado），位于亚马逊河及俄利诺科河之间，居屋皆以白银为顶，国王遍体皆饰黄金。自马哥·孛罗以来即有此传说；哥伦布及以后之西班牙、葡萄牙殖民冒险家，均曾寻访。十八世纪后期，一般人对此神奇的国土犹抱幻想。伏尔泰本章所述，均采自各旅行家之游记，其中事实与幻想，杂然并列。

② 开颜为南美洲东北角上一小岛，属法国。

悬崖绝壁,强盗,野蛮人,遍地都是凶险的关口。他们的马走得筋疲力尽,死了;干粮吃完了;整整一个月全靠野果充饥;后来到了一条小河旁边,两旁长满椰子树,这才把他们的性命和希望支持了一下。

加刚菩出谋划策的本领,一向不亚于老婆子;他对老实人道:"咱们撑不下去了,两条腿也走得够了;我瞧见河边有一条小船,不如把它装满椰子,坐在里面顺流而去;既有河道,早晚必有人烟。便是遇不到愉快的事,至少也能看到些新鲜事儿。"老实人道:"好,但愿上帝保佑我们。"

他们在河中漂流了十余里,两岸忽而野花遍地,忽而荒瘠不毛,忽而平坦开朗,忽而危崖高耸。河道越来越阔,终于流入一个险峻可怖,岩石参天的环洞底下。两人大着胆子,让小艇往洞中驶去。河身忽然狭小,水势的湍急与轰轰的巨响,令人心惊胆战。过了一昼夜,他们重见天日;可是小艇触着暗礁,撞坏了,只得在岩石上爬,直爬了三四里地。最后,两人看到一片平原,极目无际,四周都是崇山峻岭,高不可攀。土地的种植,是生计与美观同时兼顾的;没有一样实用的东西不是赏心悦目的。车辆赛过大路上的装饰品,式样新奇,构造的材料也灿烂夺目;车中男女都长得异样的俊美;驾车的是一些高大的红绵羊,奔驰迅速,便是安达鲁齐,泰图安,美基内斯的第一等骏马,也望尘莫及。

老实人道:"啊,这地方可胜过威斯发里了。"他和加刚菩遇到第一个村子就下了地。几个村童,穿着撕破的金银铺绣衣服,在村口玩着丢石片的游戏。从另一世界来的两位旅客,一时高兴,对他们瞧了一会:他们玩的石片又大又圆,光芒四射,颜色有黄的，有红的，有绿的。两位旅客心中一动，随手捡了几块：原来是黄金，是碧玉，是红宝石，最小的一块也够蒙古大皇帝做他宝座上最辉煌的装饰。加刚菩道："这些孩子大概是本地国王的儿女，在这里丢着石片玩儿。"村塾的老师恰好出来唤儿童上学。老实人道："啊，这一定是内廷教师了。"

那些顽童马上停止游戏，把石片和别的玩具一齐留在地下。老实人赶紧捡起，奔到教师前面，恭恭敬敬的捧给他，用手势说明，王子和世子们忘了他们的金子与宝石。塾师微微一笑，接过来扔在地下，很诧异的对老实人的脸瞧了一会，径自走了。

两位旅客少不得把黄金，碧玉，宝石，捡了许多。老实人叫道："这是什么地方呀？这些王子受的教育太好了，居然会瞧不起黄金宝石。"加刚菩也和老实人一样惊奇。他们走到村中第一家人家，建筑仿佛欧洲的宫殿。一大群人都向门口拥去，屋内更挤得厉害，还传出幽扬悦耳的音乐，一阵阵珍馐美馔的异香。加刚菩走近大门，听见讲着秘鲁话；那是他家乡的语言；早先交代过，加刚菩是生在图库曼的，他的村子里只通秘鲁话。他便对老实人说："我来替你当翻译；咱们进去罢，这是一家酒店。"

店里的侍者，两男两女，穿着金线织的衣服，用缎带束着头发，邀他们入席。先端来四盘汤，每盘汤都有两只鹦鹉；接着是一盘白煮神鹰，直有两百磅重，然后是两只香美异常的烤猴子；一个盘里盛着三百只蜂雀；另外一盘盛着六百只小雀；还有几道烧烤，几道精美的甜菜；食器全部是水晶盘子。男女侍者来斟了好几种不同的甘蔗酒。

食客大半是商人和赶车的，全都彬彬有礼，非常婉转的向加刚菩问了几句，又竭诚回答加刚菩的问话，务必使他满意。

吃过饭，加刚菩和老实人一样，以为把捡来的大块黄金丢几枚在桌上，是尽够付账的了。不料铺子的男女主人见了哈哈大笑，半天直不起腰来。后来他们止住了笑。店主人开言道："你们两位明明是外乡人；我们却是难得见到的。抱歉得很，你们拿大路上的石子付账，我们见了不由得笑起来。想必你们没有敝国的钱，可是在这儿吃饭不用惠钞。为了便利客商，我们开了许多饭店，一律归政府开支。敝处是个小村子，地方上穷，没有好菜敬客；可是别的地方，无论上哪儿你们都能受到应有的款待。"加刚菩把主人的话统统解释给老实人听，老实人听的时候，和加刚菩讲的时候同样地钦佩，惊奇。两人都说："外边都不知道有这个地方；究竟是什么国土呢？这儿的天地跟我们的完全不同！这大概是尽善尽美的乐土了，因为无论如何，世界上至少应该有这样一块地方。不管邦葛罗斯怎么说，我总觉得威斯发里样样不行。"

第十八章
他们在黄金国内的见闻

加刚菩把心中的惊异告诉店主人,店主人回答说:"我无知无识,倒也觉得很快活;可是这儿有位告老的大臣,是敝国数一数二的学者,最喜欢与人交谈。"说完带着加刚菩去见老人。那时老实人退为配角,只能陪陪他的当差了。他们进入一所顶朴素的屋子,因为大门只是银的,屋内的护壁只是金的,但镂刻的古雅,比着最华丽的护壁也未必逊色。固然,穿堂仅仅嵌着红宝石与碧玉,但镶嵌的式样补救了质料的简陋。

老人坐在一张蜂鸟毛垫子的沙发上,接见两位来宾,叫人端酒敬客,酒瓶是钻石雕的。接着他说了下面一席话,满足他们的好奇心:

"我今年一百七十二岁;先父做过王上的洗马,亲眼见到秘鲁那次惊人的革命,把情形告诉了我。我们现在的国土原是古印加族疆域的一部分,印加族当初冒冒失失的出去扩张版图,结果却亡于西班牙人之手。

"留在国内的王族比较明哲;他们征得老百姓的同意,下令任何居民不得越出我们小小的国境,这才保存了我们的纯洁和快乐。西班牙人对这个地方略有所知,不得其详;他们把它叫做黄金国。

还有一个叫做拉莱爵士的英国人，一百年前差不多到了这儿附近；幸亏我们四面都是高不可攀的峻岭和削壁，所以至今没有膏欧洲各民族的馋吻；他们酷爱我们的石块和泥巴，爱得发疯一般，为了抢那些东西，可能把我们杀得一个不留的。"

他们谈了很久，谈到政体，风俗，妇女，公共娱乐，艺术。素好谈玄说理的老实人，要加刚菩探问国内有没有宗教。

老人红了红脸，说道："怎么你们会有这个疑问呢？莫非以为我们是无情无义的人吗？"加刚菩恭恭敬敬请问黄金国的宗教是哪一种。老人又红了红脸，答道："难道世界上还有两个宗教不成？我相信我们的宗教是跟大家一样的；我们从早到晚敬爱上帝。"加刚菩始终替老实人当着翻译，说出他心中的疑问："你们只崇拜一个上帝吗？"老人道："上帝总不见得有两个，三个，四个罢？我觉得你们那个世界的人发的问题怪得很。"老实人絮絮不休，向老人问长问短；他要知道黄金国的人怎样祈祷上帝的。那慈祥可敬的哲人回答说："我们从来不祈祷，因为对他一无所求，我们所需要的，他全给了我们了；我们只是不断地感谢他。"老实人很希望看看他们的教士，问他们在哪儿。老人微微一笑，说道："告诉两位，我们国内人人都是教士；每天早上，王上和全国人民的家长都唱着感谢神恩的赞美诗，庄严肃穆，由五六千名乐师担任伴奏。"——"怎么！你们没有修士专管传教，争辩，统治，弄权窃柄，把意见不同的人活活烧死吗？"老人道："那我们不是发疯了吗？我们这儿大家都意见一致，你说的你们那些修士的勾当，我完全莫名其妙。"老实人听着这些话出神了，心上想："那跟威斯发里和男爵的宫堡完全不同；倘若邦葛罗斯见到了黄金国，就不会再说森特-登-脱龙克宫堡是世界上的乐土了；可见一个人非游历不可。"

长谈过后，慈祥的老人吩咐套起一辆六羊驾驶的四轮轿车，派十二名仆役送两位旅客进宫。他说："抱歉得很，我年纪大了，不能奉陪。但王上接见两位的态度，决不至于得罪两位；敝国倘有什么风俗习惯使两位不快，想必你们都能原谅的。"

老实人和加刚菩上了轿车，六头绵羊象飞一样，不到四个小时，已经到达京城一端的王宫前面。宫门高二十二丈，宽十丈；说不出是什么材料造的。可是不难看出，那材料比我们称为黄金珠宝的石子沙土，不知要贵重多少倍。

老实人和加刚菩一下车，就有二十名担任御前警卫的美女迎接，带他们去沐浴，换上蜂鸟毛织成的袍子；然后另有男女大臣引他们进入内殿，按照常例，两旁各站着一千名乐师。走近御座所在的便殿，加刚菩问一位大臣，觐见王上该用何种敬礼："应当双膝下跪，还是全身伏在地下？应当把手按在额上，还是按着屁股？或者用舌头舔地下的尘土？总而言之，究竟是怎样的仪式？"大臣回答："惯例是拥抱王上，亲吻他的两颊。"老实人和加刚菩便扑上去勾着王上的脖子，王上对他们优礼加加，很客气地请他们晚间赴宴。

宴会之前，有人陪他们去参观京城，看那些高入云表的公共建筑，千百列柱围绕的广场，日夜长流的喷泉：有的喷射清澈无比的泉水，有的喷射蔷薇的香水，有的喷射甘蔗酒；规模宏大的广场，地下铺着一种宝石，散出近乎丁香与肉桂的香味。老实人要求参观法院和大理院；据说根本没有这些机关，从来没有人打官司的。老实人问有没有监狱,人家也回答说没有。但他看了最惊异最高兴的是那个科学馆,其中一个走廊长两百丈,摆满着数学和物理的仪器。

整个下午在京城里逛了大约千分之一的地方,他们回到王宫。席上老实人坐在国王、加刚菩和几位太太之间。他们从来没有享受过更美的筵席,国王在饭桌上谈笑风生的雅兴,也从来没有人能相比。加刚菩把陛下的妙语一一解释给老实人听,虽然经过了翻译,还照样趣味盎然。这一点和旁的事情一样使老实人惊异赞叹。

两人在此宾馆中住了一个月。老实人再三和加刚菩说:"朋友,我生长的宫堡固然比不上这个地方;可是,毕竟居内贡不在此地;或许你也有个把情人在欧洲。住在这里,我们不过是普通人,不如回到我们的世界中去,单凭十二头满载黄金国石子的绵羊,我们的财富就能盖过普天之下的国王,也不必再害怕异教裁判所,而要接回居内贡小姐也易如反掌了。"

这些话正合加刚菩的心意:人多么喜欢奔波,对人炫耀,卖弄游历的见闻,所以两个享福的人决意不再享福,去向国王要求离境。

国王答道:"你们这是发傻了。敝国固是蕞尔小邦,不足挂齿,但我们能苟安的地方,就不应当离开。我自然无权羁留外客;那种专制手段不在我们的风俗与法律之内;每个人都是自由的;你们随时可以动身,但出境不是件容易的事。你们能从岩洞底下的河里进来,原是奇迹,不可能再从原路出去。环绕敝国的山岭高逾千仞,陡若城墙,每座山峰宽三四十里,除了悬崖之外,别无他路可下。你们既然执意要走,让我吩咐机械司造一架机器,务必很方便的把你们运送出去。一朝到了山背后,可没有人能奉陪了;我的百姓发誓不出国境,他们不会那么糊涂,违反自己发的愿的。现在你们喜欢什么东西,尽管向我要罢。"加刚菩说:"我们只求陛下赏几头绵羊,驮些干粮,石子和泥巴。"国王笑道:"你们欧洲人这样喜欢我们的黄土,我简直弄不明白;好罢,你们爱带多少就带多少,但愿你们因此得福。"

国王随即下令,要工程师造一架机器把两个怪人举到山顶上,送他们出境。三千名优秀的物理学家参加工作;半个月以后,机器造好了,照当地的钱计算,只花了两千多万镑。老实人和加刚菩坐在机器上,带着两头鞍辔俱全的大红绵羊,给他们翻过山岭以后代步的;二十头载货的绵羊驮着干粮;三十头驮着礼品,都是当地最稀罕的宝物;五十头驮着黄金,钻石,宝石。国王很亲热的把两个流浪汉拥抱了。

他们动身了,连人带羊举到山顶上的那种巧妙方法,确是奇观。工程师们送他们到了安全地方,便和他们告别。此时老实人心中只有一个愿望,一个目的,就是把羊群去献给居内贡小姐。他说:"倘若人家肯把居内贡小姐标价,我们的财力尽够向布宜诺斯艾利斯总督纳款了。咱们上开颜去搭船,再瞧瞧有什么王国可以买下来。"

第十九章
他们在苏利南的遭遇，老实人与玛丁的相识

路上第一天过得还愉快。想到自己的财富比欧、亚、非三洲的总数还要多，两人不由得兴致十足。老实人兴奋之下，到处把居内贡的名字刻在树上。第二天，两头羊连着货物陷入沼泽；过了几日，另外两头不堪劳顿，倒毙了；接着又有七八头在沙漠中饿死；几天之后，又有些堕入深谷。走了一百天，只剩下两头羊。老实人对加刚菩道："你瞧，尘世的财富多么脆弱；只有德行和重见居内贡小姐的快乐才可靠。"加刚菩答道："对；可是我们还剩下两头羊，西班牙王一辈子也休想有它们身上的那些宝物。我远远的看到一个市镇，大概就是荷兰属的苏利南。好啦，咱们苦尽甘来了。"

靠近市镇，他们瞧见地下躺着一个黑人，衣服只剩一半，就是说只穿一条蓝布短裤；那可怜虫少了一条左腿，缺了一只右手。老实人用荷兰话问他："唉，天哪！你这个样子好不凄惨，呆在这儿干吗呢？"黑人回答："我等着我的东家，大商人范特登杜[①]先

[①] 据专家考证，此名影射范·杜仑（Van Düren）；范为荷兰出版商，伏尔泰谓其在版税上舞弊，损害伏尔泰权益。

生。"老实人说:"可是范特登杜先生这样对待你的?"——"是的,先生;这是老例章程。他们每年给我们两条蓝布短裤,算是全部衣著。我们在糖厂里给磨子碾去一个手指,他们就砍掉我们的手;要是想逃,就割下一条腿:这两桩我都碰上了。我们付了这代价,你们欧洲人才有糖吃。可是母亲在几尼亚海边得了十块钱把我卖掉的时节,和我说:'亲爱的孩子,你得感谢我们的神道,永远向他们礼拜,他们会降福于你;你有幸当上咱们白大人的奴隶;你爹妈也靠着你发迹了。'——唉!我不知他们有没有靠着我发迹,反正我没有托他们的福。狗啊,猴子啊,鹦鹉啊,都不象我们这么苦命。人家教我改信的荷兰神道,每星期日告诉我们,说我们不分黑白,全是亚当的孩子。我不懂家谱;但只要布道师说得不错,我们都是嫡堂兄弟。可是你得承认,对待本家不能比他们更辣手了。"

"噢,邦葛罗斯!"老实人嚷道,"你可没想到这种惨无人道的事。得啦得啦,我不再相信你的乐天主义了。"——"什么叫做乐天主义?"加刚菩问。——"唉!就是吃苦的时候一口咬定百事顺利。"老实人瞧着黑人,掉下泪来。他一边哭一边进了苏利南。

他们第一先打听,港内可有船把他们载往布宜诺斯艾利斯。问到的正是一个西班牙船主,答应跟他们公平交易,约在一家酒店里谈判。老实人和加刚菩便带着两头羊上那边去等。

老实人心直口快,把经过情形向西班牙人和盘托出,连要抢走居内贡小姐的计划也实说了。船主回答:"我才不送你们上布宜诺斯艾利斯去呢;我要被吊死,你们俩也免不了。美人居内贡如今是总督大人最得宠的外室。"老实人听了好比晴天霹雳,哭了半日，终于把加刚菩拉过一边，说道："好朋友，还是这么办罢：咱们每人口袋里都有价值五六百万的钻石；你比我精明；你上布宜诺斯艾利斯去娶居内贡小姐。要是总督作难，给他一百万；再不肯，给他两百万。你没杀过主教，他们不会防你的。我另外包一条船，上威尼斯等你；那是个自由地方，不用怕保加利亚人，也不用怕阿伐尔人，也不必担心犹太人和异教裁判所。"加刚菩一听这妙计，拍手叫好；但要跟好东家分手，不由得悲从中来，因为他们俩已经成为知心朋友了。幸而他还能替主人出力，加刚菩想到这一点，就转悲为喜，忘了分离的痛苦。两人抱头大哭了一场；老实人又吩咐他别忘了那老妈子。加刚菩当日就动身。他可真是个好人哪。

老实人在苏利南又住了一晌，希望另外有个船主，肯把他和那硕果仅存的两头绵羊载往意大利。他雇了几个用人，把长途航行所需要的杂物也办齐了。终于有一天，一条大帆船的主人，范特登杜先生，来找他了。老实人道："你要多少钱，才肯把我，我的下人，行李，还有两头绵羊，一径载往威尼斯？"船主讨价一万银洋。老实人一口答应了。

机灵的范特登杜在背后说："噢！噢！这外国人一出手就是一万！准是个大富翁。"过了一会便回去声明，少了两万不能开船。老实人回答："两万就两万。"

"哎啊！"那商人轻轻的自言自语，"这家伙花两万跟一万一样的满不在乎。"他又回去，说少了三万不能把他送往威尼斯。老实人回答："好，依你三万就是了。"——"噢！噢！"荷兰人对自己说："三万银洋还不在他眼里；可见两头绵羊一定驮着无价之宝。

别多要了：先教他付了三万，再瞧着办。"老实人卖了两颗小钻，其中一颗很小的，价值就不止船主所要的数目。他先付了钱。两头绵羊装上去了。老实人跟着坐了一条小艇，预备过渡到港中的大船上。船长认为时机已到，赶紧扯起篷来，解缆而去，又遇着顺风帮忙。老实人看着，目瞪口呆，一刹那就不见了帆船的踪影。他叫道："哎哟！这一招倒比得上旧大陆的杰作。"他回到岸上，说不出多么痛苦，因为抵得上一二十位国王财富的宝物，都白送了。

他跑去见荷兰法官；性急慌忙，敲门不免敲得太粗暴了些；进去说明案由，叫嚷的声音不免太高了些。法官因为他闹了许多声响，先罚他一万银洋，方始耐性听完老实人的控诉，答应等那商人回来，立即审理。末了又要老实人缴付一万银洋讼费。

这种作风把老实人气坏了；不错，他早先遇到的倒楣事儿，给他的痛苦还百倍于此；但法官和船主这样不动声色的欺负人，使他动了肝火，悲观到极点。人心的险毒丑恶，他完全看到了，一肚子全是忧郁的念头。后来有条开往波尔多的法国船：他既然丢了满载钻石的绵羊，便花了很公道的代价，包下一间房舱。他又在城里宣布，要找一个诚实君子作伴，船钱饭食，一应归他，再送两千银洋酬劳。但这个人必须是本省遭遇最苦，最怨恨自己的行业的人。

这样就招来一大群应征的人，便是包一个舰队也容纳不下。老实人存心要在最值得注目的一批中去挑，当场选出一二十个看来还和气，又自命为最有资格入选的人，邀到酒店里，请他们吃饭；条件是要他们发誓，毫不隐瞒的说出自己的历史。老实人声明，他要挑一个他认为最值得同情，最有理由怨恨自己行业的人；

其余的一律酌送现金,作为酬报。

这个会直开到清早四点。老实人听着他们的遭遇,一边想着老婆子当初来的时候说的话,赌的东道,断定船上没有一个人不受过极大的灾难。每听一个故事,他必想着邦葛罗斯,他道:"恐怕邦葛罗斯不容易再证明他的学说了罢!可惜他不在这里。世界上果真有什么乐土,那一定是黄金国,决不在别的地方。"末了他挑中一个可怜的学者,在阿姆斯特丹的书店里作过十年事。他认为世界上没有一个职业比他的更可厌的了。

那学者原是个好好先生,被妻子偷盗,被儿子殴打,被跟着一个葡萄牙人私奔的女儿遗弃。他靠着过活的小差事,最近也丢了;苏利南的牧师还迫害他,说他是索星尼派[①]。其实别的人至少也跟他一样倒楣;但老实人暗中希望这学者能在路上替他消愁解闷。其余的候选人认为老实人极不公平,老实人每人送了一百银洋,平了大家的气。

[①] 索星尼派为十六世纪时神学家索星所创,否认三位一体及耶稣为神之说。

第二十章
老实人与玛丁在海上的遭遇

老学者名叫玛丁,跟着老实人上船往波尔多。两人都见多识广,饱经忧患;即使他们的船要从苏利南绕过好望角开往日本,他们对于物质与精神的痛苦也讨论不完。

老实人比玛丁占着很大的便宜:他始终希望和居内贡小姐相会,玛丁却一无希望;并且老实人有黄金钻石;虽然丢了一百头满载世界最大财富的大绵羊,虽然荷兰船主拐骗他的事始终不能忘怀,但一想到袋里剩下的宝物,一提到居内贡小姐,尤其在酒醉饭饱的时候,他又倾向邦葛罗斯的哲学了。

他对学者说:"玛丁先生,你对这些问题有何意见?你对物质与精神的苦难又怎样想法?"玛丁答道:"牧师们指控我是索星尼派,其实我是马尼教徒[①]。"——"你这是说笑话罢?马尼教徒早已绝迹了。"——"还有我呢,"玛丁回答,"我也不知道信了这主义有什么用,可是我不能有第二个想法。"老实人说:"那你一定是

[①] 马尼教为公元三世纪时波斯人马奈斯所创,是一种二元论的宗教,言原人为善神所造,其性善;今人为恶神所造,其性恶,唯认识真理后方能解脱罪恶;并称世界上的光明与黑暗是永远斗争不已的。

魔鬼上身了。"玛丁道："魔鬼什么事都要参预；既然到处有他的踪迹，自然也可能附在我身上。老实告诉你，我瞧着地球，——其实只是一颗小珠子，——我觉得上帝的确把它交给什么恶魔了；当然黄金国不在其内。我没见过一个城市不巴望邻近的城市毁灭的，没见过一个家庭不希望把别的家庭斩草除根的。弱者一面对强者卑躬屈膝，一面暗中诅咒；强者把他们当作一群任凭宰割的绵羊。上百万编号列队的杀人犯在欧洲纵横驰骋，井井有条的干着烧杀劫掠的勾当，为的是糊口，因为他们干不了更正当的职业。而在一些仿佛太平无事，文风鼎盛的都市中，一般人心里的妒羡，焦虑，忧急，便是围城中大难当头的居民也不到这程度。内心的隐痛比外界的灾难更惨酷。一句话说完，我见得多了，受的折磨多了，所以变了马尼教徒。"老实人回答道："究竟世界上还有些好东西呢。"玛丁说："也许有罢，可是我没见识过。"

辩论之间，他们听见一声炮响，接着越来越紧密。各人拿起望远镜，瞧见三海里以外有两条船互相轰击；风把它们越吹越近，法国船上的人可以舒舒服服的观战。后来，一条船放出一阵排炮，不偏不倚，正打在另外一条的半中腰，把它轰沉了。老实人和玛丁清清楚楚看到甲板上站着一百多人，向天举着手臂，呼号之声惨不忍闻。一忽儿他们都沉没了。

玛丁道："你瞧，人与人就是这样相处的。"老实人道："不错，这简直是恶魔干的事。"言犹未了，他瞥见一堆不知什么鲜红的东西在水里游泳。船上放下一条小艇，瞧个究竟，原来是老实人的一头绵羊。老实人找回这头羊所感到的喜悦，远过于损失一百头满载钻石的绵羊所感到的悲伤。

不久，法国船长看出打胜的一条船，船主是西班牙人，沉没的那条，船主是一个荷兰海盗，便是拐骗老实人的那个。他抢去的偌大财宝，跟他一齐葬身海底，只逃出了一头羊。老实人对玛丁道："你瞧，天理昭彰，罪恶有时会受到惩罚的，这也是荷兰流氓的报应。"玛丁回答："对；可是船上的搭客，难道应当和他同归于尽吗？上帝惩罚了恶棍，魔鬼淹死了无辜。"

法国船和西班牙船继续航行，老实人和玛丁继续辩论，一连辩了半个月，始终没有结果。可是他们总算谈着话，交换着思想，互相安慰着。老实人抚摩着绵羊，说道："我既然能把你找回来，一定也能找回居内贡的。"

第二十一章
老实人与玛丁驶近法国海岸，
他们的议论

终于法国海岸在望了。老实人问："玛丁先生，你到过法国吗？"玛丁回答："到过，我去过好几州。有的州里，半数居民都害着狂疾，有几州民风奸刁得很，有几州的人性情和顺，相当愚蠢；又有几州的人喜欢卖弄才情；全国一致的风气是：第一、谈情说爱，第二、恶意中伤，第三、胡说八道。"——"玛丁先生，你可曾到过巴黎？"——"到过的；那儿可是各色人等，一应俱全了；只看见一片混乱，熙熙攘攘，人人都在寻求快乐，结果没有一个人找到，至少我觉得如此。我没耽搁多久；才到巴黎，身边的钱就给圣·日耳曼市场上的小偷扒光了。人家还把我当作小偷，抓去关了八天牢；以后我进印刷所当校对，想挣一笔路费，拼着两腿走回荷兰。我认识一批写文章的，兴风作浪的，为宗教入迷的，都不是东西。有人说巴黎也有些挺文雅的君子；但愿这话是真的。"

老实人道："我没兴致游历法国；你不难想象，在黄金国待过一个月的人，除了居内贡小姐之外，世界上什么东西都不想再看了。我要经过法国到意大利，上威尼斯等她；你不陪我走一遭吗？"玛丁道："一定奉陪；听说那地方，只有威尼斯的贵族才住得；可是本地人待外乡人很客气，只要外乡人十二分有钱。我没有钱，你有的是；不论你上哪儿，我都跟着走。"老实人道："我想起一件事要问你，我们的船主有一本厚厚的书，书中说咱们的陆地原本是海洋，你相信吗？"玛丁回答："我才不信呢，近年来流行的那些梦话，我全不信。"老实人道："那末干吗要有这个世界呢？"——"为了气死我们，"玛丁回答。老实人又说："我给你讲过大耳人那里有两个姑娘爱上猴子的事，你不觉得奇怪吗？"——"我才不呢，"玛丁说，"我不觉得这种情欲有什么可怪；怪事见得多了，就什么都不以为怪了。"老实人道："你可相信人一向就互相残杀，象现在这样的吗？一向就是扯谎，欺诈，反覆无常，忘恩负义，强取豪夺，懦弱，轻薄，卑鄙，妒羡，馋痨，酗酒，吝啬，贪婪，残忍，毁谤，淫欲无度，执迷不悟，虚伪，愚妄的吗？"玛丁回答说："你想鹞子看到鸽子是否一向都吃的？"——"那还用说吗？"——玛丁道："既然鹞性不改，为什么希望人性会改呢？"——"噢！那是大不相同的；因为人的意志可以自由选择……"议论之间，他们到了波尔多。

第二十二章
老实人与玛丁在法国的遭遇

老实人在波尔多办了几件事就走了。他在当地卖掉几块黄金国的石子，包定一辆舒服的双人座的驿车，因为他和哲学家玛丁成了形影不离的好友。他不得不把绵羊忍痛割爱，送给波尔多的科学院；科学院拿这头羊作为当年度悬赏征文的题目，要人研究为什么这头羊的毛是红的。得奖的是一个北方学者，他用 A 加 B，减 C，用 Z 除的算式，证明这头羊应当长红毛，也应当害疱疮死的。①

可是，老实人一路在酒店里遇到的旅客都告诉他："我们上巴黎去。"那股争先恐后的劲，终于打动了老实人的兴致，也想上京城去观光一番了；好在绕道巴黎到威尼斯，并没有多少冤枉路。

他从圣·玛梭城关进城，当下竟以为到了威斯发里省内一个最肮脏的村子。

老实人路上辛苦了些，一落客店便害了一场小病。因为他手上戴着一只其大无比的钻戒，行李中又有一口重得非凡的小银箱，所以立刻来了两名自告奋勇的医生，几位寸步不离的好友，两个

---

① 此处所谓疱疮，原是羊特有的病症。

替他烧汤煮水的虔婆。玛丁说："记得我第一次到巴黎也害过病；我穷得很，所以既没有朋友，也没有虔婆，也没有医生；结果我病好了。"

又是吃药，又是放血，老实人的病反而重了。一个街坊上的熟客，挺和气地来问他要一份上他世界去的通行证[①]。老实人置之不理；两位虔婆说这是新时行的规矩。老实人回答，他不是一个时髦人物。玛丁差点儿把来客摔出窗外。教士赌咒说，老实人死了，决不给他埋葬。玛丁赌咒说，他倒预备埋葬教士，要是教士再纠缠不清。你言我语，越吵越凶；玛丁抓着教士的肩膀，使劲撵了出去。这事闹得沸沸扬扬，连警察局都动了公事。

老实人复元了，养病期间，颇有些上流人士来陪他吃晚饭，另外还赌钱，输赢很大。老实人从来抓不到爱司[②]，觉得莫名其妙；玛丁却不以为怪。

老实人的向导中间，有个矮小的班里戈登神甫。巴黎不少象他那样殷勤的人，老是机灵乖巧，和蔼可亲，面皮既厚，说话又甜，极会趋奉人，专门巴结过路的外国人，替他们讲些本地的丑闻秘史，帮他们花大价钱去寻欢作乐。这位班里戈登神甫先带老实人和玛丁去看戏。那日演的是一出新编的悲剧。老实人座位四周都是些才子；但他看到表演精彩的几幕，仍禁不住哭了。休息期间，旁边有位辩士对他说："你落眼泪真是大错特错了：这女戏

[①] 此系指忏悔证书。今日旧教徒结婚之前，教会尚限令双方缴纳忏悔证书。街坊上的熟客即暗指教士。

[②] 外国纸牌中普通最大的王牌为 A，读如爱司（As）。

子演得很糟,搭配的男戏子比她更糟,剧本比戏子还要糟。剧情明明发生在阿拉伯,剧作者却不懂一句阿拉伯文;并且他不信先天观念论。①明天我带二十本攻击他的小册子给你看。"老实人问神甫:"先生,法国有多少剧本?"——"五六千本。"——老实人说:"那很多了,其中有几本好的呢?"神甫道:"十五六本。"玛丁接着道:"那很多了。"

有一位女戏子,在一出偶尔还上演的,平凡的悲剧中,串伊丽莎白王后,老实人看了很中意,对玛丁道:"我很喜欢这演员,她颇象居内贡小姐;倘使能去拜访她一次,倒也是件乐事。"班里戈登神甫自告奋勇,答应陪他去。老实人从小受的是德国教育,便请问当地的拜见之礼,不知在法国应当怎样对待英国王后。神甫说:"那要看地方而定;在内地呢,带她们上酒店;在巴黎,要是她们相貌漂亮,大家便恭而敬之,死了把她们扔在垃圾堆上。"②老实人嚷起来:"怎么,把王后扔在垃圾堆上!"玛丁接口道:"是的,神甫说得一点不错。从前莫尼末小姐,象大家说的从此世界转到他世界去的时候,我正在巴黎;那时一般人不许她享受所谓丧葬之礼,所谓丧葬之礼,是让死人跟街坊上所有的小子,躺在一个丑恶不堪的公墓上一同腐烂;莫尼末小姐只能孤零零的埋在蒲高涅街的转角上;她的英魂一定因此伤心透顶的,因为她生前

---

① 笛卡儿的哲学系统以生来自具之观念为意识之内容,此生来自具之观念即名为"先天观念"。

② 此段故事系隐指法国有名的女演员勒戈佛滦(1692—1730)事,生前声名鼎盛,死后教堂拒绝为之举行葬礼,卒埋于巴黎蒲高涅街路角,塞纳河畔。

思想很高尚。"老实人道:"那太没礼貌了。"玛丁道:"有什么办法!这儿的人便是这样。在这个荒唐的国内,不论是政府,法院,教堂,舞台,凡是你想象得到的矛盾都应有尽有。"老实人问:"巴黎人是不是老是嘻嘻哈哈的?"神甫回答:"是的;他们一边笑,一边生气;他们对什么都不满意,而抱怨诉苦也用打哈哈的方式;他们甚至一边笑一边干着最下流的事。"

老实人又道:"那混账的胖子是谁?我为之感动下泪的剧本,我极喜欢的演员,他都骂得一文不值。"——"那是个无耻小人,所有的剧本,所有的书籍,他都要毁谤;他是靠此为生的。谁要有点儿成功,他就咬牙切齿,好比太监怨恨作乐的人;那是文坛上的毒蛇,把凶狠仇恨做粮食的;他是个报屁股作家。"——"什么叫做报屁股作家?"——"专门糟蹋纸张的,所谓弗莱隆[①]之流,"神甫回答。

成群的看客拥出戏院;老实人,玛丁,班里戈登,却在楼梯高头大发议论。老实人道:"虽则我急于跟居内贡小姐相会,倒也很想和格兰龙小姐吃顿饭;我觉得她真了不起。"

格兰龙小姐只招待上等人,神甫没资格接近。他说:"今天晚上她有约会;但是我可以带你去见一位有身分的太太,你在她府上见识了巴黎,就赛过在巴黎住了四年。"

老实人天性好奇,便跟他到一位太太府上,坐落在圣·奥诺雷

[①] 弗莱隆(1718—1776)为法国政论家,终身与百科全书派为敌,攻击伏尔泰尤为激烈。

城关的尽里头,有人在那儿赌法老①:十二个愁眉不展的赌客各自拿着一叠牌,好比一本登记他们恶运的账册。屋内鸦雀无声,赌客脸上暗淡无光,庄家脸上焦急不安,女主人坐在铁面无情的庄家身边,把尖利的眼睛瞅着赌客的加码;谁要把纸牌折个小角儿,她就教他们把纸角展开,神色严厉,态度却很好,决不因之生气,唯恐得罪了主顾。那太太自称为特·巴洛里涅侯爵夫人。她的女儿十五岁,也是赌客之一;众人为了补救牌运而做的手脚,她都眨着眼睛作报告。班里戈登神甫,老实人和玛丁走进屋子,一个人也没站起来,一个人也没打招呼,甚至瞧都不瞧一眼;大家一心都在牌上。老实人说:"哼,森特-登-脱龙克男爵夫人还比他们客气一些。"

神甫凑着侯爵夫人耳朵说了几句,她便略微抬了抬身子,对老实人嫣然一笑,对玛丁很庄严的点点头,教人端一张椅子,递一副牌给老实人。玩了两局,老实人输了五万法郎。然后大家一团高兴的坐下吃晚饭。在场的人都奇怪老实人输了钱毫不介意,当差们用当差的俗谈,彼此说着:"他准是一位英国的爵爷。"

和巴黎多数的饭局一样,桌上先是静悄悄的,继而你一句我一句,谁也听不清谁;最后是说笑打诨,无非是没有风趣的笑话,无稽的谣言,荒谬的议论,略为谈几句政治,缺德话说上一大堆。也有人提到新出的书。班里戈登神甫问道:"神学博士谷夏先生的小说,你们看到没有?"一位客人回答:"看到了,只是没法念完。荒唐的作品,咱们有的是;可是把全体坏作品加起来,还及不上

---

① 法老是一种纸牌的赌博。

神学博士谷夏的荒唐。这一类恶劣的书泛滥市场，象洪水一般，我受不了，宁可到这儿来赌法老的。"神甫说："教长T某某写的随笔，你觉得怎么样？"巴洛里涅太太插嘴道："噢！那个可厌的俗物吗？他把老生常谈说得非常新奇；把不值一提的东西讨论得煞有介事；剽窃别人的才智，手段又笨拙透顶，简直是点金成铁！他教我讨厌死了！可是好啦，现在用不着我讨厌了，教长的大作只要翻过几页就够了。"

桌上有位风雅的学者，赞成侯爵夫人的意见。接着大家谈到悲剧；女主人问，为什么有些悲剧还能不时上演，可是剧本念不下去。那位风雅的人物，把一本戏可能还有趣味而毫无价值的道理，头头是道的解释了一番。他很简括地说明，单单拿每部小说都有的，能吸引观众的一二情节搬进戏文，是不够的；还得新奇而不荒唐，常常有些崇高的境界而始终很自然，识透人的心而教这颗心讲话，剧作者必须是个大诗人而剧中并不显得有一个诗人；深得语言三昧，文字精炼，从头至尾音韵铿锵，但决不让韵脚妨碍意义。他又补充说："谁要不严格遵守这些规则，他可能写出一二部悲剧博得观众掌声，却永远算不得一个好作家。完美的悲剧太少了；有些是文字写得不差，韵押得很恰当的牧歌；有些是教人昏昏欲睡的政论，或者是令人作呕的夸张；又有些是文理不通，中了邪魔的梦呓；再不然是东拉西扯，因为不会跟人讲话，便长篇大论的向神道大声疾呼；还有似是而非的格言，张大其辞的陈言俗套。"

老实人聚精会神的听着，以为那演说家着实了不起。既然侯爵夫人特意让他坐在身旁，他便凑到女主人耳畔，大着胆子问，这位能言善辩的先生是何等人物。她回答说:"他是一位学者,从来不入局赌钱,不时由神甫带来吃顿饭的。他对于悲剧和书本非常内行;自己也写过一出悲剧,被人大喝倒彩;也写过一部书,除掉题赠给我的一本之外,外边从来没有人看到过。"老实人道:"原来是个大人物!不愧为邦葛罗斯第二。"

于是他转过身去,朝着学者说道:"先生,你大概认为物质世界和精神领域都十全十美,一切都是不能更改的罢?"学者答道:"我才不这么想呢;我觉得我们这里一切都倒行逆施;没有一个人知道他自己的身分,自己的责任,知道他作些什么,应当作什么;除了在饭桌上还算痛快,还算团结以外,其余的时间大家都喧呶争辩,无理取闹:让森派攻击莫利尼派①,司法界攻击教会,文人攻击文人,幸臣攻击幸臣,金融家攻击老百姓,妻子攻击丈夫,亲戚攻击亲戚;简直是一场无休无歇的战争。"

老实人回答说:"我见过的事比这个恶劣多呢;可是有位倒了楣被吊死的哲人,告诉我这些都十全十美,都是一幅美丽的图画的影子。"玛丁道:"你那吊死鬼简直是嘲笑我们;你所谓影子其实是丑恶的污点。"老实人说:"污点是人涂上去的,他们也是迫不得已。"玛丁道:"那就不能怪他们了。"大半的赌客完全不懂他们的话,只顾喝酒;玛丁只管和学者辩论,老实人对主妇讲了一部分自己的经历。

吃过晚饭,侯爵夫人把老实人带到小房间里,让他坐在一张

---

① 莫利尼派为耶稣会中的一支,十六世纪时由耶稣会神学家莫利尼创立,以调和人的自由与神的恩宠为主要学说。

长沙发上,问道:"喂,这么说来,你是一往情深,永远爱着居内贡小姐了?"——"是的。"老实人回答。侯爵夫人对他很温柔的一笑:"你这么回答,表示你真是一个威斯发里的青年;换了一个法国人,一定说:我果然爱居内贡小姐;可是见了你,太太,我恐怕要不爱她了。"老实人说:"好罢,太太,你要我怎样回答都行。"侯爵夫人又道:"你替居内贡小姐捡了手帕才动情的;现在我要你替我捡吊袜带。"——"敢不遵命,"老实人说着,便捡了吊袜带。那太太说:"我还要你替我扣上去。"老实人就替她扣上了。太太说:"你瞧,你是个外国人;我常常教那些巴黎的情人害上半个月的相思病,可是我第一夜就向你投降了,因为对一个威斯发里的年轻人,我们应当竭诚招待。"美人看见外国青年两手戴着两只大钻戒,不由得赞不绝口;临了两只钻戒从老实人手上过渡到了侯爵夫人手上。

老实人做了对不起居内贡小姐的事,和班里戈登神甫一路回去,一路觉得良心不安:神甫对他的痛苦极表同情。老实人在赌台上输的五万法郎和两只半送半骗的钻戒,神甫只分润到一个小数目;他存心要利用结交老实人的机会,尽量捞一笔,便和他大谈其居内贡。老实人对他说,将来在威尼斯见了爱人,一定要求她饶恕他的不忠实。

班里戈登变得格外恭敬,格外体贴了;老实人说什么,做什么,打算做什么,神甫都表示热心和关切。

他问老实人:"那末先生,你是在威尼斯有约会了?"老实人答道:"是啊,神甫;我非到威尼斯去跟居内贡小姐相会不可。"他能提到爱人真是太高兴了,所以凭着心直口快的老脾气,把自己和大名鼎鼎的威斯发里美人的情史,讲了一部分。

神甫说:"大概居内贡小姐极有才气,写的信也十分动人罢?"老实人道:"我从来没收到过;你想,我为了钟情于她而被赶出爵府的时候,我不能写信给她;不久听说她死了,接着又和她相会,又和她分手;最后我在离此一万多里的地方,派了一个当差去接她。"

神甫留神听着,若有所思。不一会他和两个外国人亲热的拥抱了一下,告辞了。第二天,老实人睁开眼来就收到一封信,措辞是这样的:

"我最亲爱的情人,我病在此地已有八天了;听说你也在城中。要是我能动弹,早已飞到你怀抱里来了。我知道你路过波尔多;我把忠心的加刚菩和老婆子留在那边,让他们随后赶来。布宜诺斯艾利斯总督把所有的宝物都拿去了,可是我还有你的一颗心。快来罢,见了你,我就有命了,要不然我也会含笑而死。"

这封可爱的信,这封意想不到的信,老实人看了说不出的欢喜;心爱的居内贡病倒的消息又使他痛苦万分。老实人被两种情绪搅乱了,急忙拿着黄金钻石,教人把他和玛丁两个带往居内贡的旅馆。他走进去,紧张得全身打战,心儿乱跳,说话带着哭声;他想揭开床上的帐幔,教人拿支蜡烛过来。"不行,见了光她就没有命了,"女用人说着,猛的把帐幔放下了。老实人哭道:"亲爱的居内贡,你觉得好些吗?你不能见我的面,至少跟我说句话呀。"女用人道:"她不能说话。"接着她从床上拉出一只滚圆的手,让老实人把眼泪浇在上面,浇了半天。他拿几颗钻石塞在那只手里,又在椅子上留下一袋黄金。

他正在大动感情,忽然来了一个差官,后面跟着班里戈登神甫和几名差役。差官道:"嘿!这两个外国人形迹可疑!"随即喝令手下的人把他们逮捕,押往监狱。老实人道:"黄金国的人可不是这样对待外客的。"玛丁道:"啊!我更相信马尼教了。"老实人问:"可是,先生,你把我们带往哪儿去呢?"——"进地牢去,"差官回答。

玛丁定下心神想了想,断定冒充居内贡的是个女骗子,班里戈登神甫是个男骗子,他看出老实人天真不过,急于下手;差官又是一个骗子,可是容易打发的。

为了避免上公堂等等的麻烦,老实人听了玛丁劝告,又急于和货真价实的居内贡相会,便向差官提议送他三颗小钻,每颗值三千比斯多。差官说道:"啊,先生,哪怕你十恶不赦,犯尽了所有的罪,你也是世界上第一个规矩人;三颗钻石!三千比斯多一颗!我替你卖命都来不及,怎么还会把你送地牢?公家要把外国人全部抓起来,可是我有办法;我有个兄弟住在诺曼地的迪埃普海港,让我带你去;只要你有几颗钻石给他,他会象我一样的侍候你。"

老实人问:"为什么要把外国人都抓起来呢?"班里戈登神甫插嘴道:"因为有个阿德雷巴西的光棍,[①] 听了混账话,作了大逆不道的事,不是象一六一〇年五月的案子,而是象一五九四年十二

---

① 此系作者影射达眠安事件:一七五七年一月五日,一个精神不健全的乡下人,名叫达眠安,以小刀刺伤路易十五,卒被凌迟处死。

月的那件，①还有象别的一些案子，是别的光棍听了混账话，在别的年份别的月份犯的。"

差官把案情②解释给老实人听，老实人叫道："啊！这些野兽！一个整天唱歌跳舞的国家，竟有这样惨无人道的事！这简直是猴子耍弄老虎的地方，让我快快逃出去罢。我在本乡见到的是大熊；只有在黄金国才见过人！差官先生，看上帝份上，带我上威尼斯罢，我要在那儿等居内贡小姐。"差官道："我只能送你上诺曼地"；当下教人开了老实人和玛丁的脚镣，说是误会了，打发了手下的人，亲自把两人送往诺曼地，交给他兄弟。那时港中泊着一条荷兰船。靠了另外三颗钻石帮忙，诺曼地人马上成为天下第一个热心汉，把老实人和玛丁送上船，开往英国的朴次茅斯海港。那不是到威尼斯去的路；但老实人以为这样已经逃出了地狱，打算一有机会就取道上威尼斯。

---

① 一五九四年十二月，亨利四世被约翰·夏丹行刺；又于一六一〇年五月，被拉伐伊阿克行刺，重伤身死。以上各案均与十六、七世纪时宗教斗争有关。

② 一七五七年达眠安处死以前，备受酷刑；拿过凶器的手被用火焚烧，又浇以沸油及熔化的铅。

第二十三章
老实人与玛丁在英国海岸上见到的事

"啊，邦葛罗斯！邦葛罗斯！啊，玛丁！玛丁！啊，亲爱的居内贡！这是什么世界呀？"老实人在荷兰船上这么叫着。玛丁答道："都是些疯狂丑恶的事儿。"——"你到过英国，那边的人是不是跟法国人一样疯狂的？"——玛丁道："那是另外一种疯狂。英法两国正为了靠近加拿大的几百亩雪地打仗，为此英勇的战争所花的钱，已经大大超过了全加拿大的价值。该送疯人院的人究竟哪一国更多，恕我资质愚钝，无法奉告。我只知道我们要遇到的人性情忧郁，肝火很旺。"

说话之间，他们进了朴次茅斯港；港内泊着舰队；岸上人山人海，睁着眼睛望着一个胖子；他跪在一条兵船的甲板上，四个兵面对着他，每人若无其事的朝他脑袋放了三枪；岸上的看客便心满意足的回去了。老实人道："怎么回事呀？哪个魔鬼这样到处发威的？"他向人打听，那个在隆重的仪式中被枪毙的胖子是谁。"是个海军提督①，"有人回答。"为什么要杀他呢？"——"因

---

① 影射一七五七年三月英国海军提督平格被杀事，因平格于一七五六年与法国舰队作战败绩。

为他杀人杀得不够，他和一个法国海军提督作战，离开敌人太远了。"老实人道："可是法国提督离开英国提督不是一样远吗？"旁边的人回答："不错；可是这个国家，每隔多少时候总得杀掉个把海军提督，鼓励一下别的海军提督。"

老实人对于所见所闻，又惊骇，又厌恶，简直不愿意上岸；当下跟荷兰船主讲妥价钱，把船直放威尼斯；哪怕这船主会象苏利南的那个一样的拐骗他，也顾不得了。

两天以后，船主准备停当，把船沿着法国海岸驶去；远远望见里斯本的时候，老实人吓得直打哆嗦。接着进了海峡，驶入地中海；终于到了威尼斯。老实人搂着玛丁叫道："哎啊！谢谢上帝！这儿我可以和美人居内贡相会了。我相信加刚菩跟相信我自己一样。苦尽甘来，否极泰来，不是样样都十全十美了吗？"

第二十四章
巴该德与奚罗弗莱的故事

老实人一到威尼斯,就着人到所有的酒店,咖啡馆,妓院去找加刚菩,不料影踪全无。他每天托人去打听大小船只,只是没有加刚菩的消息。他对玛丁说:"怎么的!我从苏利南到波尔多,从波尔多到巴黎,从巴黎到迪埃普,从迪埃普到朴次茅斯,绕过了葡萄牙和西班牙的海岸,穿过地中海,在威尼斯住了几个月;这么长久的时间,我的美人儿和加刚菩还没到!我非但没遇到居内贡,倒反碰上了一个女流氓和一个班里戈登神甫!她大概死了罢,那我也只有一死了事。啊!住在黄金国的乐园里好多了,不应当回到这该死的欧洲来的。亲爱的玛丁,你说得对,人生不过是些幻影和灾难。"

他郁闷不堪,既不去看时行的歌剧,也不去欣赏狂欢节的许多游艺节目,也没有一个女人使他动心。玛丁说:"你太傻了,你以为一个混血种的当差,身边带着五六百万,真会到天涯海角去把你的情妇接到威尼斯来吗?要是找到的话,他就自己消受了。要是找不到,他也会另找一个。我劝你把你的当差和你的情人居内贡,一齐丢开了罢。"玛丁的话只能教人灰心。老实人愈来愈愁闷,玛丁还再三向他证明,除了谁也去不了的黄金国,德行与快乐在世界上是很少的。

一边讨论这个大题目，一边等着居内贡，老实人忽然瞧见一个年轻的丹阿德会①修士，搀着一位姑娘在圣·马克广场上走过。修士年富力强，肥肥胖胖，身体精壮结实，眼睛很亮，神态很安详，脸色很红润，走路的姿势也很威武。那姑娘长得很俏，嘴里唱着歌，脉脉含情的瞧着修士，常常拧他的大胖脸表示亲热。老实人对玛丁道："至少你得承认，这两人是快活的了。至此为止，除了黄金国以外，地球上凡是人住得的地方，我只看见苦难；但这个修士和这个姑娘，我敢打赌是挺幸福的人。"玛丁道："我打赌不是的。"老实人说："只要请他们吃饭，就可知道我有没有看错了。"

他过去招呼他们，说了一番客套话，请他们同到旅馆去吃通心粉，龙巴地鹧鸪，鲟鱼蛋，喝蒙德毕岂阿诺酒，拉克利玛-克利斯底酒，希普酒，萨摩酒。小姐红了红脸，修士却接受了邀请；女的跟着他，又惊异又慌张的瞧着老实人，甚至于含着一包眼泪。才跨进老实人的房间，她就说："怎么，老实人先生认不得巴该德了吗？"老实人原来不曾把她细看，因为一心想着居内贡；听了这话，回答道："唉！可怜的孩子，原来是你把邦葛罗斯博士弄到那般田地的？"巴该德道："唉，先生，是呀。怪道你什么都知道了。我听到男爵夫人和居内贡小姐家里遭了横祸。可是我遭遇的惨酷也不相上下。你从前看见我的时候，我还天真烂漫。我的忏悔师是一个芳济会修士，轻易就把我勾搭上了。结果可惨啦；你被男爵大人踢着屁股赶走以后，没几天我也不得不离开爵府。要

---

① 丹阿德会为旧教中的一派，十六世纪时由丹阿多主教创立。

不是一个本领高强的医生可怜我，我早死了。为了感激，我做了这医生的情妇。他老婆妒忌得厉害，天天下毒手打我，象发疯一样。医生是天底下顶丑的男人，我是天底下顶苦的女人，为了一个自己并不喜欢的男人整天挨打。先生，你知道，泼妇嫁给医生是很危险的。他受不了老婆的凶悍，有天给她医小伤风，配了一剂药，灵验无比，她吃下去抽搐打滚，好不怕人，两小时以内就送了命。太太的家属把先生告了一状，说他谋杀；他逃了，我坐了牢。倘不是我还长得俏，尽管清白无辜也救不了我的命。法官把我开脱了，条件是由他来顶医生的缺。不久，一位情敌又补了我的缺，把我赶走，一个钱也没给。我只得继续干这个该死的营生；你们男人以为是挺快活的勾当，我们女人只觉得是人间地狱。我到威尼斯来也是做买卖的。啊！先生，不管是做生意的老头儿，是律师，是修士，是船夫，是神甫，我都得陪着笑脸侍候；无论什么耻辱，什么欺侮，都得准备捱受；往往衣服都没有穿了，借着别人的裙子走出去，让一个混账男人撩起来；从东家挣来的钱给西家偷去；衙门里的差役还要来讹诈你；前途有什么指望呢？还不是又老又病，躺在救济院里，扔在垃圾堆上！先生，你要想想这个滋味，就会承认我是天底下最苦命的女人了。"

巴该德在小房间里，当着玛丁对老实人说了这些知心话。玛丁对老实人说："你瞧，我赌的东道已经赢了一半。"

奚罗弗莱修士坐在饭厅里，喝着酒等开饭。老实人和巴该德道："可是我刚才碰到你，你神气多快活，多高兴，你唱着歌，对教士那么亲热，好象是出于真心的，你自己说苦得要命，我看你倒是乐得很呢。"巴该德答道："啊！先生，那又是我们这一行的苦处呀。昨天一个军官抢了我的钱,揍了我一顿,今天就得有说有笑的讨一个修士喜欢。"

老实人不愿意再听了;他承认玛丁的话不错。他们跟巴该德和丹阿德修士一同入席;饭桌上大家还高兴,快吃完的时候,说话比较亲密了。老实人道:"神甫,我觉得你的命很不差,大可羡慕;你的脸色表示你身体康健,心中快乐;又有一个挺漂亮的姑娘陪你散心,看来你对丹阿德修士这个职业是顶满意的了。"

奚罗弗莱修士答道:"嘿,先生,我恨不得把所有的丹阿德修士都沉到海底去呢。我几次三番想把修道院一把火烧悼,去改信回回教。我十五岁的时候,爹娘逼我披上这件该死的法衣,好让一个混账的,天杀的哥哥多得一份产业。修道院里只有妒忌,倾轧,疯狂。我胡乱布几次道,挣点儿钱,一半给院长克扣,一半拿来养女人。但我晚上回到修道院,真想一头撞在卧房墙上;而我所有的同道都和我一样。"

玛丁转身朝着老实人,照例很冷静地说道:"喂,我赌的东道不是全赢了吗?"老实人送了两千银洋给巴该德,送了一千给奚罗弗莱修士,说道:"我担保,凭着这笔钱,他们就快乐了。"玛丁道:"我可不信,这些钱说不定把他们害得更苦呢。"老实人道:"那也管不了;可是有件事我觉得很安慰:你以为永远不会再见的人竟会再见;既然红绵羊和巴该德都遇到了,很可能也会遇到居内贡。"玛丁道:"但愿她有朝一日能使你快活;可是我很怀疑。"——"你的心多冷。"老实人说。——"那是因为我事情经得多了。"玛丁回答。

老实人道:"你瞧那些船夫,不是老在唱歌吗?"① 玛丁道:"你没瞧见他们在家里,跟老婆和小娃娃们在一起的情形呢。执政② 有执政的烦恼,船夫有船夫的烦恼。固然,通盘算起来,还是船夫的命略胜一筹,可是也相差无几,不值得计较。"

老实人道:"外边传说这里有位元老,叫做波谷居朗泰,住着勃朗泰河上那所华丽的王府,招待外国人还算客气。听说他是一个从来没有烦恼的人。"玛丁说:"这样少有的品种,我倒想见识见识。"老实人立即托人向波谷居朗泰大人致意,要求准许他们第二天去拜访。

---

① 威尼斯游艇有名于世,舟子之善歌亦有名于世。

② 威尼斯共和城邦的政府首长,自七世纪末至十八世纪末均称 Doge,原义为公爵,但易与普通的公爵相混,故暂译作"执政"。

第二十五章
威尼斯贵族波谷居朗泰访问记

老实人和玛丁坐着游艇，驶进勃朗泰河，到了元老波谷居朗泰的府上。花园布置得很雅，摆着美丽的白石雕像。王府建筑极其宏丽。主人年纪六十左右，家财钜万；接见两位好奇的来客颇有礼貌，可并不热烈；老实人不免有点局促，玛丁倒还觉得满意。

两个相貌漂亮，衣着大方的姑娘，先端上泡沫很多的巧克力敬客。老实人少不得把她们的姿色，风韵和才干，称赞一番。元老说道："这两个姑娘还不错，有时我让她们睡在我床上；因为我对城里的太太们，对她们的风情，脾气，妒忌，争吵，狭窄，骄傲，愚蠢，还有非给她们写不可的，或是非教人写不可的十四行诗，都厌倦透顶；可是这两个姑娘也教我起腻了。"

吃过早点，老实人在画廊中散步，看着美不胜收的画惊叹不已。他问那开头的两幅是谁的作品。主人说："那是拉斐尔的。几年前，为了虚荣我花大价钱买了来；据说是全意大利最美的东西，我却一点不喜欢，颜色已经暗黄了，人体不够丰满，表现得不够有力；衣褶完全不象布帛。总而言之，不管别人怎么说，我觉得这两幅画不够逼真。一定要象看到实物一样的画，我才喜欢；但这种作品简直没有。我藏着不少画，早就不看了。"

饭前，波谷居朗泰教人来一支合奏曲。老实人觉得音乐美极了。波谷居朗泰道："这种声音可以让你消遣半个钟点，再多，大家就听厌了，虽然没有一个人敢说出来。现在的音乐，不过是以难取胜的艺术；仅仅是难奏的作品，多听几遍就没人喜欢。

"我也许更爱歌剧，要不是人家异想天开，把它弄成怪模怪样的教我生气。那些谱成音乐的要不得的悲剧，一幕一幕只是没来由的插进几支可笑的歌，让女戏子卖弄嗓子：这种东西，让爱看的人去看罢。一个阉割的男人哼哼唧唧，扮演凯撒或加东，在台上楞头傻脑的踱方步：谁要愿意，谁要能够，对这种东西低徊叹赏，尽管去低徊叹赏；至于我，我久已不愿领教了；这些浅薄无聊的玩艺儿，如今却成为意大利的光荣，各国的君主还不惜重金罗致呢。"老实人很婉转的，略微辩了几句。玛丁却完全赞成元老的意见。

他们吃了一餐精美的饭，走进书房。老实人瞥见一部装钉极讲究的《荷马全集》，便恭维主人趣味高雅。他说："这一部是使伟大的邦葛罗斯，德国最杰出的哲学家，为之陶醉的作品。"波谷居朗泰冷冷的答道："我并不为之陶醉。从前人家硬要我相信这作品很有趣味；可是那些翻来覆去，讲个不休的大同小异的战争；那些忙忙碌碌而一事无成的神道；那战争的祸根，而还够不上做一个女戏子的海伦；那老是围困而老是攻不下的特洛亚城；都教我厌烦得要死。有时候我问几位学者，是不是看了这书跟我一样发闷。凡是真诚的都承认看不下去，但书房中非有一部不可，好比一座古代的纪念碑，也好比生锈而市面上没人要的古徽章。"

老实人问："大人对维吉尔的见解不是这样罢？"波谷居朗泰

答道:"我承认他的《埃奈伊特》①第二、第四、第六各卷都很精彩;但是那虔诚的埃奈伊,勇武的格劳昂德,好友阿夏德,小阿斯加尼于斯,昏君拉底奴斯,庸俗的阿玛太,无聊的拉维尼亚,却是意趣索然,令人生厌。我倒更喜欢塔索和阿里奥斯托笔下那些荒诞不经的故事②。"

老实人道:"恕我冒昧,先生读荷拉斯是不是极感兴趣呢?"波谷居朗泰回答:"不错,他写了些格言,对上流人物还能有点益处;而且是用精悍的诗句写的,比较容易记。可是他描写勃兰特的旅行,吃得挺不舒服的饭,两个粗人的口角,说什么一个人好比满口脓血,另外一个好比一嘴酸醋等等,我都懒得理会。他攻击老婆子和女巫的诗,粗俗不堪,我只觉得恶心。他对他的朋友曼塞纳说,如果自己能算得一个抒情诗人,一定高傲得昂然举首,上触星辰:这等话我也看不出有什么价值。③愚夫愚妇对于一个大名家的东西,无有不佩服的。可是我读书只为我自己,只有合我脾胃的才喜欢。"老实人所受的教育,使他从来不会用自己的眼光判断,听了主人的话不由得大为惊奇;玛丁却觉得波谷居朗泰的思想方式倒还合理。

---

① 拉丁诗人维吉尔(公元前70—前19年),著有未完成的史诗《埃奈伊特》,叙述荷马史诗中的英雄定居意大利的故事,以埃奈伊为主角。全书完成的有十二卷。

② 意大利诗人塔索(1544—1595),著有史诗《耶路撒冷之解放》。诗人阿里奥斯托(1474—1533),著有长诗《忿怒的罗兰》。

③ 拉丁诗人荷拉斯(公元前65—前8年)与当时皇帝奥古斯丁为友,尤受政治家曼塞纳之知遇;荷拉斯曾于有名的献词中,言人各有愿望理想,己之理想则为抒情诗人。

老实人忽然叫道:"噢!这儿是一部西塞罗①;这个大人物的作品,阁下想必百读不厌罢?"那威尼斯元老说:"我从来不看的。他替拉皮里于斯辩护也罢,替格鲁昂丢斯辩护也罢,反正跟我不相干。我自己经手的案子已经多得很了。我比较惬意的还是他的哲学著作;但看到他事事怀疑,我觉得自己的知识跟他相差不多,也用不着别人再来把我教得愚昧无知了。"

"啊!"玛丁叫道,"这儿还有科学院出版的二十四册丛刊,也许其中有些好东西罢?"波谷居朗泰说道:"哼,只要那些作家中间有一个,能发明做别针的方法,就算是好材料了;可是这些书里只有空洞的学说,连一种实用的学识都找不到。"

老实人道:"这里又是多少剧本啊!有意大利文的,有西班牙文的,有法文的。"元老回答:"是的,一共有三千种,精采的还不满三打。至于这些说教的演讲,全部合起来还抵不上一页赛纳克②,还有那批卷帙浩繁的神学书;你们想必知道我是从来不翻的,不但我,而且谁也不翻的。"

玛丁看到书架上有好几格都插着英文书,便道:"这些书多半写得毫无顾忌,阁下既是共和城邦的人,想必喜欢的罢?"波谷居朗泰回答说:"不错,能把自己的思想写出来是件美事,也是人类独有的权利;我们全意大利的人,笔下写的却不是心里想的;凯撒与安东尼的同乡,没有得到多明我会修士的准许,就不

---

① 西塞罗(公元前106—前43年),罗马共和时代之政论家,演说家。

② 赛纳克(公元前4年—65年),罗马时代哲学家,遗著除哲学论文外,尚有讽刺文集。

敢自己转一个念头。启发英国作家灵感的那种自由，倘不是被党派的成见与意气，把其中一切有价值的部分糟蹋了，我一定会喜爱的。"

　　老实人看见一部《弥尔顿诗集》，便问在他眼里，这作家是否算得大人物。波谷居朗泰说道："谁？他吗？这野蛮人用生硬的诗句，为《创世记》第一章写了十大章注解：这个模仿希腊作家的俗物把创造世界的本事弄得面目全非；摩西明明说上帝用言语造出世界的，那俗物却教弥赛亚到天堂的柜子里，去拿一个圆规来画出世界的轮廓！[①] 我会把他当做大人物吗？塔索笔下的魔鬼和地狱都给他糟蹋了，[②] 吕西番一忽儿变了癞蛤蟆，一忽儿变了小矮子，一句话讲到上百次；还要辩论神学；阿里奥斯托说到火枪的发明，原是个笑话，他却一本正经的去模仿，教魔鬼们在天上放大炮：[③] 这样的人我会敬重吗？不用说我，全意大利也没有人喜欢这种沉闷乏味，无理取闹的作品。什么罪恶与死亡的结合，什么罪恶生

---

　　① 《创世记》第一章有"神说：要有光；就有光"等等之语，故基督教素来认为上帝是用言语创造世界的。摩西相传为《创世记》的作者；今人考证，则谓《创世记》系犹太人于公元六世纪时得之于巴比仑传说。弥尔顿诗中（《失乐园》）则谓弥赛亚（意为神之子）以金圆规画出世界，使有边际，不致浩瀚无涯。

　　② 魔鬼虽从基督教观念中来，塔索写之仍用异教徒笔法，与古代拉丁诗人同；不若弥尔顿之形容魔鬼，高踞于地狱之中，横卧于火湖之上，半沉半浮，身遭缧绁。以纯粹古典趣味之伏尔泰观之，弥尔顿与塔索之描写，自有雅俗之分。魔鬼有许多名字，吕西番其一也。

　　③ 阿里奥斯托在《忿怒的罗兰》（在意大利文则为《忿怒的奥朗多》）中曾谓弗列查（Friza）之王有一兵器（火枪），举世莫敌。弥尔顿于《失乐园》中称魔鬼发明枪炮以攻天堂。

产的毒蛇,^① 只要口味比较文雅一些的人都会看了作呕,他描写病院的长篇大论,只配筑坟墓的工人去念。^② 这部晦涩,离奇,丑恶的诗集,一出世就叫人瞧不起;我现在对待他的态度,跟他同时代的本国人一样。并且,我只知道说出自己的思想,决不理会别人是否跟我一般思想。"老实人听了这话大为懊丧;他是敬重荷马,也有点喜欢弥尔顿的。他轻轻地对玛丁道:"唉,我怕这家伙对我们的德国诗人也不胜鄙薄呢。"玛丁道:"那也何妨?"老实人又喃喃说道:"噢!了不起的人物!这波谷居朗泰竟是个大天才!他对什么都不中意。"

他们把书题过目完了,下楼到花园里去。老实人把园子的美丽极口称赞了一番。主人道:"这花园恶俗不堪,只有些无聊东西;明儿我就叫人另起一所,布置得高雅一些。"

两个好奇的客人向元老告辞了,老实人对玛丁说:"喂!这一回你总得承认见到了一个最快乐的人罢?因为他一无所惑,超脱一切。"玛丁道:"你不看见他对自己所有的东西都厌恶吗?柏拉图早说过,这个不吃,那个不受的胃,决不是最强健的胃。"老实人道:"能批评一切,把别人认为美妙的东西找出缺点来,不也是一种乐趣吗?"玛丁回答:"就是说把没有乐趣当作乐趣,是不是?"老实人叫道:"啊!世界上只有我是快乐的,只要能和居内贡小姐

---

① 此为伏尔泰误忆。《失乐园》第十卷中仅言罪恶与死在地狱中等候,一知撒旦诱致亚当与夏娃堕落一事成功,即结伴同贺,并未提及结婚。撒旦返地狱,自夸功绩,上帝罚之忽为蛇形,手下诸魔亦变为蛇,并非罪恶所生产。

② 《失乐园》第十一卷,天使弥盖尔示亚当以将来世界,有病院中各种呻吟痛苦之状。

相会。"——"能够希望总是好的,"玛丁回答。

可是几天过去了,几星期过去了,加刚菩始终不回来。老实人陷在痛苦之中;甚至巴该德和奚罗弗莱修士谢都没来谢一声,他也不以为意。

第二十六章
老实人与玛丁和六个外国人同席，外国人的身份

一天晚上，老实人和玛丁两个，正要和几个同寓的外国人吃饭，一个皮色象煤烟似的人从后面过来，抓着他的手臂，说道："请你准备停当，跟我们一起走，别错过了。"老实人掉过头来，一看是加刚菩。他惊喜交集的情绪，只比见到居内贡差一点。他几乎快乐得发疯，把朋友拥抱着叫道："啊！居内贡一定在这里了，在哪儿呢？快点带我去，让我跟她一块儿欢天喜地地快活一阵。"加刚菩道："居内贡不在这里，她在君士坦丁堡。"——"啊！天哪！在君士坦丁堡！不过哪怕她在中国，我也要插翅飞去；咱们走罢。"加刚菩答道："我们吃过晚饭才走，现在不能多谈；我做了奴隶，主人等着我；我得侍候他用餐；别多讲话；快去吃饭，准备出发。"

老实人一半快乐一半痛苦：高兴的是遇到了他忠心的使者，奇怪的是加刚菩变了奴隶；他只想着跟情人相会，心乱得很，头脑搅昏了。当下他去吃饭，同桌的是玛丁，——他看到这些事，态度是很冷静的，——还有到威尼斯来过狂欢节的六个外国人。

加刚菩替内中的一个外国人管斟酒，席终走近他的主人，凑

着耳朵说道:"陛下随时可以动身了,船已经准备停当,"说完便出去了。同桌的人诧异之下,一声不出,彼此望了望。另外一个仆人走近他的主人,说道:"陛下的包车在巴杜等着,渡船已经准备好了。"主人点点头,仆人走了。同桌的人又彼此望了望,觉得更奇怪了。第三个用人也走近第三个外国人,说道:"陛下不能多留了,我现在就去准备一切。"说完也马上走了。

老实人和玛丁,以为那是狂欢节中乔装取笑的玩艺。第四个仆人和第四个主人说:"陛下随时可以动身了",然后和别人一样,出去了。第五个用人对第五个主人也是这一套。但第六个用人,对坐在老实人旁边的第六个主人说的话大不相同:"陛下,人家不肯再赊账了;今天晚上我和陛下都可能关进监狱;我现在去料理一些私事,再见罢。"

六个仆人都走了,老实人,玛丁和六个外国人,都肃静无声。最后,老实人忍不住开口道:"诸位,这个取笑的玩意儿真怪,为什么这个那个,你们全是国王呢?老实说,我和玛丁两人可不是的。"

加刚菩的主人一本正经用意大利文说道:"我不是开玩笑,我是阿赫美特三世,做过好几年苏丹;我篡了我哥哥的王位,我的侄儿又篡了我的王位;我的宰相都砍了头,我如今在冷宫里养老。我的侄儿穆罕默德苏丹有时让我出门疗养,这一回是到威尼斯来过狂欢节的。"

阿赫美特旁边的一个青年接着说:"我叫做伊凡,从前是俄罗斯皇帝,在摇篮中就被篡位了;父母都被幽禁,我是在牢里长大的;有时我可以由看守的人陪着,出门游历;这一回是到威尼斯来过狂欢节的。"

第三个人说道:"我是英王查理-爱德华;父亲把王位让给我,我奋力作战维持我的权利;人家把我手下的八百党羽挖出心来,打在他们脸上,把我下了狱。现在我要上罗马去看我的父王,他跟我和我的祖父一样是被篡位的。这回我到威尼斯来过狂欢节。"

第四个接着说:"我是波拉葛①的王;因为战事失利,丢了世袭的国土;我父亲也是同样的遭遇,如今我听天由命,象阿赫美特苏丹,伊凡皇帝,英王查理-爱德华一样,但愿上帝保佑他们长寿;这回我是到威尼斯来过狂欢节的。"

第五个说:"我也是波拉葛的王,丢了两次王位,但上帝给了我另外一个行业,我做的好事,超过所有萨尔玛德王在维斯丢拉河边做的全部好事;我也是听天由命;这一回是到威尼斯来过狂欢节的。"

那时轮到第六个王说话了。他道:"诸位,我不是象你们那样的天潢贵胄;但也做过王,象别的王一样。我叫做丹沃陶,高斯人立我为王。当初人家称我陛下,现在称我先生都很勉强。我铸过货币,如今囊无分文;有过两位国务大臣,结果只剩一个跟班;我登过宝座,后来却在伦敦坐了多年的牢,睡在草垫上。我很怕在这儿会受到同样的待遇,虽则我和诸位陛下一样,是到威尼斯来过狂欢节的。"

其余五个王听了这番话非常同情,每人送了二十金洋给丹沃陶添置内外衣服。老实人送了价值两千金洋的一枚钻石。五个王

---

① 十七世纪时服役法国的波兰骑兵叫做波拉葛。

问道:"这位是谁?一个平民居然拿得出一百倍于你我的钱,而且肯随便送人!"

离开饭桌的时候,旅馆里又到了四位太子殿下,也是因战事失利,丢了国家,到威尼斯来过最后几天的狂欢节的。老实人对新来的客人根本没注意。他一心只想到君士坦丁堡去见他心爱的居内贡。

第二十七章
老实人往君士坦丁堡

忠心的加刚菩,和载送阿赫美特苏丹回君士坦丁堡的船主讲妥,让老实人和玛丁搭船同行。老实人和玛丁向落难的苏丹磕过头,便出发上船。一路老实人对玛丁说:"你瞧,和我们一同吃饭的竟有六个废王,内中一个还受我布施。更不幸的王侯,说不定还有许多。我啊,我不过丢了一百头绵羊,现在却是飞到居内贡怀抱中去了。亲爱的玛丁,邦葛罗斯毕竟说得不错:万事大吉。"玛丁道:"但愿如此。"老实人道:"可是我们在威尼斯遇到的事也真怪。六位废王在客店里吃饭,不是见所未见,闻所未闻吗?"玛丁答道:"也未必比我们别的遭遇更奇。国王被篡位是常事;我们叨陪末座,和他们同席,也没什么了不起,不足挂齿。"

老实人一上船,就搂着他从前的当差,好朋友加刚菩的脖子。他说:"哎,居内贡怎么啦?还是那么姿容绝世吗?照旧爱我吗?她身体怎样?你大概在君士坦丁堡替她买了一所行宫罢?"

加刚菩回答:"亲爱的主人,居内贡在普罗篷提特海边洗碗,在一位并没多少碗盏的废王家里当奴隶;废王名叫拉谷斯基,每天从土耳其皇帝手里领三块钱过活;更可叹的是,居内贡变得奇丑无比了。"老实人道:"啊,美也罢,丑也罢,我是君子人,我的责任是对她始终如一。但你带着五六百万,怎么她还会落到这般田地?"加刚菩道:"唉,我不是先得送布宜诺斯艾利斯总督两百万,赎出居内贡吗?余下的不是全给一个海盗好不英勇的抢了去吗?那海盗不是把我们带到马塔班海角,带到弥罗,带到尼加利阿,带到萨摩斯,带到彼特拉,带到达达尼尔,带到斯康塔里吗?临了,居内贡和老婆子两人落在我刚才讲的废王手里,我做了前任苏丹的奴隶。"老实人道:"哎哟,祸不单行,一连串的倒楣事儿何其多啊!幸而我还有几颗钻石,不难替居内贡赎身。可惜她人变丑了。"

他接着问玛丁:"我跟阿赫美特苏丹,伊凡皇帝,英王查理-爱德华,你究竟觉得哪一个更可怜?"玛丁道:"我不知道,除非我钻在你们肚里。"老实人说:"啊,要是邦葛罗斯在这里,就能告诉我了。"玛丁道:"我不知道你那邦葛罗斯用什么秤,称得出人的灾难和痛苦。我只相信地球上有几千几百万的人,比英王查理-爱德华,伊凡皇帝和阿赫美特苏丹不知可怜多少倍。"——"那很可能,"老实人说。

不多几天,他们进入黑海的运河。老实人花了很大的价钱赎出加刚菩,随即带着同伴改搭一条苦役船,到普罗篷提特海岸去寻访居内贡,不管她丑成怎样。

船上的桨手队里有两名苦役犯,划桨的手艺很差;船主是个小亚细亚人,不时用牛筋鞭子抽着那两个桨手的赤露的背。老实人无意中把他们特别细瞧了一会,不胜怜悯地走近去。他觉得他们完全破相的脸上,某些地方有点象邦葛罗斯和那不幸的耶稣会士,就是那位男爵,居内贡小姐的哥哥。这印象使他心中一动,而且很难过,把他们瞧得更仔细了。他和加刚菩道:"真的,要不是我眼看邦葛罗斯被吊死,要不是我一时糊涂,亲手把男爵杀死,我竟要相信这两个划桨的就是他们了。"

听到男爵和邦葛罗斯的名字,两个苦役犯大叫一声,放下了桨,呆在凳上不动了。船主奔过来,越发鞭如雨下。老实人叫道:"先生,别打了,别打了;你要多少钱我都给。"一个苦役犯嚷道:"怎么!是老实人!"另外一个也道:"怎么!是老实人!"老实人道:"我莫非做梦不成?我究竟醒着还是睡着?我是在这条船上吗?这是我杀死的男爵吗?这是我眼看被吊死的邦葛罗斯大师吗?"

两人回答:"是我们啊,是我们啊。"玛丁问:"怎么,那位大哲学家就在这儿?"老实人道:"喂,船主,我要赎出森特-登-脱龙克男爵,日耳曼帝国最有地位的一个男爵,还有全日耳曼最深刻的玄学家邦葛罗斯先生:你要多少钱?"船主答道:"狗东西的基督徒!既然这两条苦役狗是什么男爵,什么玄学大家,那一定是他们国内的大人物了;我要五万金洋!"——"行!先生;赶快送我上君士坦丁堡,越快越好,到了那里我马上付钱。啊,不,你得带我上居内贡小姐那儿。"船主听到老实人要求赎出奴隶,早已掉转船头,向君士坦丁堡进发,教手下的人划得比飞鸟还快。

老实人把男爵和邦葛罗斯拥抱了上百次。——"亲爱的男爵,怎么我没有把你杀死的?亲爱的邦葛罗斯,怎么你吊死以后还活着的?你们俩又怎么都在土耳其船上做苦役的?"男爵道:"我亲爱的妹妹果真在这里吗?"——"是的,"加刚菩回答。邦葛罗斯嚷道:"啊,我又见到我亲爱的老实人了。"老实人把玛丁和加刚菩向他们介绍了。他们都互相拥抱，抢着说话。船飞一般的向前，已经到岸了。他们叫来一个犹太人，老实人把一颗价值十万的钻石卖了五万，犹太人还用亚伯拉罕的名字赌咒，说无论如何不能多给了。老实人立刻付了男爵和邦葛罗斯的身价。邦葛罗斯扑在地下，把恩人脚上洒满了眼泪；男爵只点点头表示谢意，答应一有机会就偿还这笔款子。他说："我的妹子可是真的在土耳其？"加刚菩答道："一点不假；她在一位德朗西未尼亚的废王家里洗碗。"他们又找来两个犹太人；老实人又卖了两颗钻，然后一齐搭着另外一条船去赎居内贡。

第二十八章
老实人,居内贡,邦葛罗斯和玛丁等等的遭遇

老实人对男爵道:"对不起,男爵,对不起,神甫,请你原谅我把你一剑从前胸戳到后背。"男爵道:"别提了;我承认当时我火气大了一些;但你既然要知道我怎么会罚做苦役的,我就告诉你听:我的伤口经会里的司药修士医好之后,一队西班牙兵来偷袭,把我活捉了,下在布宜诺斯艾利斯牢里,那时我妹妹正好离开那儿。我要求遣回罗马总会。总会派我到驻君士坦丁堡的法国大使身边当随从司祭。到任不满八天,有个晚上遇到一位宫中侍从,年纪很轻,长得很美。天热得厉害;那青年想洗澡;我也借此机会洗澡。谁知一个基督徒和一个年轻的回教徒光着身子在一起,算是犯了大罪。法官教人把我脚底打了一百板子,罚作苦役。我不信世界上还有比这个更冤枉的事。但我很想知道,为什么我妹妹替一个亡命在土耳其的,德朗西未尼亚废王当厨娘?"

老实人道:"那末你呢,亲爱的邦葛罗斯,怎么我又会见到你呢?"邦葛罗斯道:"不错,你是看我吊死的;照例我是应当烧死的;可是你记得,他们正要动手烧我,忽然下起雨来;雨势猛烈,没法点火;他们无可奈何,只得把我吊死了事。一个外科医生买了我的尸体,拿回去解剖。他先把我从肚脐到锁骨,一横一直划

了两刀。我那次吊死的手续，做得再糟糕没有。执行异教裁判所救世大业的是个副司祭，烧死人的本领的确天下无双，但吊人的工作没做惯：绳子浸饱了雨水，不大滑溜了，中间又打了结；因此我还有一口气。两刀划下来，我不禁大叫一声，那外科医生仰面朝天摔了一跤，以为解剖到一个魔鬼了，吓得掉过身子就逃，在楼梯上又栽了一个斤斗。他的女人听见叫喊，从隔壁房里跑来，看我身上划着两刀躺在桌上，比她丈夫吓得更厉害，赶紧逃走，跌在丈夫身上。等到他们惊魂略定，那女的对外科医生说：'朋友，怎么你心血来潮，会解剖一个邪教徒的？你不知道这些人老有魔鬼附身吗？让我马上去找个教士来念咒退邪。'一听这话，我急坏了，迸着最后一些气力叫救命。终于那葡萄牙理发匠①大着胆子，把我伤口缝起来，连他的女人也来照顾我了；半个月以后我下了床。理发匠帮我谋了一个差事，荐给一个玛德会修士做跟班，随他上威尼斯；但那主人付不出工钱，我就去侍候一个威尼斯商人，跟他到君士坦丁堡。

"有一天我一时高兴，走进一座清真寺。寺中只有一个老法师，还有一个年轻貌美的信女在那里念念有词。她袒着胸部，两个乳头之间缀着一个美丽的花球，其中有郁金香，有蔷薇，有白头苗，有土大黄，有风信子，有莲馨花。她一不留神，把花球掉在地下，我急忙捡起，恭恭敬敬替她放回原处。我放回原处的时间太久了些，恼了老法师；他一知道我是基督徒，就叫出人来，

---

① 自中古时代起，欧洲的外科手术大多操于理发匠之手；法国直至一七四三年，路易十五始下诏将外科医生与理发匠二业完全分离。

带我去见法官。法官着人把我脚底打了一百板子，罚作苦役。我恰好和男爵同时锁在一条船上，一条凳上。同船有四个马赛青年，五个拿波里教士，两个科孚岛上的修士，都说这一类的事每天都有。男爵认为他的案子比我的更冤枉；我呢，我认为替一个女人把花球放回原处，不象跟一个侍从官光着身子在一起那样有失体统。我们为此争辩不已，每天要挨二十鞭子；不料凡事皆有定数，你居然搭着我们的船，把我们赎了出来。"

老实人问他："那末，亲爱的邦葛罗斯，你被吊死，解剖，鞭打，罚作苦工的时候，是不是还认为天下事尽善尽美呢？"邦葛罗斯答道："我的信心始终不变，因为我是哲学家，不便出尔反尔。莱布尼兹的话不会错的，先天谐和的学说，跟空间皆是实体和奇妙的物质等等，同样是世界上的至理名言。"①

---

① 先天谐和（一译"豫定调和"）为德国哲学家莱布尼兹（1646—1716）解释宇宙之学说；本书中常常提到天下事尽善尽美的话，亦系莱布尼兹之说。奇妙的物质为笛卡儿解释万物动力的学说，谓宇宙间到处皆有一种液质推动万物。

第二十九章
老实人怎样和居内贡与老婆子相会

老实人，男爵，邦葛罗斯，玛丁和加刚菩，讲着他们的经历，谈着世界上一切偶然的或非偶然的事故，讨论着因果关系，精神痛苦与物质痛苦，自由与必然，在土耳其商船上如何自慰等等，终于到了普罗篷提特海边上，德朗西末尼亚王的屋子前面。一眼望去，先就看到居内贡和老婆子在绳上晾饭巾。

男爵一见，脸就白了。多情的老实人，看到他美丽的居内贡皮肤变成棕色，眼中全是血筋，乳房干瘪了，满脸皱纹，通红的手臂长满着鱼鳞般的硬皮，不由得毛发悚然，倒退了几步；然后为了礼貌关系，只得走近去。居内贡把老实人和她哥哥拥抱了；大家也拥抱了老婆子。老实人把她们俩都赎了出来。

附近有一块分种田；老婆子劝老实人暂且拿下，等日后大家时来运转，再作计较。居内贡不知道自己变丑了，也没有一个人向她道破：她和老实人提到当年的婚约，口气那么坚决，忠厚的老实人竟不敢拒绝。他便通知男爵，说要和他的妹子结婚了。男爵道："象她那样的下流，象你那样的狂妄，我万万不能容忍；我决不为这桩玷辱门楣的事分担责任：我妹妹的儿女将来永远不能写上德国的贵族谱。告诉你，我的妹子只能嫁给一个德国的男爵。"居内贡倒在他脚下,哭着哀求;他执意不允。老实人对他说:"你疯了;我把你救出苦役,付了你的身价,付了你妹妹的身价;她在这儿替人洗碗,变得这么丑,我好心娶她为妻,你倒胆敢拒绝;逗我性子,恨不得把你再杀一次才好!"男爵道:"再杀就再杀;要我活着答应你娶我的妹子,可是休想。"

第三十章
结　局

　　老实人其实绝无意思和居内贡结婚。但男爵的蛮横恼了他，觉得非结婚不可了。何况居内贡逼得那么紧，他也不便翻悔。他跟邦葛罗斯，玛丁和忠心的加刚菩商量。邦葛罗斯写了一篇出色的论文，证明男爵绝无权利干涉妹子的事；她依照德国所有的法律，尽可嫁给老实人。玛丁主张把男爵扔在海里；加刚菩主张送还给小亚细亚船主，仍旧教他做苦工；有了便船，再送回罗马，交给他的总会会长。大家觉得这主意挺好，老婆子也赞成，便瞒着妹子，花了些钱把这件事办妥了：教一个耶稣会士吃些苦，把一个骄傲的德国男爵惩罚一下，谁都觉得高兴。

　　经过了这许多患难，老实人和情人结了婚，跟哲学家邦葛罗斯，哲学家玛丁，机灵的加刚菩和老婆子住在一起，又从古印加人那儿带了那么多钻石回来，据我们想象，老实人应当过着世界上最愉快的生活了。但他被犹太人一再拐骗，除掉那块分种田以外已经一无所有；他的女人一天丑似一天，变得性情暴戾，谁都见了头痛；老婆子本来是残废的人，那时比居内贡脾气更坏。加刚菩种着园地，挑菜上君士坦丁堡去卖，操劳过度，整天怨命。邦葛罗斯因为不能在德国什么大学里一露锋芒，苦闷不堪。玛丁认定一个人到处都是受罪，也就耐着性子。老实人，玛丁，邦葛罗斯，偶尔谈玄说理，讨论讨论道德问题。窗下常常看见一些船只，载着当地的贵族，官员，祭司，充军到来姆诺斯，米底兰纳，埃斯卢姆。又看见一些别的祭司，贵族，官员来接任，然后再受流配。也看到一些包扎得挺好的人头送往大苏丹的宫门。这些景象增加了他们辩论的题材；不辩论的时候，大家就厌烦得要死，甚至有一天老婆子问他们："我要知道，被黑人海盗强奸一百次，割掉半个屁股，被保加利亚人鞭打，在功德大会中挨板子，上吊，被解剖，在苦役船上划桨，受尽我们大家所受的苦难，跟住在这儿一无所事比起来，究竟哪一样更难受？"老实人道："嗯，这倒是个大问题。"

这一席话又引起众人新的感想：玛丁下了断语，说人天生只有两条路：不是在忧急骚动中讨生活，便是在烦闷无聊中挨日子。老实人不同意这话，但提不出别的主张。邦葛罗斯承认自己一生苦不堪言；可是一朝说过了世界上样样十全十美，只能一口咬定，坚持到底，虽则骨子里完全不信。

那时又出了一件事，使玛丁那种泄气的论调多了一个佐证，使老实人更加徬徨，邦葛罗斯更不容易自圆其说。有一天他们看见巴该德和奚罗弗莱修士狼狈不堪，走到他们的分种田上来。两人把三千银洋很快就吃完了，一忽儿分手，一忽儿讲和，一忽儿吵架，坐牢，越狱，奚罗弗莱终于改信了回回教。巴该德到处流浪，继续做她的买卖，一个钱也挣不到了。玛丁对老实人道："我早跟你说的，你送的礼不久就会花光，他们的生活倒反更苦。你和加刚菩发过大财，有过几百万银洋，却并没比巴该德和奚罗弗莱更快活。"邦葛罗斯对巴该德说:"啊,啊,可怜的孩子,你又到我们这儿来了,大概是天意吧!你知道没有,你害我损失了一个鼻尖,一只眼睛和一只耳朵?如今你也完啦!这世界真是怎么回事啊!"这件新鲜事儿,使众人对穷通祸福越发讨论不完。

附近住着一位大名鼎鼎的回教修士,公认为土耳其最有智慧的哲学家;他们去向他请教,由邦葛罗斯代表发言,说道:"师傅,请你告诉我们,世界上为什么要生出人这样一种古怪的动物?"

修道士回答:"你问这个干什么?你管它做什么?"老实人道:"可是,大法师,地球上满目疮痍,到处都是灾祸啊。"修道士说:"福也罢,祸也罢,有什么关系?咱们的苏丹打发一条船到埃及去,可曾关心船上的耗子舒服不舒服?"邦葛罗斯问:"那末应当怎办呢?"修道士说:"闭上你的嘴。"邦葛罗斯道:"我希望和你谈谈因果,谈谈十全十美的世界,罪恶的根源,灵魂的性质,先天的谐和。"修道士听了这话,把门劈面关上了。

谈话之间,听到一个消息,说君士坦丁堡绞死了两个枢密大臣,一个大司祭;他们不少朋友都受了木柱洞腹的极刑。几小时以内,这桩可怕的事沸沸扬扬,传遍各地。邦葛罗斯,老实人,玛丁,回去的路上遇到一个和善的老人,在门外橘树荫下乘凉。邦葛罗斯好奇不亚于好辩,向老人打听那绞死的大司祭叫甚名字,老人回答:"我素来不知道大司祭等等姓甚名谁。你说的那件事,我根本不晓得。我认为顾问公家事情的人,有时会死于非命,这也是他们活该。我从来不打听君士坦丁堡的事;我不过把园子里种出来的果子送去卖。"他说着把这几个外乡人让进屋子:两个儿子和两个女儿端出好几种自制的果子露敬客,还有糖渍的佛手,橘子，柠檬，菠萝，花生，纯粹的莫加咖啡，不羼一点儿巴太维亚和中美洲群岛的坏咖啡的。回教徒的两个女儿又替老实人、邦葛罗斯、玛丁的胡子上喷了香水。

老实人问土耳其人："想必你有一大块良田美产了？"土耳其人回答："我只有二十阿尔邦地①；我亲自和孩子们耕种；工作可以使我们免除三大害处：烦闷，纵欲，饥寒。"

老实人回到自己田庄上，把土耳其人的话深思了一番，对邦葛罗斯和玛丁说道："那个慈祥的老头儿安排的生活，我觉得比和我们同席的六位国王好多了。"邦葛罗斯道："根据所有哲学家的说法，荣华富贵，权势地位，都是非常危险的；摩阿布的王埃格隆被阿奥特所杀；阿布萨隆被吊着头发缢死，身上还戳了三枪；泽罗菩阿姆的儿子内达布王，死于巴萨之手；伊拉王死于萨勃利之手；奥谷齐阿斯死于奚于；阿太里亚死于约伊阿达约金，奚谷尼阿斯，赛台西阿斯诸王，都沦为奴隶。②至于克雷絮斯，阿斯蒂阿琪，大流士，西拉叩斯的特尼，彼拉斯，班尔赛，汉尼拔，朱革塔，阿利俄维斯塔，凯撒，庞培，尼罗，奥东，维德卢维阿斯，多密喜安，③英王理查二世，爱德华二世，亨利四世，理查三世，玛丽·斯丢阿德，查理一世，法国的三个亨利，罗马日耳曼皇帝亨利四世，他们怎样的结局，你是都知道的。你知道……"老实人说："是的，我还知道应当种我们的园地。"邦葛罗斯道："你说

---

① 一阿尔邦等于五十亩，每亩等于一百方英尺。

② 以上均系古希伯来族的王，见《圣经》。

③ 以上均为自利提亚起至罗马帝国为止的国王、将军及皇帝。

得很对：上帝把人放进伊甸园是叫他当工人，要他工作的；足见人天生不是能清闲度日的。"玛丁道："少废话，咱们工作罢；唯有工作，日子才好过。"

那小团体里的人一致赞成这个好主意，便各人拿出本领来。小小的土地出产很多。居内贡固然奇丑无比，但变了一个做糕饼的能手；巴该德管绣作；老婆子管内衣被褥。连奚罗弗莱也没有闲着，他变了一个很能干的木匠，做人也规矩了。有时邦葛罗斯对老实人说："在这个十全十美的世界上，所有的事情都是互相关连的；你要不是为了爱居内贡小姐，被人踢着屁股从美丽的宫堡中赶出来，要不是受到异教裁判所的刑罚，要不是徒步跋涉美洲，要不是狠狠的刺了男爵一剑，要不是把美好的黄金国的绵羊一齐丢掉，你就不能在这儿吃花生和糖渍佛手。"老实人道："说得很妙；可是种咱们的园地要紧。"

天 真 汉

第一章
小山圣母修院的院长兄妹怎样的遇到一个休隆人

从前有个圣·邓斯顿,爱尔兰是他的本邦,圣徒是他的本行,①有一天搭着一座向法国海岸飘去的小山,从爱尔兰出发。他坐了这条渡船一径来到圣·马罗海湾;上了岸,给小山祝福了;小山向他深深鞠了一躬,又从原路回爱尔兰去了。

邓斯顿在当地创办一个小修院,命名为小山修院,大家知道,这名字一直传到如今。

一六八九年②七月十五日傍晚,小山圣母修院院长特·甘嘉篷神甫,陪着他妹妹特·甘嘉篷小姐,在海滨散步纳凉。上了年纪的院长是个挺和善的教士,当年颇得一般邻女欢心,如今又很受邻人爱戴。他的可敬特别因为地方上只有他一个教士,和同僚饱餐之后,无须别人扛抬上床。他还算通晓神学;圣·奥古斯丁的著

---

① 圣·邓斯顿为历史上实有的人物,生存于十世纪,为英国主教兼政治家;死后被奉为圣者。
② 其时法王路易十四为支援雅各二世夺回英国王位,方与英国宣战。

作念得没劲了,便拿拉伯雷消遣:因此人人都说他好话。①

特·甘嘉篷小姐从来没嫁过人,虽则心里十分有意;年纪已经四十五,还是很娇嫩;她生性柔和,感情丰富,喜欢娱乐,同时也热心宗教。

院长望着海景对妹子说:"唉!我们的好哥哥好嫂子,一六六九年上搭着飞燕号兵船到加拿大去从军,便是在这儿上船的。要是他没有阵亡,我们还能希望和他相会呢。"

特·甘嘉篷小姐道:"你可相信,我们的嫂子果真象人家说的,是被伊罗夸人吃掉的吗?的确,要不吃掉,她早回国了。为了这嫂子,我一辈子都要伤心;她多可爱啊;至于我们的哥哥,聪明绝顶,不死一定能发大财的。"

两人正为了旧事伤感,忽然看见一条小船,趁着潮水驶进朗斯湾;原来是些英国人来卖土产的。他们跳上岸来,对院长先生和他的妹子瞧都没瞧一眼;特·甘嘉篷小姐因为受人冷淡,好生气恼。

可是有一个长得很体面的年轻人,态度大不相同;他把身子一纵,从同伴头上直跳过来,正好站在小姐面前。他没有鞠躬的习惯,只向小姐点点头。他的脸和装束引起了教士兄妹的注意。他光着头,光着腿,脚踏芒鞋,头上盘着很长的发辫,身上穿着短袄,显得腰身细软;神气威武而善良。他一手提着一小瓶巴巴

---

① 圣·奥古斯丁(354—430)为基督旧教中最伟大的宗教家,神学家。拉伯雷为十六世纪法国大文豪,所作小说多批评时事,发掘人性,揭露教会黑暗,讽刺教士,不遗余力;又出以诙谐滑稽的文笔,为高卢式幽默之典型。

杜酒,①一手提着一只袋,里面装着一个杯子和一些香美的硬饼干。他法文讲得很通顺,请甘嘉篷小姐和她的哥哥喝巴巴杜酒,自己也陪着一起喝;让过一杯又是一杯,态度那么朴实那么自然,兄妹俩看了很中意。他们问他可有什么事需要帮忙,打听他是什么人,上哪儿去。年轻人回答说他没有什么目的,只是为了好奇,来看看法国的海岸,就要回去的。

院长先生听他的口音,认为他不是英国人,便问他是哪里人氏。年轻人答道:"我是休隆人。"②

甘嘉篷小姐发现一个休隆人对她如此有礼,又惊奇又高兴,邀他吃晚饭;他不用三邀四请,立即答应;三人便同往小山修院。

矮胖的小姐,拚命睁着她的小眼睛打量年轻人,再三对院长说:"这高大的小伙子兼有百合和蔷薇的色调。想不到一个休隆人皮肤这样好看!"院长道:"妹妹,你说得不错。"她接二连三提了上百个问题,客人的回答都很中肯。

一会儿,外面纷纷传说,修院里来了一个休隆人。乡里的上流人物便全部赶到修院来吃晚饭。特·圣·伊佛神甫带着他的妹妹同来,那是一个下布列塔尼③姑娘,长得极美,很有教养。法官,税务官,和他们的太太也来了。陌生人坐在甘嘉篷小姐和圣·伊佛小姐之间。大家不胜赞叹的瞧着他,争先恐后的和他攀谈,向他

---

① 巴巴杜酒是一种以柠檬皮与橘皮浸的酒。

② 北美印第安族有一支名阿尔工金人,内有分支名休隆人,居于加拿大翁泰利俄省之半岛上,为棕色人种最文明的一族。十七世纪时,欧洲人以休隆人泛指加拿大的某种野蛮人。

③ 布列塔尼为法国古行省名,下布列塔尼为该省中地形较低的一部分。

发问；休隆人不慌不忙，他好象采取了菩林布鲁克爵士①的见怪不怪的箴言。但后来也受不了众人的聒噪，便很和气的，但带着坚决的意味，说道："诸位，敝乡的人说话是一个挨着一个的；你们教我听不见你们的话，我怎么能回答呢？"听到讲理，人总是会想一想的。当下便寂静无声。法官先生是全省第一位盘问大家，无论在什么人家遇到生客，总死钉着问个不休；他把嘴张到半尺大，说道："先生，请问你叫什么名字？"休隆人回答："人家一向叫我天真汉，到了英国，大家还是这样称呼我，因为我老是很天真的想什么说什么，想作什么就作什么。"

"先生既然是休隆人，怎么会到英国的？"——"我是被人带去的。我跟英国人打架，竭力抵抗了一番，终于做了俘虏；他们喜欢勇敢的人，因为他们自己很勇敢，也和我们一样公平交易；他们问我愿意回家还是愿意上英国；我挑了第二个办法，因为我天性极喜欢游览。"

法官口气很严厉，问道："你怎么能这样的抛下父母？"陌生人道："我从来没见过爸爸，也没见过妈妈。"在座的人听了很感动，一齐说道："噢！没见过爸爸，也没见过妈妈！"甘嘉篷小姐对她哥哥说："那末咱们可以做他的爹妈啊！这位休隆先生真有意思！"天真汉向她道谢，客气之中带些高傲，表示他并不需要。

庄严的法官说道："天真汉先生，我觉得你法文讲得很好，不象一个休隆人讲的。"他说："我很小的时候，我们在休隆捉到一个法国人，我跟他做了好朋友，法文就是他教我的；我喜欢的东西

---

① 菩林布鲁克子爵（1678—1751）为英国政治家。

学得很快。后来在普利穆斯，又遇到一些逃亡的法国人，不知为什么你们叫做于格诺党；①其中有一位帮我进修法文；等到我说话能达意了，就来游历贵国，因为我喜欢法国人，只要他们不多发问。"

虽然客人话中有因，圣·伊佛神甫依旧问他休隆话，英国话，法国话三种语言，最喜欢哪一种。天真汉回答："不消说得，当然是休隆话了。"甘嘉篷小姐嚷道："真的？我一向以为天下最好听的语言，除了下布列塔尼话，就是法国话。"

于是大家抢着问天真汉，烟草在休隆话里是怎么说的，他回答说：塔耶；吃饭怎么讲的？他回答说：埃桑当。甘嘉篷小姐定要知道恋爱两字怎么说，他回答：脱罗王台。②天真汉振振有辞，说这些字和英法文中的同义字一样的妙。在座的人都觉得脱罗王台很好听。

院长先生书房里藏着一本休隆语文法，是有名的传教师，芳济会修士萨迦·丹沃达送的。他离开饭桌去翻了一翻；从书房回来，欣喜与感动几乎使他气都喘不过来。他承认天真汉是个货真价实的休隆人。随后谈锋转到世界上语言的庞杂，他们一致同意，要不是当初出了巴别塔的事，③普天之下一定都讲法文的。

好问的法官原来还不大相信天真汉，此刻才十分佩服，说话也比先前客气了些，但天真汉并没发觉。

---

① 法国从宗教改革时代起，即称新教徒为于格诺（Huguenots）。
② 〔原注〕以上各字确系休隆语。
③ 《圣经》载：洪水之后，挪亚方舟的遗民要造一座通天的塔；耶和华怒其狂妄，变乱造塔的人的口音，使他们彼此言语不通，无法合作。今欧洲人以此譬喻，作为天下方言不一的原因。"巴别"即变乱之意。事见《创世记》第十一章。

圣·伊佛小姐渴望知道,休隆地方的人怎么样谈恋爱的。他答道:"我们拿高尚的行为,去讨好一个象你这样的人物。"同桌的人听了,惊叹叫好。圣·伊佛小姐红了红脸,心里好不舒服。甘嘉篷小姐也红了红脸,可并不那么舒服;那句奉承话不是对自己说的,未免有点儿气恼。但她心肠太好了,对休隆人的感情并不因之冷淡。她一团和气的问,他在休隆有过多少情人。天真汉答道:"只有过一个,叫做阿巴加巴小姐,是我奶妈的好朋友。哎,她呀,灯芯草不比她身体更挺拔,鼬鼠不比她皮肤更白皙,绵羊不及她和顺,老鹰不及她英俊,麋鹿不及她轻灵。有一天她在我们附近,离开我们住处两百里的地方,追一头野兔。一个住在四百里外的,没教育的阿尔工金人,抢掉了她的野兔;我知道了,赶去把阿尔工金人一棍打翻,绑着拖到我情人脚下。阿巴加巴家里的人想吃掉他;我可从来不喜欢这一类的大菜,把他放了,跟他交了朋友。阿巴加巴被我的行为感动得不得了,在许多情人里头挑中了我。要不给熊吃掉的话,她至今还爱我呢。我杀了熊,拿它的皮披在身上,披了好些时候,可是没用,我始终很伤心。"

圣·伊佛小姐听着故事,听到天真汉只有过一个情人,而且阿巴加巴已经死了,不由得暗中欣喜,但说不出为什么。众人目不转睛的望着天真汉,因为他不让同乡吃掉一个阿尔工金人,把他着实称赞了一番。

无情的法官追问不休的脾气,好比一股怒潮,简直按捺不住:他问休隆先生信的什么教,是英国国教呢,是迦里甘教呢,[①] 还是

---

① 法国旧教徒中抵制教皇干涉法国王权的一派,叫做迦里甘派。

于格诺教？他回答："我信我的教，正象你们信你们的教。"甘嘉篷小姐叫道："唉！我断定那些糊涂的英国人根本没想到给他行洗礼。"圣·伊佛小姐道："啊，天哪！怎么休隆人不是迦特力教徒呢？难道耶稣会的神甫们没有把他们全部感化吗？"天真汉回答说，在他本乡，谁也休想感化谁；一个真正的休隆人从来不改变意见的，他们的语言中间没有朝三暮四这句话。听到这里，圣·伊佛小姐快活极了。

甘嘉篷小姐对院长道："那末咱们来给他行洗礼罢。亲爱的哥哥，这是你的光荣啊；我一定要做他的干妈；①带往圣洗缸的职司归圣·伊佛神甫：你瞧着罢，那个盛大的典礼一定会轰动全下布列塔尼。那咱们脸上才光彩呢。"在场的人都附和女主人的意见，嚷着："咱们来给他行洗礼罢！"天真汉回答说，英国从来没人干涉别人的生活。他表示不欢迎他们的提议，休隆人的礼法至少和下布列塔尼人的一样高明；最后他声明第二天就要动身回去的。众人把他的一瓶巴巴杜酒喝完，分头睡觉去了。

天真汉进了卧房，甘嘉篷小姐和她的朋友圣·伊佛小姐忍不住把眼睛凑在一个很大的锁眼上，要瞧瞧休隆人怎么睡觉的。她们看见他把床上的被褥铺在地板上，摆着世界上最好看的姿势躺下了。

---

① 基督徒受洗，均有教父教母为之护法，但教父、教母、教子的称呼，对吾国读者毫无印象，故改译为干爸、干妈、干儿子。

第二章
叫做天真汉的休隆人认了本家

英国人和休隆人都把鸡鸣叫做白天的讯号;天真汉照例听到鸡鸣就跟着太阳一同醒来。他不象上流人,太阳已经走了一半路,还懒洋洋的躺在床上,既睡不着,也起不来,在那个阴阳交界地带浪费了多少宝贵的光阴,倒还慨叹人生太短促。

他已经走了八九里地,打了三十来件野味回来,看见圣母修院院长和他稳重的妹子,戴着睡帽在小园中散步。他把打来的鸟兽尽数送给他们,又从衬衣内摘下一件符咒般的小东西,平时老挂在脖子里的,要他们接受,表示答谢他们招待的盛意。他说:"这是我独一无二的宝贝;据说只要把这小玩艺儿带在身上,就能百事如意;我送给你们,希望你们百事如意。"

院长和小姐看到天真汉这样天真,感动之下,笑了一笑。那礼物是两幅很拙劣的小型画像,用一根油腻的皮带拴在一起的。

甘嘉篷小姐问休隆地方可有画家。天真汉答道:"没有的。从前加拿大的法国人和我们打仗,我奶公从死人身上拿到一些遗物,内中就有这件稀罕物儿,后来奶妈给了我;别的我都不知道。"

院长细细瞧着画像,忽然脸色变了,紧张起来,双手发抖。他叫道:"啊,小山圣母在上!这不就是我那个当上尉的哥哥和他的女人吗？"小姐同样兴奋的端详了一会，下了同样的断语。两人又惊，又喜，又伤心，都动了感情，哭了，心忐忑的乱跳，叫着嚷着；把两幅肖像抢来抢去，一秒钟之内，两人拿过来，递过去，直有一二十回。他们直瞪着眼，瞅着肖像和休隆人，恨不得连人带画一齐吞下肚去。他们轮流问他，又同时问他，什么时候，什么地方，这两幅像落到他奶奶手里的。他们想起上尉离家的时间，计算了一下，记得收到过他的信，说是到了休隆地方；从此就没有消息了。

天真汉告诉过他们，从来没见过父亲或是母亲。院长是个有见识的人，留意到天真汉长着一些胡子；他知道休隆人是没有胡子的。他想："他下巴上有一层绒毛，准是欧洲人的儿子。我的兄嫂从一六六九年出征休隆以后就失踪了，当时我的侄子应当还在吃奶；一定是休隆的奶妈救了他的命，做了他的养娘。"总之，经过了无数的问答，院长和他的妹妹断定这休隆人就是他们的嫡亲侄儿。他们流着泪拥抱他；天真汉却哈哈大笑，觉得一个休隆人竟会是下布列塔尼地方一个修院院长的侄子，简直不能想象。

客人都下楼了；圣·伊佛神甫是个骨相学大家，把两幅画像和天真汉的脸比来比去，很巧妙的指出，他眼睛象母亲，鼻子和脑门象已故的甘嘉篷上尉，脸颊却又象父亲又象母亲。

圣·伊佛小姐从来没见过天真汉的父母，也一口咬定天真汉的长相跟他的爸爸妈妈一模一样。大家觉得冥冥之中自有天意，万事皆如连索，不免赞叹了一番。临了，他们把天真汉的身世肯定了又肯定，连天真汉本人也应允做院长先生的侄儿了；他说认院长做叔父或是认别人做叔父，他都一样的乐意。

院长他们到小山修院的教堂里去向上帝谢恩,休隆人却满不在乎的留在屋里喝酒。

带他来的英国人预备开船回去,跑来催他动身。他说:"大概你们没有找到什么叔父什么姑母;我可是留在这儿了。你们回普利穆斯罢;我的行李全部奉送;作了院长先生的侄儿,我应有尽有,不会短少什么的了。"那些英国人便扬帆而去,天真汉在下布列塔尼有没有家属,根本不在他们心上。

等到叔父姑母一行人唱完了吾主上帝;等到法官把天真汉重新盘问了半天;等到惊奇,喜悦,感动,所能引起的话都说尽了;小山修院院长和圣·伊佛神甫决定叫天真汉受洗,越早越好。无奈对付一个二十二岁的休隆人,不比超度一个听人摆布的儿童。第一先要他懂得教理,这就很不容易:因为据圣·伊佛神甫的想法,一个不生在法国的人是没有头脑的。

院长提醒众人,他的侄子天真汉先生虽则没福气生在下布列塔尼,却并不缺少下布列塔尼人的灵性;只要听他所有的答话就可证明,而他凭着父系母系双方的遗传,一定是个得天独厚的人物。

他们先问他可曾念过什么书。他说念过拉伯雷的英译本,念过而且能背得莎士比亚的几本戏;那是从美洲搭船往普利穆斯的时候,在船主那儿看到的,他读了很满意。法官少不得考问他书中的内容。天真汉道:"老实说,我只懂得书中的一部分,余下的可不明白。"

圣·伊佛神甫发表意见说,他自己看书也是这样的,多数人看书也很少不是这样的。接着他问休隆人:"你一定念过《圣经》

罢?"——"没念过;船主的藏书中间没有这一本,我也从来没听人提到过。"甘嘉篷小姐嚷道:"那些该死的英国人就是这样!他们把莎士比亚,李子布丁,甘蔗酒,看得比前五经^①还重。难怪他们在美洲从来没感化过一个人。英国人一定是被上帝诅咒的;等着瞧罢,他们的牙买加和弗基尼阿,咱们很快就会拿过来的。"^②

不管怎么样,他们找了圣·马罗最有本领的裁缝来,给天真汉从头到脚做衣服。客人散了,法官到旁的地方发问去了。圣·伊佛小姐临行,频频回头望着天真汉,天真汉对她深深的鞠躬;至此为止,他对谁也没行过这样的大礼。

法官告辞之前,把他一个才从中学出来的大戆儿子,介绍给圣·伊佛小姐;圣·伊佛小姐连瞧都没瞧,因为一心只想着休隆人对她的礼貌。

---

① 《旧约》中的《创世记》,《出埃及记》,《利未记》,《民数记》,《申命记》称为前五经,昔时特别受人敬重。

② 牙买加为中美洲安提耳群岛中最大的岛,弗基尼阿为北美东部一大州,当时均系英属地。

第三章
天真汉皈依正教

院长先生眼看自己岁数大了,如今上帝给了他一个侄子,让他有个安慰,便决意把教职传给侄儿,只要能使他受洗,劝他进教会。

天真汉记性极好。下布列塔尼人的头脑天生就坚固,再经加拿大水土的锻炼,越发敲上去毫无知觉;而一朝有什么东西刻了上去,又永远磨不掉;他样样牢记在心。童年时代不象我们装满了许多废物和谬论,所以他的思想特别明确,有力;外界的印象进到他脑子里都清清楚楚,没有半点儿云翳。院长想了想,决定教他念新约。天真汉挺高兴的吞下去了;但不知道书中的事发生在何时何地,以为就在下布列塔尼,便赌咒要把该亚法和彼拉多的鼻子耳朵一齐割掉,万一碰到那些坏蛋的话。

叔父看他有这种心愿,十分快慰,随即把事情向他解释清楚;他赞美天真汉的热诚,但告诉他这热诚是没用的,那批人①已经死了大约有一千六百九十年了。不久,天真汉差不多整本书都背得

---

① 该亚法为犹太人的大祭司,即审讯耶稣的人;彼拉多为派驻犹太国的罗马总督,虽认为耶稣无罪,仍将耶稣交给犹太教的法官判刑。

了，有时提出些疑问，使院长发窘，不得不常去请教圣·伊佛神甫；他也不知如何解答，又找一个下布列塔尼的耶稣会士来帮忙，领导休隆人皈依正教。

终于天真汉受了上帝感应，答应做基督徒了，并且深信第一要从割礼做起。他说："他们要我看的那本书里，没有一个人不行割礼的；可见我的包皮非牺牲不可，而且愈早愈好。"他决不左思右想，就叫人把村里的外科医生找来，要他施行手术，以为这件事办妥了，准能使甘嘉篷小姐和她周围的人皆大欢喜。从未做过这手术的理发匠，[①] 通知了家属，家属听了直叫起来。好心的甘嘉篷小姐急坏了，她觉得侄儿是个坚决与性急的人，深怕他自己动手，冒冒失失的造成一些悲惨的后果；那是妇女们因为心地慈悲，一向最关切的。

院长纠正了休隆人的思想；说明割礼已经不时行了，洗礼比这个温和得多，卫生得多，新约里的教规不象旧约里的教规。天真汉通情达理，秉性正直，争辩了一番，承认自己错了；欧洲人辩论的时候可不大肯认错的。最后他应允受洗，无论哪一天都可以。

受洗之前，必须经过忏悔；这件事可难办了。天真汉把叔父给的书老带在身边，他找来找去没看到有使徒忏悔的事，便固执起来。院长翻出圣·雅各书中，你们应当互相认罪那句使邪教徒最难堪的话，堵住了天真汉的嘴。休隆人便一声不出，向一个芳济

---

① 参看第 197 页注①

会神甫去忏悔。忏悔完毕,他把芳济会神甫拖出忏悔亭,一把揪着,自己进亭子里坐了,叫他跪在地下,说道:"朋友,书上写的:你们应当互相认罪;我已经把罪孽告诉了你,你不把你的罪孽告诉我,休想出去。"这么说着,他把粗大的膝盖顶着对方的胸脯。神甫大叫大嚷,声震屋宇。大家赶来,看见预备受洗的人正用着圣·雅各的名义殴打教士。只因为替一个下布列塔尼人兼休隆人兼英国人行洗礼,是件天大的喜事,所以出了这些岔子,谁也不以为意。甚至很多神学家认为,忏悔也是多此一举,洗礼就可以包括一切了。

他们和圣·马罗的主教约了日期。主教听说要给一个休隆人行洗礼,得意非凡,便大排仪仗,带着全班执事到了。圣·伊佛小姐一边祝福上帝,一边穿上她最漂亮的衣衫,从圣·马罗叫了一个梳头的老妈子来,准备在典礼中大大炫耀一番。好问的法官和地方上全体名流都赶到了。教堂布置得十分华丽。但等到要把休隆人带往圣洗缸去的时候,休隆人却不知去向了。

叔叔和姑母到处寻找。众人以为他象平时一样打猎去了。来宾全体出动,跑遍了附近的树林村子,休隆人竟是影踪全无。

大家不免担心他回英国去了,他亲口说过非常喜欢那个国家。院长先生兄妹深信英国是从来不替人行洗礼的,不禁为侄儿的灵魂提心吊胆。主教心烦意乱,预备回去了;院长和圣·伊佛神甫慌做一团;法官照例拿出一本正经的神气,把路上的人一个一个盘问过来。甘嘉篷小姐哭了。圣·伊佛小姐没有哭,可是长吁短叹,表示她对于圣礼的关切。她们俩闷闷不乐,沿着朗斯小河边上的杨柳和芦苇走去,忽然瞥见河中有一个白白的高大的人影,两手抱着胸部。她们大叫一声,急忙掉过头去。但一忽儿好奇心战胜了所有的顾虑,两人轻轻的溜入芦苇,等到确实知道人家看不见她们了,她们就想瞧个究竟。

第四章
天真汉受洗

院长和神甫都赶来了,问天真汉呆在那里干什么。"哎,诸位,我等着受洗啊。我全身泡在水里,浸到脖子,已经有一个钟点了,你们让我着凉真是太不客气了。"

院长柔声柔气的对他说:"亲爱的侄儿,我们下布列塔尼人受洗不是这样的;穿上衣服,跟我们来罢。"圣·伊佛小姐听了,轻轻的对她的女伴说:"小姐,你想他会不会马上穿衣服呢?"

不料休隆人回答院长说:"这回不比上回,你哄不倒我了;我仔细研究过,知道得清清楚楚,受洗没有第二种办法。干大基王后的太监便是在溪水中受洗的;①倘若另有一种洗礼,你得在书里找出证据来。要不在河中受洗,我就不受洗了。"众人向他解释,习惯改变了,只是枉费唇舌。天真汉固执得厉害,因为他又是下布列塔尼人,又是休隆人。他口口声声提到干大基王后的太监。躲在杨柳中觑着他的姑母和圣·伊佛小姐,明明应当告诉他不该拿这种人自比,但她们觉得体统攸关,不便出口。主教亲自来和他谈话,那当然很郑重了;但也毫无用处;休隆人居然跟主教都争

---

① 见《新约·使徒行传》第八章。

论起来。

他说:"只要在叔父给我的书里,找出一个不在河中受洗的人,我就依你们。"

姑母绝望之下,记得侄儿第一次行礼,对圣·伊佛小姐鞠的躬比对谁都鞠得深;他对主教行礼,也不及向这位美丽的小姐那样恭敬而亲热。为了打开僵局,她决意向圣·伊佛小姐求救,想借重她的面子劝休隆人依照布列塔尼人的办法受洗;她相信倘若侄儿坚持在流水中受洗,就永远做不了基督徒。

圣·伊佛小姐接受这样重要的使命,不由得暗中欣喜,脸都红了。她羞答答的走近天真汉,十分庄重的握着他的手:"我要求你做点儿事,难道你不愿意吗?"说着她拿出妩媚动人的风度,把眼睛低下去又抬起来。"噢!小姐,你的要求,你的命令,我无有不依;水的洗礼也行,火的洗礼也行,血的洗礼也行,只要你吩咐下来,我决不拒绝。"院长的热诚,法官反复不已的问话,甚至主教的谆谆劝导都办不到的事,圣·伊佛小姐好大面子,一句话就解决了。她感觉到自己的胜利,可还没有估计到这胜利的范围。

在主持的方面和受洗的方面,洗礼的进行都极其得体,堂皇,愉快。叔父和姑母,把带往圣洗缸的荣誉让给了圣·伊佛神甫兄妹。圣·伊佛小姐做了干妈,眉飞色舞。她不知道这个烜赫的头衔会给她什么束缚;她接受了荣誉,没想到可怕的后果。

照例大典之后必有盛宴,所以洗礼完毕就入席。几个爱取笑的下布列塔尼人,认为酒是不能受洗礼的。① 院长先生引证所罗门

---

① 俗语有替酒或牛奶行洗礼的话,就是羼水的意思。

的话，说酒是使人开怀的。主教又补充一番，说古时的犹大长老①把驴子拴在葡萄园里，把大氅浸在葡萄汁内；可惜上帝没有把葡萄藤赏赐下布列塔尼，我们不能学犹大的样。每人争着对天真汉的受洗说几句笑话，对干妈说几句奉承话。好问的法官问休隆人在教堂里发的愿，是否能信守不渝。休隆人答道："在圣·伊佛小姐手中发的愿，我怎么会翻悔呢？"

休隆人兴奋起来，为他的干妈一连干了好几杯。他说："要是你替我行洗礼，我会觉得浇在头发上的水变做开水，把我烫坏的。"法官觉得这句话诗意太浓了，殊不知这个譬喻在加拿大普通得很。并且干妈听了，说不出的高兴。

大家替受洗的人取了一个圣名，叫做赫格利斯。圣·马罗的主教再三打听这个本名神是谁，他从来没听见过。②博学的耶稣会士告诉他，那是一位有过十二奇迹的圣者。还有一个抵得上十二奇迹的第十三奇迹，不便从耶稣会士的嘴里说出来；就是赫格利斯一夜之间把五十个少女都变了妇人。在座有一位爱说笑的人，道破了这个奇迹，说得有声有色。所有的妇女都低下头去，觉得照天真汉的相貌看来，他决不会辱没那圣者的名字的。

---

① 此处的犹大长老是《创世记》所载雅各十二子之一。
② 赫格利斯为希腊神话中以神勇著称的人物，与基督教里的圣者风马牛不相及。

第五章
天真汉堕入情网

行过洗礼,吃过酒席,圣·伊佛小姐很热切的希望主教再举行个把盛大的典礼,好让她和天真汉－赫格利斯一同参加。但是她知书识礼,极有廉耻,虽然动了柔情,也不敢对自己承认;偶尔在一瞥一视,一言半语,一举一动之间有所流露,她也要用羞怯动人的表情,象帷幕一般的遮盖起来。总而言之,她又多情,又活泼,又稳重。

主教刚走,天真汉和圣·伊佛小姐就不约而同的碰在一起。他们谈着话,也没想过有什么可谈。天真汉先诉说他一往情深的爱,说他在本乡爱得如醉若狂的,美丽的阿巴加巴,万万比不上她。圣·伊佛小姐拿出平日端庄娴雅的态度,回答说这件事应该赶快告诉他的叔叔院长先生,和他的姑母甘嘉篷小姐;她那方面要和她亲爱的哥哥圣·伊佛神甫去谈;预料他们都会同意的。

天真汉回答,他不需要征求谁的同意;把自己分内的事去问别人,太可笑了;只要双方自愿,就无须第三者撮合。他说:"我想吃饭,打猎,睡觉的时候,从来不跟别人商量;我知道为了爱情的事,不妨征求对方同意;但我既不爱上我的叔父,也不爱上我的姑母,当然不用去请教他们;倘若相信我这个话,你也不必去问圣·伊佛神甫。"

我们不难想象,为了要休隆人遵守礼法,那位布列塔尼美人简直用尽了她的聪明才智。她甚至一忽儿着恼,一忽儿回嗔作喜。总之,要不是傍晚时分,圣·伊佛神甫带着妹子回去,两人的谈话竟不知如何结束呢。天真汉让叔父姑母先睡了,他们俩办了喜事,吃了酒席,已经有点支持不住。他却花了半夜功夫,用休隆文为爱人写情诗。世界上无论什么地方,一个人有了爱情未有不成为诗人的。

第二天,吃过早点,叔父当着极端感动的甘嘉篷小姐的面,对天真汉说道:"亲爱的侄儿,靠上帝保佑,你居然很荣幸的做了基督徒,做了下布列塔尼人;可是事情还没圆满;我年纪大了,我哥哥只留下一块很小的地,没有多大出息;我修院的产业,收入还可观;只要你象我所希望的,肯做修士,我日后就把修院移交给你;一则我老来有了安慰,二则你生活也可以过得不错。"

天真汉答道:"叔父在上,但愿你福躬康健,长命百岁!我不知道什么叫做修士,什么叫做移交;但是我都可以接受,只要圣·伊佛小姐能归我支配。"——"噢,天哪!你说什么?难道你爱上那位美丽的小姐,为她风魔了吗?"——"是的,叔叔。"——"唉!侄儿,你要娶她是不可能的。"——"很可能,叔叔;她不但临走握了我的手,还答应托人向我说亲;我一定要娶她的。"——"告诉你,这是不可能的;她是你的干妈;干妈握干儿子的手就犯了天大的罪孽;并且一个人不能跟他的干妈结婚;教内教外的法律都禁止的。"——"哎唷,叔叔,你这是跟我开玩笑了;干妈既然年轻貌美,为什么不能娶她?你给我的那本书,从来没说跟帮助人家受洗的姑娘结婚是不好的。我每天都发觉,那本书里不叫人做的事,大家做了不知多多少少,叫人做的,大家倒一件没做。老实告诉你,这种情形使我看了奇怪,看了生气。倘若你们拿受洗做藉口,不许我娶美丽的圣·伊佛,我就把她抢走,把我的洗礼作废。"

院长心里慌了;他的妹妹哭了。她道:"亲爱的哥哥,我们万万不能让侄儿堕入地狱;我们的教皇圣父可以替他开脱,那他就能和他的爱人快快活活的过日子,而仍旧不失其为基督徒了。"天真汉把姑母拥抱了,问:"这个多么可爱,多么慈悲,肯成全青年男女的婚姻的人是谁啊?我马上去跟他商量。"

他们给他解释什么叫做教皇;天真汉听了更诧异不置。"亲爱的叔叔,你的书里一句都没提到这种事;我出过门,识得海路;我们这儿是在大西洋边上,你们要我离开了圣·伊佛小姐,跑到一千六百里以外的地中海那边,向一个跟我言语不通的人,要求准许我爱圣·伊佛小姐?这简直可笑得莫名其妙了。我马上去见圣·伊佛神甫,他离此不过四里地,我向你们担保,不到天黑,我一定和我的爱人结婚了。"

说话之间,法官闯进来,照例问他上哪儿去。天真汉一边奔一边回答:"结婚去。"一刻钟以后,他已经到了他心爱的,美丽的下布列塔尼姑娘府上。她还睡着。甘嘉篷小姐对院长道:"啊!哥哥,你永远没法教我们的侄儿当修士的。"

法官对于这次跋涉大不高兴;因为他一厢情愿,要圣·伊佛小姐嫁给他儿子;那儿子却比老子还要愚蠢,还要讨厌。

第六章
天真汉跑到爱人家里，大发疯劲

天真汉一到，向老妈子打听他爱人的房间；房门没有关严，他猛力推开了，直奔卧床。圣·伊佛小姐惊醒过来，叫道："怎么！是你！啊！是你！站住！你来干什么？"他答道："我来跟你做夫妇。"真的，要不是她把一个有教育的人的礼义廉耻，全部拿出来抗拒，他当场就做了她的丈夫了。

天真汉看事情非常认真，认为对方的抗拒是蛮不讲理。他道："我的第一个情人阿巴加巴小姐就不是这样的；你不老实；你答应嫁给我，却不肯结婚；失信是违反荣誉的第一条规则；我要来教你守信，教你敦品修德。"

天真汉富有刚强勇猛的德性，不愧为赫格利斯的寄名弟子；他正要把德性全部施展出来，那小姐却凭着更文雅的德性大叫大喊，惊动了稳重的圣·伊佛神甫。他带着一个女管家，一个虔诚的老当差和教区里的一位神甫，赶来了。看到这些人，天真汉进攻的锐气不禁为之稍挫。神甫说："哎，天哪！亲爱的邻居，你这是干什么？"年轻人回答："尽我的责任啊；我是来履行我神圣的诺言的。"

圣·伊佛小姐红着脸整理衣衫。天真汉被带往另外一间屋子。

神甫责备他行为非礼。天真汉抬出自然界的规律替自己辩护,那是他知道得很清楚的。神甫竭力解释,说人为的法律高于一切,人与人之间倘没有习惯约束,自然律不过是一种天然的强盗行为。他告诉天真汉:"结婚要有公证人,教士,证人,婚书,教皇的特许状。"天真汉的感想和所有的野蛮人一样,他答道:"你们之间要防这个,防那个,可见你们都不是好人。"

神甫很不容易解答这个难题。他道:"我承认,我们中间有的是反覆的小人,卑鄙的流氓;倘若休隆人聚居在大城市里,这种人也不会太少;但我们也有安分,老实,明理的人;定法律的便是这等人。你越是正人君子,越应当守法,给坏蛋们一个榜样;看到有德的人如何以礼自防,他们也会有所顾忌了。"

这一席话引起了天真汉的注意。大家早已看出他理路很清楚。当下便用好言相慰,让他存着希望:这两个圈套,东半球西半球的人都逃不过的;圣·伊佛小姐梳洗完毕以后,他们还让他见面。他所有的举动都很斯文了。但圣·伊佛小姐看到天真汉-赫格利斯明晃晃的眼睛,仍不免低下头去,在场的人也不免提心吊胆。

他们千方百计哄他回家,只是没用。临了还得借重美人圣·伊佛的力量。圣·伊佛越觉得他对自己百依百顺,心里越爱他。她叫他走了,可是说不出的难过。她的哥哥不但比她年纪大了很多,并且是她的监护人。休隆人去后,圣·伊佛神甫决计不让强项的情人再用那种激烈手段追求他的妹妹。他去找法官商量。法官一向有心把自己的儿子配给神甫的妹妹,便主张把可怜的姑娘送往修道院。这一下可真是棘手了:普通女子送进修院,尚且要大哭大闹;一个动了爱情的,又贤慧又温柔的姑娘,当然更痛不欲生了。

天真汉回到叔父家里,凭着他的天真脾气把事情全说了。他受了一顿同样的教训,对他的思想略微有些作用,对他的情感却毫无影响。第二天他正想到美丽的情人家中,和她讨论自然的规律和人为的法律;法官却摆着一副教人难堪的得意样儿,向他宣布她已经进了修道院。天真汉道:"好,我就到修道院去跟她讨论。"法官道:"那是办不到的";然后长篇大论的解释修道院的性质,说这个名称是从一个拉丁字来的,那拉丁字的意义是集会。休隆人弄不明白为什么他不能参加这个集会。最后他懂得,所谓集会是幽禁少女的监狱,是一种在休隆和英国都闻所未闻的惨酷的手段。他登时大发雷霆,那股疯劲不亚于他的本名神赫格利斯。因为当年奥加里王欧利德的女儿伊奥莱,和圣·伊佛小姐一样美,奥加里王又和圣·伊佛神甫一样残酷,不肯把女儿嫁给赫格利斯。①天真汉竟想放火烧修道院,不是把情人抢走,便是和她一同烧死。甘嘉篷小姐惊骇之下,从此死心塌地,不敢再希望侄儿当修士了;她哭着说,自从他受洗之后,魔鬼就上了他的身。

---

① 赫格利斯因此率领大军攻打奥加里,杀其国王,将伊奥莱劫走。

第七章
天真汉击退英国人

天真汉垂头丧气，郁闷不堪；他沿着海滨散步，肩上背着双膛枪，腰里插着短刀，偶尔朝着飞鸟放几枪，常常想把自己当作枪靶；但为了圣·伊佛小姐，还不愿轻生。他一忽儿把叔父，姑母，下布列塔尼，洗礼，都咒骂一顿；一忽儿又祝福他们，因为没有他们，他不会认识他的爱人的。他立意到修道院去放火，才下了决心又马上打消，生怕烧坏了爱人。多少矛盾的思潮在他胸中骚动，便是英吉利海峡中受东风西风激荡的浪潮也不过如此。

他茫无目的，迈着大步走去，忽然听见一阵鼓声，看见远远的一大群人，一半奔向海边，一半逃往内地。

四面八方喊成一片，受了好奇心与冒险心鼓动，他立即向人声鼎沸的方向奔去，连窜带跑，飞也似的赶到了。民团司令在院长家和他同过席，马上认得是他，张着手臂迎上来，嚷道："啊！天真汉来了，他一定帮我们的。"吓得半死的民兵放了心，也叫道："天真汉来了！天真汉来了！"

他道："诸位，怎么回事呀？为什么慌成这样？是不是人家把你们的爱人送进了修道院？"几十个人乱烘烘的嚷道："你不看见英国人靠岸了吗？"休隆人回答："那有什么关系？他们都是好人，从来没要我做修士,也没架走我的爱人。"

民团司令告诉他,英国人要来抢劫小山修院,喝他叔父的酒,说不定还要架走圣·伊佛小姐;又说他上回搭着到布列塔尼来的小船,原是来刺探虚实的;他们并没和法国宣战,却先来骚扰地方;全省都受到危险了。天真汉道:"啊!要是真的,他们就是不守自然规律;我有办法;我在他们国内住过很久,懂得他们的话,让我去交涉;我不信他们会有这样恶毒的用意。"

说话之间,一小队英国兵船驶近了;休隆人便迎上前去,跳进一条小船,划到司令官的旗舰旁边,上去问他们,可是真的不正式宣战,就来骚扰地方。司令官和舰上的人员哈哈大笑,请他喝了甜酒,把他打发走了。

天真汉禁不起众人一激,一心只想帮着同乡人和院长,跟他以前的朋友们大杀一场。附近的乡绅从四下里赶到;他和他们合在一起;手头有几尊炮,他忙着上弹药,拨准方向,一尊一尊的放起来。英国人下船了,他迎上去亲手杀了三个,把取笑他的司令官也打伤了。他的勇敢替整个民团壮了胆子;英国人退回船上;沿海只听见一片胜利的呼声:"王上万岁!天真汉万岁!"人人都来拥抱他;他受了几处轻伤,大家都抢着替他止血。他道:"啊!要是圣·伊佛小姐在这儿,她一定替我包扎得好好的。"

法官在厮杀的当口躲在家中地窖里,这时也跟别人一起来恭维他。不料赫格利斯-天真汉身边围着十来个血气方刚的小伙子,他对他们说道:"弟兄们,咱们救了小山修院还不够,还得去救一位姑娘。"激烈的青年人,单单听了这两句,火气就来了。法官在旁不由得大吃一惊。一大群人已经跟着他望修道院出发了。要不是法官立刻通知民团司令，要不是马上有人去追回那批疯疯颠颠的青年，事情就大了。众人把天真汉送回给他的叔叔和姑母，他们俩十分感动，把眼泪洒了他一身。

叔叔对他道："我看明白了，你永远做不成修士，做不成院长；你要当了军官，比我当上尉的哥哥还要勇敢，说不定也和他一样是个穷光蛋。"甘嘉篷小姐哭个不停，搂着他说道："他要把性命送掉的，和我们的哥哥一样；还是让他做修士的好。"

天真汉在厮杀的时候捡到一个大荷包，满满的装着基尼亚，[①] 大概是英国司令失落的。他以为这笔钱可以把下布列塔尼全省都买下来，至少也能使圣·伊佛小姐一变而为贵妇人。个个人劝他到凡尔赛去受赏。民团司令，高级军官，纷纷给他出立证书。叔叔和姑母也赞成侄子去走一遭。他一定能毫无困难地见到王上。单是这一点，他在外省就是一个大人物了。两位好人拿出一大笔积蓄，加入那个英国荷包。天真汉心里想："等我见了王上，就要求他准许我和圣·伊佛小姐结婚，他决不会拒绝的。"于是他动身了，一乡的人都来送行，欢声雷动，把他拥抱得气都喘不过来，姑母把眼泪洒了他一身，叔父给他祝福了，他自己却是默默的向美人圣·伊佛致意。

---

① 基尼亚为英国昔时金币，值二十一先令。

第八章
天真汉到王宫去，
路上和于格诺党人一同吃饭

  天真汉取道萨缪，搭的是驿车；当时也没有别的车辆。到了萨缪，看见城里十室九空，好几份人家正在搬迁，他心中很纳闷。有人告诉他，六年以前城里有一万五千人口，如今还不到六千。晚上在客店里吃饭，他少不得提起此事。同桌有好几个新教徒：有的满嘴牢骚，有的义愤填胸，有的一边哭一边说了两句拉丁文。天真汉不懂拉丁文，问了人家，才知道那两句话的意思是：田园温暖，不得不抛；故乡虽好，不得不逃。

  "诸位，干吗你们要逃出家乡呢？"——"因为人家要我们承认教皇。"——"你们为什么不肯承认他？难道你们不想娶你们的干妈吗？听说他可以发特许状的。"——"啊！先生，教皇自称为国王领土的主人翁。"——"你们是干哪一行的？"——"我们多半是做布生意的和办工厂的。"——"倘若教皇自称为你们的布匹和工厂的主人，那么不承认他是应该的；但王上的领土是王上的事，你们管它做什么？"于是有一个穿黑衣服的矮个子，头头是道的说出众人的怨恨；慷慨激昂的提到南特敕令的撤销；替五万个逃亡的家庭，还有五万个被龙骑兵强迫改宗的家庭叫屈；连天真汉也为之流泪了。①他道:"一个这样伟大的国王,声威远播,连休隆人都久闻大名的,怎么会把成千累万愿意爱戴他的人,愿意为他出力的人,轻易放弃呢?"

穿黑衣服的人答道:"因为他象别的伟大的君王一样,受人蒙蔽。人家哄他,说只要他开一声口,所有的人都会跟他一般思想;他可以叫我们改变宗教,和他的乐师吕利一刹那间更换歌剧的布景一样。可是他不但丧失了五六十万有用的国民,并且还逼他们与他为敌。如今在英国当政的威廉王,把原来乐意为本国拼命的法国人,编成了好几个联队。

"这样一桩祸国殃民的事特别令人奇怪:路易十四为了现任的教皇牺牲自己的一部分百姓,但这教皇明明是路易十四的死冤家。九年以来,他们俩还闹得很凶呢。法国甚至于希望,把这外国人几百年来套在它身上的枷锁完全摆脱,连世界上第一样要紧东西,金钱,也不再供给教皇。可见王上是受人欺骗,对自己的权力与利益都看不清了,他宽宏的度量也受到影响了。"

天真汉越来越感动,问究竟是哪些人,胆敢蒙蔽一个连休隆人都不胜爱戴的国王。人家回答说:"都是些耶稣会教士,尤其是王上的忏悔师拉·希士神甫。希望有一天上帝会惩罚他们,把他们驱逐出境,象他们现在赶走我们一样。我们受着世界上最大的

---

① 法国宗教战争(1562—1598)告终以后,亨利四世于一五九八年颁布敕令,史称南特敕令,保障新教徒之信仰自由,与旧教徒受平等待遇。路易十四于一六八五年将此项敕令撤销,并听从特·路伏侯爵之计划,发动大批龙骑兵,至各处威逼新教徒改信旧教,致新教徒纷纷流亡国外。新教徒即所谓于格诺党,彼等之逃亡为法国史上最大的移民运动。

苦难。特·路伏先生派了耶稣会士和龙骑兵,到处来难为我们。"[1]

天真汉再也按捺不住,说道:"诸位,我立了功劳,正要到凡尔赛去受赏;我可以跟那位特·路伏先生谈一谈:听说就是他在办公室里策划军事的。我能见到王上,要把真相告诉他;一个人知道了真相,不会不接受的。不久我得回来和圣·伊佛小姐结婚,请你们都来观礼。"那些老实人听了,以为他是个微服出游的大贵人,为了避人眼目,特意搭着驿车。也有人把他当作王上身边的小丑。

饭桌上有个便服乔装的耶稣会士,正是拉·希士神甫的间谍,事无大小,他都报告拉·希士,再由拉·希士转告特·路伏。当下他就动笔。那份报告书和天真汉差不多同时到达凡尔赛。

---

[1] 拉·希士(1624—1709)与特·路伏均为法国史上实有的人物。前者为路易十四的忏悔师;后者为路易十四的陆军大臣,以治军著名,但性情残忍,迫害新教徒之手段尤为残酷。

第九章
天真汉到了凡尔赛，宫廷对他的招待

天真汉搭的车停在御厨房外面的院子里。他问轿夫，几点钟可以见到王上。轿夫对他当面打个哈哈，象那个英国海军司令一样。天真汉用同样的方法对付，把他们打了；他们也预备回敬，差点儿大打出手；幸好有个当御前侍卫的布列塔尼乡绅走过，把他们劝开了。天真汉对侍卫说："先生，我看你是个好人；我是小山圣母修院院长先生的侄子，杀了几个英国人，要跟王上说话。请你把我带到他屋里去。"侍卫遇到一个不识宫廷规矩的同乡人，大为高兴，告诉他觐见王上不能这么随便，必须由特·路伏大人带引。"那末，请你带我去见这位特·路伏大人，他准会把我引见的。"侍卫答道："要跟特·路伏大人说话，比跟王上说话还要难。让我带你去见陆军部秘书亚历山大先生，见了他就等于见了陆军大臣。"两人说着，就到亚历山大府上，可是进不去；秘书正和一位内廷的太太商量公事，来宾一律挡驾。侍卫道："好罢，没有关系；咱们去找亚历山大先生的秘书；见了他就象见了亚历山大先生一样。"

天真汉不胜惊奇，只得跟着走；两人在一间小穿堂里等了半小时。天真汉问道："怎么的？这里所有的人都不见客吗？在下布列塔尼和英国人打仗，比到凡尔赛衙门里找人方便多了。"为了消磨时间,他把自己的恋爱故事讲给同乡听。可是时钟一响,侍卫要去上班了。两人约好第二天再见;天真汉在穿堂中又等了半小时,心里想着圣·伊佛小姐,也想着要见王上和秘书们多么不容易。

终于主人出现了。天真汉对他道:"我等了这么久才见到你,要是我也等这么些时间去迎击英国人,他们此刻尽可以称心如意,把下布列塔尼一抢而空。"这几句话使秘书怔了一怔,说道:"你来要求什么?"——"我要求酬劳;我的文书都带来了。"他把证件一齐摆在秘书面前。秘书看了,说也许可以准他买一个少尉的缺。"买一个少尉的缺!因为我打退了英国人,所以要我出钱吗?我得花了钱,才有权利去替你们拼命,让你们在这儿消消停停的会客,是不是?大概你是说笑话罢?我要不出一钱,带领一个骑兵连。我要王上把圣·伊佛小姐放出修道院,准许我和她结婚。我要跟王上谈谈五万个家庭的事,我打算劝他们回心转意,拥戴王上。总而言之,我要替国家出力;我要政府用我,提拔我。"

秘书问:"先生,你是谁?说话这样高声大气的?"天真汉答道:"噢!噢!你没有看过我的证件吗?原来你们是这样办事的!我名叫赫格利斯·特·甘嘉篷,受过洗礼,住在蓝钟饭店。我要在王上前面告你一状。"秘书和那些萨缪人一样,认为他头脑有点毛病,没把他放在心上。

当天,路易十四的忏悔师拉·希士神甫,收到间谍的信,指控布列塔尼人甘嘉篷袒护于格诺党,痛骂耶稣会士的行为。特·路伏先生方面,也收到好问的法官来信,把天真汉形容做无赖光棍,图谋火烧修道院,绑架姑娘。

天真汉在凡尔赛花园中散了一会步,觉得很无聊;照着下布列塔尼人和休隆人的款式吃过晚饭,睡觉了;他存着甜蜜的希望,以为第二天能见到王上,准他与圣·伊佛小姐结婚,至少给他带一个骑兵连;王上也会制止对于格诺党的迫害。他正想着这些念头自得其乐,忽然公安大队的几个骑兵闯进屋子,先把他的双膛枪和大刀没收了。

他们把他的现金点了数,带他到都奈尔城门口,圣·安多纳街旁边的宫堡中去,那是约翰二世的儿子,查理五世修盖的。[①]

天真汉一路怎样的诧异,读者不妨自己去想象。他先疑心是做梦,只觉得昏昏沉沉;过了一会,他突然疯劲发作,力气长了一倍,把车内两个押送的卫兵掐着脖子,摔出车厢,自己也跟着往外扑去;第三个卫兵过来拉他,连带滚下了。天真汉用劲过度,栽倒在地。大家把他捆起,重新扛上车。他道:"哼,把英国人赶出下布列塔尼,落得这个酬报!美丽的圣·伊佛,你要看到我这个情形,又怎么说呢?"

终于到了公家派定的住处。卫兵们一声不出,象抬一个死人进墓园似的,把他抬进牢房。房内有一个保尔-洛阿伊阿派[②]的老修士,叫做高尔同,已经不死不活的待了两年了。公安队长对老人道:"喂,我给你带个同伴来了。"随即把大锁锁上,牢门十分厚实,装着粗大的栅栏。两个囚徒就此和整个世界隔绝了。

---

① 此即历史上有名的巴士底监狱;建于十四世纪,原为防御英军而筑的碉堡。权相黎希留当政,始改为监狱;一七八九年七月大革命爆发时,被民众焚毁。

② 保尔-洛阿伊阿派即让森派,为旧教中的一个宗派,盛行于十七世纪,谓自亚当堕落以后,人类即无自由意志,个人的为善与灵魂得救均有赖于上帝的恩宠,非人力所能致。此派被教皇斥为异端,并与耶稣会明争暗斗,十七世纪时备受压迫。

第十章
天真汉和一个让森派的教徒
一同关在巴士底监狱

高尔同先生是个精神矍铄，胸襟旷达的老人；他有两大德性：逆来顺受和安慰遭难的人。他神情坦白，态度慈祥的走过来，拥抱着同伴，说道："和我同居墓穴的人，不管你是谁，请你相信我一句话：在这个地狱般的深坑中，你要有什么苦恼，我一定忘了自己的苦恼来安慰你。我们应当热爱上帝，是他冥冥之中带我们到这儿来的。咱们心平气和的受难罢，希望罢。"在天真汉的心中，这些话好比起死回生的英国药酒；① 他不胜惊异的把眼睛睁开了一半。

高尔同说完了开场白，并不急于打听天真汉遭难的原因；但由于老人温柔的言语，同病相怜的关切，天真汉自然而然想掏出心来，把精神上的重担放下来歇一歇；可是他猜不出倒楣的缘由，只觉得是祸从天降；高尔同老人也和他一样的诧异。

让森派的信徒对休隆人道："上帝对你必有特别的用意，才把你从翁泰利俄湖边带到英国和法国，使你在下布列塔尼受洗，又

---

① 此是十七世纪时流行的一种提神的药酒。

带你到这儿来,磨炼你的灵魂。"天真汉答道:"我认为我命里只有恶魔捣乱。美洲的同乡永远不会对我这样野蛮,他们连想还想不到呢。人家叫他们野蛮人,其实是粗鲁的好人;这里的却是文明的恶棍。我弄不明白,怎么我会从另一个世界到这儿来,跟一个教士一同关在牢里;我也细细想过,不知有多少人,从地球这一边特意赶到地球那一边去送死,或是在半路上覆舟遇险,葬身鱼腹。我看不出上帝对这些人有什么大慈大悲的用意。"

狱卒从窗洞里送进饭来。他们俩谈着上帝,谈着王上的密诏,[①]谈着如何不让谁都会遭遇的忧患压倒。老人道:"我在这儿已经待了两年,除了自己譬解和书本以外,没有别的安慰;我可是从来不烦恼。"

天真汉嚷道:"啊,高尔同先生,你难道不爱你的干妈吗?要是你和我一样认识了圣·伊佛小姐,你准会伤心死的。"说到这里,他不由得流泪了;哭过一阵,心里倒觉得松动了些。他道:"咦!眼泪怎么能使人松动呢?不是应该相反吗?"老人回答:"孩子,我们身上一切都是物理现象;所有的分泌都使身体畅快,而能使肉体缓和的必然能使心灵缓和:我们是上帝造的机器。"

上文提过好几次,天真汉天赋极厚;他把这个观念细细想了想,觉得自己也仿佛有过的。然后他问同伴,为什么他那架机器在牢里关了两年。高尔同回答:"为了那个特殊的恩宠。[②]我是让

[①] 此系法国史上的专门名辞。君主时代,王上只须下一道"密诏",就可置人于狱,无须法律手续。

[②] 参看第241页注②,"特殊的恩宠"为让森派的术语,即指人类赖以得救的恩宠。

森派，认得阿尔诺和尼高尔；①我们受耶稣会的迫害。我们认为教皇不过是个主教，和别的主教一样；就因为此，拉·希士神甫请准王上，不经任何法律手续，剥夺了我的人类最宝贵的财产——自由。"天真汉道："真怪，我遇到的几个倒楣人，都是为了教皇之故。至于你那个特殊的恩宠，老实说我莫名其妙；但我在患难之中碰到一个象你这样的人，给我意想不到的安慰，倒的确是上帝的恩典。"

日子一天天的过去，他们的谈话越来越有意思，越来越增进各人的智慧。两个囚徒友爱日笃。老人很博学，青年很好学。过了一个月，他研究几何，很快就学完了。高尔同教他念当时还很流行的罗奥的物理学，他极有头脑，觉得书中只有些不确不实的知识。

接着他念了真理之探求上编，颇有启发。他道："怎么！我们的幻想和感觉会哄骗我们到这个程度！怎么！我们的思想不是由外物促成的，我们自己不能有思想的！"念完下编，他却不大满意，认为破坏比建设更容易。②

一个无知的青年，竟会跟深思饱学的人有同样的感想：高尔同为之惊异不置，觉得他才智过人，更喜欢他了。

一日，天真汉和他说："据我看，你那个玛勒勃朗希写前半部

---

① 阿尔诺（1612—1694）与尼高尔（1625—1695）都是让森派有名的神学家。
② 《真理之探求》为法国玛勒勃朗希（1638—1715）所著，上编论人的感官、幻想、理解、情欲等等所造成的错误。下编提出作者的哲学体系，大致不出笛卡儿的范围。

书是用的理智,写后半部是用的幻想和成见。"

过了几天,高尔同问他:"关于灵魂,关于我们接受思想的方式,关于我们的意志,关于神的恩宠,关于自由意志,你有什么意见?"天真汉答道:"毫无意见。我想到的只是我们都在上帝掌握之下,象星辰与元素一样;我们身上的一切都是他主动的,我们只是大机器中的小齿轮,大机器的灵魂就是那上帝;他的行动是依照一般的规律,而非个别的观点出发的。我所能了解的只此而已;其余只觉得黑漆一团。"

"可是,孩子,你这么说等于把上帝当作罪恶的主犯了。"——"唉,神甫,你所谓特殊的恩宠,也是把上帝当作罪恶的主犯啊;得不到恩宠的人必然要犯罪,那末把我们交给罪恶的人不就是主犯吗?"

这种天真的论据使老人非常为难;他觉得费尽心思也无以自解;说了一大堆话,似乎很有意义,其实空空洞洞,无非是人的意志有赖于神的恩宠等等;天真汉听了只觉得可怜。这问题当然牵涉到罪恶的根源;高尔同便搬出潘多拉的宝匣,被阿里玛纳戳破的奥洛斯玛特的蛋,泰封与奥赛烈斯之间的敌意,最后又提到原始罪恶。[①] 两人在无边的黑夜中奔逐,永远碰不到一处。但这种

---

① 希腊神话载:宙斯以神匣赐与潘多拉,内藏人间所有的罪恶及灾祸,潘多拉为了好奇而揭开,匣中的罪恶灾祸乃全部逸出,布满大地。古代波斯传说:善神奥洛斯玛特与恶神阿里玛纳永远争战不已,奥洛斯玛特创造二十四个善的精灵,藏于蛋内,免受阿里玛纳之害。讵阿里玛特戳破蛋壳,以致世界上每一善事均与恶事相混。埃及宗教中有泰封与奥赛烈斯二神,泰封代表恶,奥赛烈斯代表善,生殖,繁荣。原始罪恶即指基督教传说中亚当与夏娃私食禁果事。

灵魂的探险转移了他们的目光,不再注意自身的忧患;充塞宇宙的浩劫,象符咒一般减少了他们痛苦的感觉:人人都在受罪,他们怎么还敢怨叹呢?

可是静寂的夜里,美丽的圣·伊佛的形象,把她爱人所有的玄学思想和道德思想都抹得干干净净。他含着眼泪惊醒过来;而那个让森派老人也忘了他特殊的恩宠,忘了圣·西朗神甫和让森尼斯,[①] 忙着安慰一个他认为罪孽深重的青年。

看一会书,讨论一会,两人又提到自身的遭遇;空谈了一阵遭遇,又回到书本中去,或是一同看,或是分头看。青年人的智力日益加强。尤其在数学方面,若非为了圣·伊佛小姐而分心,他可以钻研得很深。

他读了历史,快快不乐。他觉得人太凶恶太可怜了。历史只是一连串罪恶与灾难的图画。安分守己与清白无辜的人,在广大的舞台上一向就没有立足之地。所谓大人物不过是一般恶毒的野心家。历史有如悲剧,要没有情欲、罪恶、灾难,在其中掀风作浪,就会显得毫无生气,令人厌倦。格里奥也得象美尔波美尼一样,手里拿一把匕首。[②]

法国史固然和别国的同样丑恶,天真汉却觉得开头的一部分那么可厌,中间的一部分那么枯燥,后面的一部分那么渺小:到了亨利四世的朝代还没有伟大的建筑,别的民族已经有些奇妙的发现闻名世界,法国却毫不关心;史上记载的无非是发生在世界

---

① 圣·西朗神甫与让森尼斯均为让森派的创始人。

② 希腊神话中有九个文艺女神,其中格里奥执掌史诗,美尔波美尼执掌悲剧。

一角的,猥琐无聊的惨剧,天真汉直要捺着性子,才把那些细节读完。

高尔同和他一般见解。读到弗尚撒克,弗尚撒盖,阿斯泰拉①几个小诸侯的故事,两人只觉得可怜可笑。这段历史只配诸侯的后代去研究,倘若他们有后代的话。有个时期,天真汉为了罗马共和国几个辉煌灿烂的世纪,对别的国家都不感兴趣了。他只想着罗马战胜异族,为他们立法的史迹。他抱着满腔热忱,向往于这个追求自由与光荣,历七百年而不衰的民族。

多少日子,多少星期,多少岁月,都这样过去了,要不是有了爱人,天真汉也会在拘留生活中觉得幸福的。

他的笃厚的天性,还为了小山修院的院长和富于感情的甘嘉篷小姐难过。他常说:"我这样毫无音讯,他们要作何感想呢?一定要认为我无情无义罢?"想到这里,他很痛苦;他哀怜他所爱的人,远过于哀怜自己。

---

① 三者均系法国南方小郡,中古时代为封建诸侯的产业。

第十一章
天真汉怎样发展他的天赋

博览群书扩大了他的心灵，一个有见识的朋友安慰了他的心灵。我们的囚徒获得这两项好处，却是从来没想到的。他说："我几乎要相信变形的学说了，因为我从野兽变做了人。"他有笔钱可以自由支配，便用来收集一批精心挑选的书。他的朋友鼓励他把感想记下来，以下便是他写的关于古代史的感想：

"据我想象，世界上的民族很久都象我一样，求知识是晚近的事；几百年中他们只顾着当前，很少想到过去，从来不想到将来。我在加拿大走过两千多里地方，没看到一所纪念建筑，大家都不知道自己的曾祖做过些什么。这不是人类的自然状态吗？这一洲上的种族似乎比那一洲上的优秀。他千百年来用艺术用知识扩充自己的生命。莫非因为他下巴上长着胡子，而上帝不给美洲人长胡子吗？我想不是的；我看到中国人也差不多没有胡子，但他们培植艺术已经有五千多年。既然他们有四千年以上的历史，整个民族的聚居和繁荣必有五十世纪以上。

"中国这段长久的历史有一点特别引起我注意，就是中国的一切几乎全是可能的，自然的。我佩服他们什么事都没有一点儿神奇的意味。

"为什么别的民族都要给自己造出一些荒诞不经的来源呢？法国最早的史家，其实也不怎么早，说法国人是赫克托耳①的儿子，法朗居斯之后。罗马人自称为夫赖尼人②之后，但他们的语言没有一个字和夫赖尼语有关。埃及被神道占据了一万年，魔鬼盘踞在大月氏族中，生下了匈奴。在修西提提斯③以前，我只看到些近乎阿玛提斯④一类的小说，还不及阿玛提斯有趣。到处只有神道的显形，诏谕，奇迹，巫术，变形，穿凿附会的梦境；最大的帝国和最小的城邦，根源都不出乎这几种。有时是会讲话的禽兽，有时是受人膜拜的禽兽，一忽儿神变了人，一忽儿人变了神。啊！我们即使需要寓言，至少得包含真理！哲学家的寓言，我看了喜欢；儿童的寓言，我看了发笑；骗子的寓言，我只有痛恨。"

有一天他读到于斯蒂尼安皇帝⑤的历史，述及君士坦丁堡教会中的博士，用极不通顺的希腊文下了一道法令，把当时一个最伟大的军人斥为邪道，因为他谈话之间很兴奋的说：真理自有光明，薪炭之火不足以照耀人心。博士们认为这两句是邪说，是异端，应当反过来说才合乎迦特力教义与希腊教义：唯薪炭之火方能照

---

① 根据希腊史诗，赫克托耳为特洛亚战争中的英雄之一，以勇武著称。

② 夫赖尼为小亚细亚之古国，最后之王弥大斯，于纪元前七世纪末被外族战败，后为波斯、马其顿、罗马各国相继统治。

③ 修西提提斯为希腊最大的史家，生存于纪元前五世纪至四世纪之间，所著《伯罗奔尼撒战役》（记雅典与斯巴达两邦间之战争）以叙事正确，立论公允著称。

④ 阿玛提斯为十六世纪西班牙小说中的主角，故事源出法国之布列塔尼，自十三世纪起即为人熟知。阿玛提斯为英勇的流浪骑士之典型。

⑤ 于斯蒂尼安为六世纪时东罗马帝国之皇帝。

耀人心,真理自身并无光明。那般博士禁止了军人的好几篇演讲,并且下了一道法令。

天真汉叫道:"怎么!法令交给这种人颁布吗?"高尔同老人回答:"这不是法令,而是乱命;君士坦丁堡的人,自皇帝以下都引为笑谈;于斯蒂尼安是一个开明的君主,不让手下的教士胡作非为。他知道那几位先生和别的教士,遇到比这个更重大的事也乱发命令,前几任皇帝已经看得不耐烦了。"天真汉道:"皇帝的措置很得当。我们要拥护教士,也要限制教士。"

他还写了许多别的感想,使高尔同老人暗暗吃惊,想道:"怎么!我孜孜为学,花了五十年工夫,反不能象这个半野蛮的孩子有这样自然而合理的见识。我战战兢兢,唯恐给了他成见;谁知他只听从淳朴的天性。"

老人有几本批评小册子,几本期刊:一般不能生产的人借此抹煞别人的生产,维才之流侮辱拉辛,番第之辈侮辱费纳龙。天真汉看了几本,说道:"这好比苍蝇蚊子在骏马的屁股上下蛋,并不能妨碍骏马的奔驰。"两位哲学家对这些垃圾文学简直不屑一看。

不久两人又研究初步的天文学;天真汉叫人买了几个浑天仪:一看那个伟大的景色,他高兴极了,叫道:"可怜!直到人家剥夺了我仰观天象的自由,我才认识天象。木星和土星在无垠的空间转动;几千百万的星球照耀着几千百万的世界;而在我偶然来到的一角土地上,竟有人把我这个有眼睛有头脑的生物,跟我视线所及的无限的宇宙,跟上帝安放我的世界,完全隔绝!普照宇宙的日光,我竟无法享受。在我消磨童年和青年时代的北国,可没有人遮蔽我的天日。亲爱的高尔同,要没有你,我在这里就陷入一片虚无了。"

第十二章
天真汉对于剧本的意见

年轻的天真汉仿佛那些元气充足的树，长在贫瘠的土地上，一朝移植到水土相宜的地方，很快就根须四展，枝叶扶疏了；而监狱竟会是这块有利的土地，也是意想不到之事。

两个囚徒用来消遣岁月的书籍中，还有诗歌，希腊悲剧的译本和几部法国戏。天真汉读了谈情说爱的诗，心里又快乐又痛苦。它们都提到他心爱的圣·伊佛。两只鸽子的寓言①使他心如刀割：何年何月他才能回到旧巢去呢？

他对莫利哀大为倾倒。从他的喜剧中，他认识了巴黎的和一般的人情风俗。——"你最爱他哪一本戏呢？"——"不消说，当然是答尔丢夫。"②——"我跟你一样，"高尔同说；"把我送进地牢来的就是一个答尔丢夫；使你倒楣的或许也是些答尔丢夫。"

---

① 拉·封丹《寓言》第九卷第二篇，题名《两只鸽子》，描写一对友情深厚的鸽子，一只喜欢家居，一只喜欢旅行。旅行鸽不顾家居鸽苦劝，出外游历。途中先遇大风雨，狼狈不堪；继而堕入网罗，险被擒获；又遭鹰隼追迫，几乎丧命；终被儿童弹丸击中，折足丧翼，幸得回巢。

② 答尔丢夫为莫利哀喜剧中卑鄙无耻，阴险狠毒的小人典型；剧名为《伪君子》或《答尔丢夫》。

"你觉得希腊悲剧怎么样!"——"那是适合希腊人的,"天真汉回答。但读到近代人写的依斐热妮,费德尔,安德洛玛克,阿塔莉,①他为之出神了,又是叹气,又是流泪,无意之间把剧词都记熟了。

高尔同说:"你念念罗多古娜罢,②据说那是戏剧中的杰作;比较之下,你多喜欢的别的作品都不足道了。"年轻人念了第一页就道:"这是另外一个作家的。"——"你怎么知道?"——"我说不出道理;可是这些诗句既不动听,也不动心。"高尔同道:"噢!那不过是诗句而已。"天真汉道:"那末写它干什么?"

他仔细念完剧本,除了求快感以外并无别的用意;然后一滴泪水都没有,睁着惊奇的眼睛望着朋友,无话可说。临了,他被逼不过,只得说出他的感觉:"开头一段我弄不清;中间一段我受不了;最后一场我很感动,虽然不大象事实。我对剧中人一个都不感兴趣,统共只记得一二十句诗,可是我喜欢的东西是全部背得的。"

"这个剧本是公认为最好的呢。"——"那说不定和许多没有本领而居于高位的人一样。不过这是趣味问题;我的鉴赏力还没成熟,可能错的;但你知道我的习惯是把自己的思想,感觉,老老实实说出来。我疑心一般人的判断往往夹着幻想,时尚,意气。我只凭本性说话;可能我的本性缺点很多,但也可能多半的人不大肯听听本性的意见。"说着他背了几段依斐热妮,这些

---

① 以上四悲剧均为十七世纪法国悲剧家拉辛的作品。
② 《罗多古娜》及下文之《西拿》均为十七世纪法国悲剧家高乃依的作品。

诗他满肚子都是;虽然念得不高明,那种真情实感和动人的声调,也使高尔同听着哭了。接着又读了西拿,他并不流泪,只是佩服。

第十三章
美丽的圣·伊佛到凡尔赛去

我们这位遭难的人，思想上的进步远远超过精神上的安慰；闭塞多年的聪明，一下子发展得那么迅速那么有力；他的天性给琢磨得越来越完满，仿佛替他对不幸的遭遇出了一口气。可是院长先生，他好心的妹妹，还有被幽禁的美人圣·伊佛，这个时期又怎样了呢？第一个月大家焦急不安，第三个月痛苦万分：胡乱的猜测，无稽的谣言，使他们着了慌；六个月之后，以为他死了。最后，甘嘉篷先生兄妹俩，从内廷侍卫寄到布列塔尼的一封旧信中，知道有一个很象天真汉的青年，一天傍晚到过凡尔赛，当夜被人架走，从此没有消息。

甘嘉篷小姐道："唉，我们的侄儿恐怕作了什么傻事，出了乱子了。他年纪轻轻，又是下布列塔尼人，不会知道宫中的规矩的。亲爱的哥哥，我从来没到过巴黎或是凡尔赛；这是一个好机会，说不定我们能把可怜的侄儿找回来：他是我们哥哥的儿子，我们责任所在，应当去救他。将来年轻人的火气退了，谁敢说我们就没法使他当修士呢？他读书很有天分。你该记得为了旧约与新约的辩论吧？我们要对他的灵魂负责；教他受洗的是我们；他心爱的情人圣·伊佛，天天都从早哭到晚。真的，应当到巴黎去。

倘使他躲在什么坏地方花天酒地，象人家告诉过我的许多例子，那我们就把他救出来。"院长听了妹妹的话感动了，去见当初替休隆人行洗礼的圣·马罗主教，求他帮助，请他指教。主教赞成院长上巴黎走一遭，写了许多介绍信，一封给王上的忏悔师，国内第一位贵人拉·希士神甫，一封给巴黎的总主教哈莱，一封给摩城的主教博须埃。

兄妹俩动身了；但一到巴黎，就象进了一座大迷宫，看不见进路，也看不见出路。他们并非富有，却每天都得坐着车出去寻访，又寻访不到一点踪迹。

院长去求见拉·希士神甫；拉·希士神甫正在招待杜·德隆小姐，对院长们一概不见。他到总主教门上；总主教正和美丽的特·来提几埃太太商量教会的公事。他赶到摩城主教的乡村别墅；这主教正和特·莫雷翁小姐审阅琪雄太太的神秘之爱。①但他仍旧见到了两位主教；他们都回答说，他的侄子既非修士，他们就不便过问。

终于他见到了耶稣会士拉·希士神甫；拉·希士神甫张着胳臂迎接他；声明他素来特别敬重院长，其实他们从来没见过面。他赌咒说，耶稣会一向关切下布列塔尼人："可是，令侄是不是于格诺党呢？"——"绝对不是。"——"可是让森派？"——"我敢向大人担保，他连基督徒还不大说得上。十一个月以前，我们

---

① 琪雄太太（1648—1717）提倡清静无为的虔修，著有《神秘之爱》一书，认为只要舍身忘我，热爱上帝，一切仪式皆为多余，即祈祷亦可不必。当时费纳龙赞成其说，博须埃（即本文中所称摩城主教）则斥为异端。

才给他行了洗礼。"——"那好极了,好极了,我们一定照顾他。你的教职出息不错吗?"——"噢!微薄得很;舍侄又花了我们很多钱。"——"你们附近可有让森派?你得注意,亲爱的院长先生,他们比于格诺党,比无神论者,还要危险。"——"大人,我们那儿没有让森派;小山圣母修院的人根本不知道什么叫做让森主义。"——"那才好呢;行啦,你有什么要求,我无不尽力。"他挺殷勤的送走了院长,把他忘得干干净净。

时间过得很快,院长和他的妹妹感到绝望了。

可是那该死的法官急于要替大戆儿子完婚,特意叫人把圣·伊佛接出修院。她始终热爱她的干儿子,正如她始终痛恨人家派给她的丈夫。送进修院的侮辱加增了她的热情。要她嫁给法官儿子的命令更是火上添油。怨恨,柔情,厌恶,搅乱了她的心。不用说,一个少女的爱情,比一个年老的院长和一个四十五岁以上的姑母的友谊,心思巧妙得多,胆子大得多。何况她在修院中私下偷看的小说,也把她训练成熟了。

美丽的圣·伊佛想起宫中侍卫写到下布列塔尼的信,地方上曾经喧传一时。她决定亲自到凡尔赛去探听消息:要是她的丈夫真如人家所说的关在牢里,她就跪在大臣们脚下替他伸冤。她不知怎么会感觉到,宫廷之中对一个美貌的姑娘是有求必应的,但没想到要付怎样的代价。

打定了主意,她觉得安慰了,放心了,便不再拒绝傻瓜的未婚夫;她也接待那可厌的公公,奉承她哥哥,在家里布满了愉快的空气;然后行礼那天,清早四点,她带着人家送的结婚礼物和手头所有的东西,偷偷的动身了。她布置周密,晌午时分已经走了四十多里，才有人走进她的卧房。大家吃了一惊，慌张到极点。法官那天所发的问题，超过了一星期的总数；傻新郎也比平时更傻了。圣·伊佛神甫大发雷霆，决意去追妹子。法官父子决意同行。于是大势所趋，下布列塔尼那一郡的人物，几乎全体到了巴黎。

美丽的圣·伊佛料定有人追来的，她骑着马，一路很巧妙的打听那些快差，可曾遇到一个大胖神甫，一个高大非凡的法官和一个傻头傻脑的青年，望巴黎进发。第三天，听说他们离得不远了，她就换了一条路；靠着聪明和运气，居然到了凡尔赛；追踪的人却扑到巴黎去寻找。

可是在凡尔赛又怎么办呢？年轻，貌美，一无指导，一无依傍，人地生疏，危险重重，怎么敢去找一个宫中的侍卫呢？她想出一个主意，去找一个地位卑微的耶稣会士。社会上既有不同等级的人，也就有不同等级的耶稣会士，正如他们说的，上帝拿不同的食物给不同的禽兽。上帝供给王上的是他的忏悔师拉·希士，凡是钻谋教职的人都称之为迦里甘教会的领袖。其次是公主们的忏悔师；王公大臣是没有忏悔师的，他们才不这么傻呢。此外还有平民百姓的耶稣会士，尤其是女用人们的耶稣会士，专向她们打听女主人的秘密的，而这就不是一件小差事。美丽的圣·伊佛去找的就是这样的一位，叫做万事灵神甫。她把事情和盘托出，说明身份，遭遇，眼前的危险，求他介绍一个虔诚的信女招留她住宿，免得歹人垂涎。

万事灵神甫带她到一个信女家里，是他最亲信的人，丈夫在御厨房当差的。圣·伊佛一到，立刻巴结女主人，赢得了她的信任和友谊。她打听那个当侍卫的布列塔尼人，叫人把他请来。从他嘴里,她知道天真汉和秘书谈过话就被架走,便赶去见秘书:秘书一看见美人,心先就软了;的确,上帝造女人是专为制服男人的。

那官儿动了感情,把内情告诉她:"你的爱人已经在巴士底监狱待了一年多,要没有你,可能待上一辈子的。"多情的圣·伊佛晕过去了;等她醒来,那官儿又道:"我没有力量做什么好事;我所有的权力只限于偶尔做几桩恶事。相信我的话,你应当去求能善能恶的圣·波安越先生,他是特·路伏大人的表弟和心腹。路伏大人有两个灵魂:一个是圣·波安越先生,另外一个是杜·勃洛阿太太;但她目前不在凡尔赛;你只能去央求我告诉你的那位大老。"

很少的一点快乐和无穷的痛苦,很少的一点希望和可怕的恐惧,把美人圣·伊佛的一颗心分做两半;她受着哥哥追踪,心里疼着爱人,眼泪抹掉了又淌下来,打着哆嗦,身子都软瘫了;但她还是鼓足勇气,急忙奔去见圣·波安越先生。

第十四章
天真汉思想的进步

　　天真汉的各种学问都进步很快,尤其是研究人的学问。他的思想发展的迅速,一方面固由于他天生的性格,一方面也得力于他的野蛮人教育。因为从小失学,他没有学到一点儿偏见。见识不曾被错误的思想歪曲,至今很正确。他所看到的是事物的真相,不象我们由于从小接受的观念,终身都看到事物的幻象。他对他的朋友高尔同说:"迫害你的人固然可恨,我为你受到压迫而惋惜,但也为你相信让森主义而惋惜。我觉得一切宗派都是错误的结晶。你说几何学可有宗派吗?"高尔同叹道:"没有的,亲爱的孩子;凡是有凭有据的真理,大家都毫无异议;但对于晦暗的真理,就意见分歧了。"——"晦暗的真理!还不如叫它作晦暗的错误。你们几百年来翻来覆去,搬弄一大堆论据;只要其中包含一项真理,便是单单一项吧,也早该发见了;全世界的人至少对这一点是应当同意的了。倘若这真理象太阳对土地一样不可缺少,那也会象太阳一样大放光明。谁要说有一项对人类极重要的真理,被上帝藏了起来,那简直是荒唐胡闹,简直是侮辱人类,侮辱那无穷无极,至高无上的主宰。"

　　这个无知的青年,完全是由良知良能教育出来的;他说的每句话,都在不幸的老学者心中留下深刻的印象。他叫道:"我果真为了一些空想在这儿受罪吗?我自己的苦难,比特殊的恩宠确实多了。我一生都在研究神与人的自由,结果却丧失了我自己的自由;圣·奥古斯丁也罢,圣·普罗斯班也罢,都没法把我救出这个深坑。"

天真汉逗着性子,答道:"让我说句大胆的话:为了宗派的无聊争执而受到迫害的人,都是痴愚的;因此而迫害别人的,都是魔王。"

两个囚徒都认为他们的监禁是不公平的。天真汉道:"我还比你冤枉一百倍;我生下来无挂无碍,象空气一样自由;自由与爱人,是我的第二生命,现在全给剥夺了。我们俩关在牢里,不知道被关的理由,也不能问一问。我做了二十年休隆人,大家说他们野蛮,因为他们向敌人报复;但他们从来不压迫朋友。我才踏上法国土地就为法国流血;也许我救了一个省份呢;所得的酬报是给埋进这座活人的坟墓,要不是遇到你,我早气死了。难道这个国家没有法律吗?连问都不问一声就把人判罪吗?英国可不是这样的。啊!我跟英国人拚命真是错了。"可见基本权利受了损害,他那些初步的哲学思想也不能压制天性,只能听让他的义愤尽量发泄。

他的同伴对此并无异议。没有满足的爱情,往往因离别而格外热烈,便是哲学也冲淡不了。天真汉提到心爱的圣·伊佛的次数,和提到道德与玄学的次数一样多。情感越变得纯粹,他的爱越强烈。他看了几本新出的小说,很少有描写他那种心境的;觉得作品老是隔靴抓痒。他说:"啊!这些作家几乎都只有思想和技巧。"

最后，让森派的老教士竟不知不觉的听他倾诉爱情了。以前他只知道爱情是桩罪孽，忏悔的时候拿来责备自己的；现在才慢慢体会到，爱情之中高尚的成分不亚于温柔的成分，使人向上的力量不亚于使人萎靡的力量，有时还能激发别的美德。总之，一个让森派信徒居然受了一个休隆人的感化；这也不能不说是个奇迹。

第十五章
美丽的圣·伊佛不接受暧昧的条件

美丽的圣·伊佛比她的爱人更多情,教招留她的女主人陪着去见圣·波安越先生;两个妇女都用头巾蒙着脸。到门口,一眼就看见她的哥哥圣·伊佛神甫从里面出来。她胆怯了;那位虔诚的女友安了她的心,说道:"正因为人家说了不利于你的话,你非辩白不可。告诉你,倘若不赶紧揭穿,总是告状的人有理:这是此地的风气。而且除非我眼睛瞎了,你的品貌就比你哥哥的话灵验得多。"

一个热情的爱人只需要一点儿鼓励就变得勇猛无比。当下圣·伊佛就要人通报。她的青春,她的风韵,她的温柔的,沾着几滴泪珠的眼睛,吸住了众人的目光。趋炎附势的朝臣,只顾欣赏美丽的女神,暂时忘了权势的偶像。圣·波安越把她召入办公室;她说话又有感情又有风度。圣·波安越觉得被她感动了。她战栗不已,他安慰她说:"你晚上再来;这件案子需要从长计议,从容不迫的谈一谈。这儿人太多,会客的时间太匆促。关于你的问题,我要跟你彻底谈一下。"随后又把她的美貌和感情夸奖了一阵,吩咐她晚上七点再来。

她当然不会失约,那位信女仍旧陪着同来,但她在客厅里拿一本基督教教义念着，圣·波安越和美丽的圣·伊佛两人厮守在后面的小房间里。那大人物先说："小姐，你想得到吗，你的哥哥来要求下一道密诏把你关起来？老实说，我倒很想发一道密诏，勒令他回下布列塔尼去呢。"——"哎啊！先生，衙门里对于密诏原来这样慷慨，所以人家从内地赶来请求，象求什么恩俸一般！我决不要求用密诏压制我的哥哥。他对不起我的地方很多，可是我尊重人家的自由；现在我就要求恢复我未婚夫的自由。他替王上保住了一个省份，将来还可以替王上出力，他的父亲又是一个殉职的军官。他有什么罪名？怎么能不经审问就对他这样残酷呢？"

于是大臣给她看耶稣会间谍和法官的信。她道："怎么！世界上竟会有这种禽兽！他们还要逼我嫁给一个可笑而凶恶的人的可笑的儿子！你们原来凭这种意见，决定老百姓的命运的！"她跪在地下，哭哭啼啼，要求把疼爱她的那个人释放。这时她的风韵愈加动人了。她的美貌使圣·波安越忘了羞耻，暗示她的愿望不难实现，只要把她留给爱人的第一批花果，先送给他。圣·伊佛又怕又羞，装了半天傻，只做不懂；圣·波安越只得把意思解释的更清楚一些。先是还含蓄的字眼，接着换了一个明显的，再换了一个露骨的。他不但应允撤回密诏，还许下酬报，赏金，荣衔，爵禄；而许的愿越多，希望人家接受的心就越迫切。

圣·伊佛哭着，气塞住了，上半身仰在一张沙发里，竟不敢相信自己的所见所闻。那时轮到圣·波安越下跪了。他人品不俗，换了一个不是这么固执的女人，也不至于见了他惊慌。但圣·伊佛对情人敬爱备至，觉得为了帮助他而欺骗他是罪大恶极的丑行。圣·波安越的要求和许愿愈加迫切了。临了他神魂颠倒，甚至于声明，要把她如此关心如此热爱的男人援救出狱，只此一法。那个离奇的谈判老是谈不完。等在外边的信女念着基督教教义，想道："天哪！他们有什么事直要消磨两个钟点呢？圣·波安越大人会客从来没这样长久的；大概他一口回绝了可怜的姑娘，所以她还在那里哀求罢。"

终于她的同伴走出小房间，神色紧张，话都说不出，只想着那些大小要人的品格，好轻易的牺牲男人的自由和女人的名节。

路上她一言不发。回到女友家中，她冤气冲天，把事情全说了。信女大开大阖的画了好几个十字，说道："好朋友，明天就得去请教我们的忏悔师万事灵神甫；他是圣·波安越先生面前的红人；他府上好几个女用人都是向他忏悔的；他又有道行，又很随和，大家闺秀也有请教他的。你完全相信他好了，我一向都是这样的，结果百事顺利。我们女人都是可怜虫，必须有个男人带领。"——"好罢！亲爱的朋友，明天我就找万事灵神甫。"

第十六章
她去请教一个耶稣会士

美丽而伤心的圣·伊佛一见她慈悲的忏悔师，立即告诉他，一个有权有势的好色之徒向她提议，可以把她名正言顺的未婚夫释放出狱，但要一个很高的代价；她痛恨这种不贞的行为；倘若只牵涉她自己的性命，她是宁死不屈的。

万事灵神甫对她说："啊！这不是一个十恶不赦的罪人吗？你应当告诉我这恶棍的名字，准是个让森派；我要向拉·希士神甫检举，送他到那个应当和你结婚的男人住的地方去。"可怜的姑娘踌躇不决，为难了半日，终于说出圣·波安越的名字。

耶稣会士嚷道："圣·波安越大人！啊！孩子，那事情可不同了；他是我们从来未有的，最了不起的大臣的表弟，是个正人君子，护法大家，地道的基督徒；他不会有这种念头的，想必你听错了。"——"啊！神甫，我听得太明白了；不论我怎么办，反正是完了；苦难和耻辱，我必须挑一样；不是我的爱人活埋一辈子，便是我不配再活在世界上。我不能断送他，又不能救他。"

万事灵神甫用下面一番好话安慰她：

"孩子，第一，我的爱人这句话是说不得的：那颇有轻薄意味，可能得罪上帝；你应当说你的丈夫：虽然他还不是你的丈夫，你不妨把他这样看待,这完全是合乎体统的。

"第二,虽则在思想方面,希望方面,他是你的配偶,事实上并不是:因此你不会犯奸淫之罪;奸淫才是极大的罪孽,应当尽可能的避免。

"第三,倘若用意纯洁,行动就不成其为罪恶;而世界上没有一件事,比救你丈夫更纯洁的了。

"第四,圣洁的古代有个现成的例子,做你行事的榜样再好没有。圣·奥古斯丁讲到纪元三四〇年的时候,在罗马总督塞普蒂缪斯·阿桑第奴斯治下,有个可怜的人欠了债,还不出,判了死刑,那当然天公地道,虽则有句古话说:碰到穷光蛋,王上也没办法。欠的数目是一块金洋;罪犯有个妻子,蒙上帝恩惠,既有姿色,又有贤德。一个有钱的老人答应送一块金洋给那位太太,甚至还可以多送些,条件是要她犯那个不贞之罪。她觉得要救丈夫性命,那就不能算作坏事。圣·奥古斯丁对于她慷慨而隐忍的行为非常赞许。固然那有钱的老人骗了她,丈夫或许仍不免于一死;可是她总是尽力救过他了。

"孩子,你可以相信我,要不是圣·奥古斯丁理由充足,一个耶稣会士决不肯引证他的。我不替你出一点儿主意;你是聪明人;我料定你能帮助丈夫。圣·波安越大人是个诚实君子,决不会欺骗你;我能告诉你的只有这一点;我要替你祈祷,希望事情的发展能增加主的荣耀。"

美人圣伊佛听了耶稣会士这篇议论,和听了秘书大人的提议同样惊骇,慌慌张张的回到女朋友家。要不让心疼的爱人幽禁下去,就得含羞蒙垢,把她最宝贵的,只应该属于那苦命情人的东西牺牲:在这个可怕的局面之下,她甚至想自杀了。

第十七章
她为了贤德而屈服

她求她的女朋友把她杀死；但这位太太宽恕罪恶的雅量可以与耶稣会士媲美，对她说的更露骨了。她道："唉！在这个多可爱，多风流，多出名的宫廷中，很少事情不经过这一关的。从最低微到最重要的职位，大半要用人家向你勒索的代价去买的。听我说，我把你当作朋友，当作知己：老实告诉你，倘若我跟你一样严格，我丈夫就弄不到这个小小的差事养家活口；他明明知道，不但不生气，反而把我当作他的恩人，认为他是我一手提拔的。在外省当督抚的，甚至于带兵的将领，你以为他们的官运财运都是凭功劳得来的吗？许多是仰仗他们夫人的大力。军人的爵位是用爱情去钻谋的；妻室最漂亮的丈夫才有官做。

"你的情形更是出入重大；主要是救你的爱人出狱，和他结婚；这是你神圣的责任，非尽不可。我刚才提的那些名媛淑女，从来没有人责备；至于你，大家只会对你喝采，说你是因为德行超群才失身的。"美丽的圣·伊佛嚷道："啊！德行！德行！什么德行啊！伤风败俗！还成什么世界！想不到人是这样的东西！一个拉·希士神甫跟一个可笑的法官，把我的爱人送进监狱；我的家属把我虐待；患难之中只有想把我玷污的人才肯来帮助我。一个耶稣会士已经断送了一条好汉，另外一个耶稣会士还想来断送我。四面八方布满了陷阱，我马上要掉入火坑了。我不是自杀就是告御状，等王上出来望弥撒或是看戏的时候，扑在他脚下。"

那好朋友对她道："你没法走近的；即使有机会开口了，你也更倒楣：特·路伏大人和拉·希士神甫可能送你进修道院，关你一辈子。"

好心的女人使悲痛绝望的圣·伊佛越加慌忙失措，心如刀割。那时忽然来了一名当差，带着圣·波安越先生的一封信和一对美丽的耳环。圣·伊佛哭做一团，把东西扔在地下，可是女朋友代她收下了。

信差刚走，那位知心朋友就看了信，信中请两位女友当天晚上去小酌。圣·伊佛赌咒不去。虔诚的太太要替她试那副钻石耳环；圣·伊佛拒绝了，心中七上八下，交战了一天。最后，她一心只想着爱人，打败了，动摇了，也不知人家把她带往哪儿，竟跟着去吃那顿凶多吉少的夜饭。她无论如何不肯戴那耳环；好朋友揣在怀里，坐席之前硬替她戴上了。圣·伊佛昏昏沉沉，心乱如麻，只是听人摆布；主人却认为是好兆。席终，好朋友很识趣的告退了。主人拿出撤销密诏的公事，批准巨额赏金的文书，上尉的委任状，还毫不吝惜的许下不少愿。圣·伊佛对他道："啊！要是您不这样急切的求爱，我倒可能爱您呢。"

临了，经过长久的抗拒，啼哭，叫喊，挣扎得四肢无力，惊骇万状，快死过去了，只得投降。残忍的汉子利用她迫不得已的处境，尽情享受，她唯一的办法却是逼着自己只想着天真汉。

第十八章
她救出了她的爱人和让森派教士

天刚亮,她带着大臣的命令,飞一般的赶往巴黎。一路上的心情真是难以描写。我们只能想象一下:一个贞洁高尚的女子,受了玷污,抱着热爱,一方面因为欺骗了情人而悔恨不已,一方面因为能去救出情人而欣喜欲狂。她的悲痛,斗争,成功,同时成为她感想的一部分。她原来受着内地教育,头脑狭窄,现在可不是一个这样简单的女子了。经过了爱情与苦难,她长成了。感情促成她的进步,不输于理智促成她不幸的爱人思想上的进步。少女要懂得感受,比男人要学会思想容易得多。她从经历中得来的知识,远过于四年修道院教育。

她衣著极其朴素。隔天去见恶魔般的恩主的打扮,她看了只觉得恶心;她拿耳环丢给女朋友,看都没看。又羞愧又高兴,爱着天真汉,恨着自己,她终于到了:

> 那可怕的碉堡,复仇的古宫,
> 罪人与无辜,往往是兼收并容。①

---

① 引自作者所著史诗《亨利亚特》第四首第五节。

下车的时候,她没有气力了,只能由人搀扶;她走进监狱,心忐忑的跳着,含着眼泪,神色慌张。她见了典狱官想说话,可喊不出声音;她掏出命令,勉强说了几个字。典狱官很喜欢他的囚徒,看到他被释放挺高兴。他的心并没变硬,不象他那些当狱吏的高贵同事,一心只想着看守囚犯的酬报,从犯人身上发财,靠别人的灾难吃饭,看了可怜虫的眼泪暗中欢喜。

典狱官叫人把囚徒唤到自己屋里。两个爱人相见之下,都晕过去了。美丽的圣·伊佛半晌不省人事,还是天真汉使她重新鼓起了勇气。典狱官对他道:"这位大概是你的太太了;你从来没有说结过婚。听说你的释放全靠她的热心奔走。"圣·伊佛声音发抖,说道:"啊!我不配做他的妻子,"说着又晕厥了。

她苏醒以后,始终打着哆嗦,拿出批准赏金的文书和上尉的证件。天真汉又惊异又感动;他觉得一个梦刚醒,又做了一个梦。"为什么我关在这里的?你怎么能救我出来?送我来的那些野兽在哪儿?你简直是一个女神,从天上降下来救我的。"

美丽的圣·伊佛低着头,瞧着爱人,脸红了,把湿漉漉的眼睛转向别处。然后她把自己所知道的,经历的,都说出来,只除了一件,那是她要永远瞒着的;其实换了别人,一个不象天真汉那么不通世故,不知道宫廷风气的男人,也很容易猜到的了。

"一个象法官那样的混蛋,竟有权力剥夺我的自由!啊!我看清楚了,真有些人和最恶毒的野兽一样;他们都会害人的。可是一个修道的人,耶稣会的教士,王上的忏悔师,也会和那法官一样促成我的不幸吗?我竟想不出那可恶的坏蛋有什么罪名诬陷我,莫非告我是让森派吗?再说,你怎么不忘记我呢?我又不值得你想起,当时我不过是个蛮子。怎么!你没人指导,没人帮助,居然敢到凡尔赛?而你一到那里,人家就开了我的枷锁!可知美貌与贤德真有天大的魔力,能够撞开铁门,把那些铁石心肠都感动了!"

听到贤德二字,美丽的圣·伊佛不禁嚎啕大哭。她没想到犯了自己悔恨不已的罪恶,仍不失其为贤德。

她的爱人又道:"斩断我枷锁的天使,你既然有那么大的面子替我伸冤——我还不明白是怎么回事呢,——希望你也替一个老人伸冤;他是第一个教我用思想的,正如你是教我懂得爱情的。我们是患难之交;我爱他象父亲一般,我少不了你,也少不了他。"

"要我,要我再去找那个……"——"是的,我要所有的恩典都得之于你,永远只得之于你:请你写信给那个大人物,你给我恩惠就给到底罢,把你已经开始的功德,把你的奇迹做圆满了罢。"她觉得情人要她做的事都应当做,便拿起笔来,可是手不听指挥。信写了三次,撕了三次,才写成。两个爱人和那个为恩宠而殉道的老人拥抱了,走出监狱。

圣·伊佛悲喜交集;她知道哥哥的住址,便直奔那儿;她的爱人也在那屋子里租了一个房间。

他们才到,她的保护人已经把释放高尔同老人的命令送达,又约她下一天相会。可见她每做一桩热心而正当的事,就得拿她的名节付一次代价。这种出卖祸福的风气,她深恶痛绝。她拿释放的命令递给爱人,拒绝了约会:要她再见到那个恩主,她会痛苦死的,羞愧死的。天真汉除了去解救朋友,再也舍不得离开她。他马上赶去,一路想着这个世界上奇奇怪怪的事,同时又佩服少女的勇敢,居然使两个苦命的人能够重见天日。

第十九章
天真汉，美人圣·伊佛，与他们的家属相会

俠义可敬的不贞的女子，见到了她的哥哥圣·伊佛神甫，小山修院的院长和甘嘉篷小姐。大家都很诧异，可是处境与感情各各不同。圣·伊佛神甫倒在妹子脚下，哭着认错；她原谅了他。院长和他多情的妹妹也哭了，但他们是喜极而哭。卑鄙的法官和那讨人厌的儿子，并没在场破坏这动人的一幕。他们一听见敌人出狱的消息就动身，把他们的胡作非为和惊惶恐惧，一齐带着躲到内地去了。

四个人等天真汉陪他的难友回来；各人心中不知有多少情绪在激动。圣·伊佛神甫不敢在妹子前面抬头；好心的甘嘉篷小姐说道："噢！我真的还能见到我心疼的侄儿吗？"可爱的圣·伊佛答道："真的；可是他已经变了一个人；他的姿态，口吻，思想，头脑，一切都变了；他从前怎样的幼稚无知，现在便是怎样的老成持重。他将来一定是府上的光荣，能安慰你们的；可惜我不能为我的家庭增光！"院长道："你也不同了；什么事会使你有这样大的变化呢？"

说话之间，天真汉到了，一手搀着他的让森派教士。当下又换了一个更动人的场面。叔父与姑母拥抱了侄子。圣·伊佛神甫差

点儿对已经不天真的天真汉跪下来。两个爱人眉目之间传递他们内心的种种感情。一个在面上表现出满足和感激,一个在温柔而怅惘的眼中表示局促不安。大家奇怪,为什么她有了天大的快乐还要羼入些痛苦。

高尔同老人很快就博得全家的喜欢。他曾经和青年囚徒一同受难,这便是值得敬爱的理由。他的释放是靠了两个爱人的力量,单为这一点,他便不再排斥爱情,不再存着以前那种冷酷的见解。他和休隆人一样恢复了人性。晚饭之前,各人讲着各人的遭遇。两位神甫,一位姑母,仿佛孩子们听着死去还阳的人说故事;并且成年人对多灾多难的历史也极感兴趣。高尔同道:"可怜,现在也许还有五百个正直的人,带着圣·伊佛小姐替我们斩断的枷锁:他们的苦难是无人知道的。打击可怜虫的魔掌到处都是,肯救人水火的真是太少了。"这番真切的感想越发增加了他的同情和感激,越发显出美人圣·伊佛的功劳;人人佩服她心灵伟大,意志坚决。钦佩中间还带些敬意:对一个公认为在朝廷上有势力的人物,这也是应有之事。但圣·伊佛神甫一再说着:"我妹妹怎么一霎眼就能有这样大的面子呢?"

他们正预备提早吃饭,不料凡尔赛的那位好朋友赶来了,完全不知道经过情形。她坐着六匹马的轿车,一望而知是谁的车辆。她摆着一副朝廷命妇,公事在身的神气,进来对众人略微点点头,把美丽的圣·伊佛拉过一边,说道:"为什么你教人等得这么久呢?跟我去罢;你忘了的钻石,我带来了。"她说话的声音并不很低,天真汉都听见了,也看到了钻石;做哥哥的不禁为之一怔;叔叔和姑母见到这种贵重的饰物,象乡下人一样的惊奇。天真汉经过一年的深思默想,已经成熟了,不由得想了想,紧张了一下。圣·伊佛发觉了,俊美的脸马上白得象死人一般,打了个寒噤,几乎支持不住。她对那催命的朋友说道:"啊!太太,你把我断送了!你要我的命了!"这两句话直刺到天真汉心里;但他已经懂得克制,当场并不追究,生怕在她哥哥面前引起她的不安;可是他和她同样的面如死灰。

圣·伊佛看到爱人变色,不禁心慌意乱,扯着那女的到房间外面一条狭窄的过道里,把钻石扔在地下,说道:"啊!你明明知道,我不是为了这种东西失身的;给这东西的人休想再见到我。"女朋友捡了钻石,圣·伊佛又补上一句:"他收回也罢,给你也罢;可别再勾起我对自己的羞愤。"说客只得回去,弄不明白她为什么心中悔恨。

美丽的圣·伊佛呼吸艰难,只觉得身心骚动,气都喘不过来,只能躺上床去;但免得众人惊慌,她绝口不提自己的痛楚,只推说身子累了,需要休息,希望大家原谅。临走她先用一番温存的话安了众人的心,又向情人丢了几个眼风,更煽动了他的热情。

没有她在座,桌上先是冷清清的,但那种冷落的空气使彼此能亲切交谈,比着一般人喜欢的、无聊的热闹而往往只是可厌的喧哗,高雅多了。

高尔同三言两语,说出让森派和莫利尼派[①]的历史,两个宗派的互相迫害和同样固执的性格。天真汉批评了一番,说人类为了

[①] 莫利尼派为耶稣会中的一支,十六世纪时由耶稣会神学家莫利尼创立,以调和人的自由与神的恩宠为主要学说。

利害关系已经争执不休,还嫌不够,再为些虚幻的利益,荒谬的理论,造出一些新的痛苦,未免太可怜了。高尔同只管叙述,天真汉只管批评;同桌的人很兴奋的听着,颇有感悟。大家谈到苦多乐少,人寿短促;发觉每一个职业都有它的恶习与危险;上至王公,下至乞丐,似乎都在怨命。而世界上竟有这许多人,为了这么一点儿钱,愿意替别人当凶犯,做走狗,做刽子手,这是怎么回事呢?一个当权的人,居然会毫无心肝,签署文书,毁灭整个的家庭!还有那些佣兵,存着多野蛮的,兴高采烈的心,去代他们执行!

高尔同老人说道:"我年轻的时候,看到特·玛里阿克元帅①的一个亲戚,受着元帅牵连,在本省被通缉,便隐姓埋名,躲在巴黎。他已经有七十二岁,陪着他的妻子年龄也相仿。他们有一个荒唐的儿子,十四岁上逃出家庭,投军,逃亡,堕落与潦倒的阶段都经历过了;然后把本乡的地名做了他的姓,进了红衣主教黎希留的卫队(这位神甫和马扎兰都有卫队的),在那群走狗中当排长。有一天,浪子奉令去逮捕那对老夫妇;执行的时候,正如一个急于巴结上司的人那样狠心。他一路押送,一路听两老诉说他们的苦难,从摇篮时代起不知受了多多少少。两人认为最不幸的事情里头,有一桩是儿子的失踪。他跟他们相认了,但照旧把他们送进监狱,告诉他们说报效相爷比什么都重要。事后,相爷果然不辜负他的一片忠心。

---

① 路易·特·玛里阿克元帅(1573—1632)于推翻权相黎希留一案中被株连,判处死刑。

"我也看到拉·希士神甫的一个间谍出卖他的亲兄弟,因为要谋一个小缺,结果却并没到手;我看着他死的,并非为了悔恨,却是因为受了耶稣会士的骗而气死的。

"我当过多年忏悔师,看到不少家庭的内幕;外表很快乐而内里不是伤心悲痛的人家,是难得遇到的;据我观察,最大的痛苦往往是贪得无厌的结果。"

天真汉道:"我吗,我觉得一个心胸高尚,有情有义的人,可能把日子过得快快活活的;我相信跟豪侠而美丽的圣·伊佛小姐在一起,一定能享受美满的幸福。因为……"他又堆着亲切的笑容向着圣·伊佛神甫说:"因为我希望,你不会再象去年那样拒绝我,而我的行事也要更文雅些。"神甫对过去的事忙着道歉,又竭力担保以后的感情。

做叔叔的说,那一定是他一生最得意的日子。好心的姑母恍恍惚惚地出神了,快乐得哭了,她道:"我早说过你永远不会做修士的;现在这个圣礼比那个更有意思;但愿上帝保佑我能够参加!我将来要做你的妈妈呢!"随后大家争着赞美多情的圣·伊佛小姐。

天真汉一心只想着她的恩典,他的爱情也不让那件钻石的事在心中留下深刻的印象。但他分明听到的你要我的命了那句话,还使他暗中害怕,把他的快乐破坏了;同时,情人所受到的赞美,更加强了他心里的爱。众人的关切,渐渐地都集中在她一人身上;他们只谈着两个爱人应当享受的幸福;还作种种打算,怎样的一同住在巴黎,怎样的经营产业;总而言之,只要一点儿幸福的微光所能引起的希望,他们都用来陶醉自己。但天真汉内心有种说不出的感觉，认为那些希望全是空的。他又看了看圣·波安越签署的文书，特·路伏颁发的委任状。大家把这两个人物的真性格，至少是他们信以为真的，讲给他听。每个人都毫无顾忌地谈论大臣，谈论衙门；法国人觉得在尘世所能享受的最宝贵的自由，就是这种饭桌上的言论自由。

天真汉道："我要是做了法国的国王，我挑选的陆军大臣，一定要一个门第最高的人，因为这样他才能对贵族发号施令。我要他行伍出身，当过军官，至少做到陆军中将，而有资格当元帅的；他不内行怎么能尽职呢？一个和小兵一样立过战功的军人，比一个无论如何聪明，至多对作战只能猜到一个大概的阁员，不是更加能使将帅听命吗？要是我的陆军大臣慷慨豪爽，我决不生气，虽然财政大臣有时可能为难。我希望他办事敏捷；还得性情快活；这是对工作胜任愉快的人的特点，不但老百姓欢迎，而且他也不觉得公事繁重。"天真汉喜欢一个陆军大臣有这种脾气，因为他一向觉得心情开朗的人决不会残酷。

特·路伏大人或许不能符合天真汉的愿望：他的长处是另外一种。

他们正在吃饭，可怜的姑娘病势转重了；她的血象火一般烧起来，发着高热，很痛苦，但忍着不说，免得使吃饭的人扫兴。

她的哥哥知道她没睡着，到她床头来，一看病势，大吃一惊。别人也赶来了；爱人跟在哥哥后面。当然他是最惊慌最感动的一个；但他除了许多优美的天赋以外，又学会了谨慎持重。

他们立即找了一个附近的医生。世界上有一等行医的，出诊象走马看花，把前后两个病人的病都搅在一起，闭着眼睛乱用他的医道，殊不知这门学术的不可靠和危险性，便是考虑周详，精细无比的头脑也不能完全避免。当时请来的便是这样的一位。他匆匆处方，开了几味时髦的药，更加重了病症。原来连医学也讲起时髦来了！这种风气在巴黎真是太普遍了。

除了医生以外，悲伤过度的圣·伊佛，自己把病势更推进一步。她的灵魂正在毁灭她的肉体。在她心头骚动的无数的思念灌到血管中的毒素，比最厉害的热度还要危险。

第二十章
美人圣·伊佛之死和死后的情形

他们又另外请了一个医生。年轻人的器官都生机极旺,照理只要扶本养元,帮助它发挥力量就行;但那医生不这么做,只忙着跟他的同业对抗,另走极端。两天之内,她的病竟有了性命之忧。据说头脑是理智的中枢,心是感情的中枢:圣·伊佛的头脑与心同样受了重伤。

"由于哪种不可思议的关系,人的器官会受感情与思想节制的呢?一个痛苦的念头怎么就能改变血液的流动,血流的不正常又怎么能回过来影响头脑?这种不可知的,但是确实存在的液体,比光还要迅速,还要活跃,一霎眼就流遍全身的脉络,产生感觉,记忆,悲哀,快乐,清醒或昏迷的状态,把我们竭力要忘掉的事唤回来,令人毛骨悚然,把一个有思想的动物或是变做大家赞赏的对象,或是变做可怜可泣的对象:这液体究竟是什么东西呢?"

这是高尔同说的话,这是极自然而一般人难得有的感想;但他并不因此减少心中的感动;他不象那般可怜的哲学家竭力教自己麻木。他看了这姑娘的苦命非常难过,好比一个父亲眼看心疼的孩子慢慢死去。圣·伊佛神甫痛不欲生,院长兄妹泪如泉涌。但谁能描写她爱人的心情呢?无论哪种语言都表达不出他极度的痛苦。语言是太不完全了。

姑母差不多要死过去了,她把软弱无力的手臂抱着垂死的圣·伊佛的头。哥哥跪在床前。爱人紧紧握着她的手洒满了眼泪,放声大哭。他把她叫作他的恩人,他的希望,他自己的一部分,他的情人,他的妻子。听到妻子两字,她叹了口气,一双眼睛不胜温柔的瞅着他,突然惨叫一声;然后,在那些神智清醒,痛苦停止,心灵的自由与精力暂时恢复一下的期间,嚷道:"我,我还能作你妻子吗?啊!亲爱的爱人,妻子这个词儿,这个福气,这个酬报,轮不到我的了;我要死了,而这也是我咎由自取。噢!我心中的上帝!我为了地狱里的恶魔把你牺牲了;完啦完啦,我受了惩罚,但愿你快快乐乐的活下去。"没有人懂得这几句温柔而沉痛的话;大家只觉得害怕,感动。可是她还有勇气加以说明。在场的人听了每个字都觉得诧异,痛苦,同情,以至于浑身打战;他们一致痛恨那个要人,用十恶不赦的罪行来平反暗无天日的冤狱,拖一个清白无辜的人下水,做他的共谋犯。

"你?你有罪吗?"她的爱人对她道:"不,你不是罪人;罪恶在于心:你的心只知道有德,只知道有我。"

他说了许多话,证实他的感想;美丽的圣·伊佛仿佛有了一线生机。她觉得安慰了,奇怪他怎么会照旧爱她。高尔同老人在只信让森主义的时代,可能认为她有罪;但既然变得通达了,也就敬重她了,他也哭了。

大家提心吊胆,流了不知多少眼泪,为这个人人疼爱的姑娘着急;那时忽然来了一名宫里的信差。噢!信差!谁派来的?有什么事呀?原来他奉了内廷忏悔师的命,来找小山修院院长;信上出面的并非拉·希士神甫，而是他的侍从华特勃兰特修士：他是当时的红人，向总主教们传达拉·希士神甫的意旨，代见宾客，分派教职，偶尔也颁发几道密诏的。他写信给小山修院院长说，拉·希士神甫大人已经知道他侄子的情形，他的监禁是出于误会，这一类小小的失意事儿是常有的，不必介怀。希望院长下一天带着侄子和高尔同老人同去，由他华特勃兰特修士陪着去见拉·希士神甫，见特·路伏大人，特·路伏大人可能在穿堂里和他们说几句话的。

他又补充说，天真汉的历史和击退英国人的事都已奏明王上，王上在内廊散步的时候，准会瞧他一眼，也许还会对他点首为礼。信末又加上几句奉承话，说宫中的太太们大概要在梳妆时间召见他的侄儿，好几位可能这样招呼他：天真汉先生，你好！王上进晚膳的时候，也一定会谈到他。信末的署名是：你的亲切的，耶稣会修士华特勃兰特。

院长高声念着信；他的侄子气坏了，但还捺着怒气，对信差一言不发，只转身问他的难友对这种手段作何感想。高尔同答道："他们把人当作猴子！打了一顿，再叫它跳舞。"一个人感情激动之下，难免不露出本性来；因此天真汉突然把信撕做几片，摔在信差面上，说道："这就是我的回信。"叔叔吓得好象挨了天打雷劈，一刹那有了几十道密诏落在头上。他忙去写回信，还再三向来人道歉；他以为这是青年人闹脾气，其实只有伟大的心灵才能发这种神威。

各人心中还有更大的痛苦和忧急。美丽而不幸的圣·伊佛觉得命在顷刻了；她很安静，但那是一种可怕的安静，表示元气衰弱，没有气力再挣扎了。她声音发抖地说道:"亲爱的情人!我不够坚贞,死了也是罪有应得。可是看到你恢复自由,我也瞑目了。我欺骗你的时候,心里疼着你;现在和你诀别,心里也是疼你。"

她并不装出视死如归的神气,不想要那种可怜的名声,让邻居们说什么:她死得很勇敢。二十岁上丢了爱人,丢了生命,丢了所谓名节,要毫无遗恨,毫不痛心,谁办得到呢?她完全感觉到自己的遭遇之惨;临终的话,多么动人的垂死的眼神,都表现出这个情绪。她趁自己还有气力哭的时候,也象别人一样的哭了。

有的人临终会满不在乎的看着自己毁灭,谁要愿意赞美这种高傲的死,尽管去赞美罢;那是一切动物的结局。要我们象动物一样无知无觉的死,除非年龄或疾病把我们的感觉磨得跟它们一样麻痹。一个人捐弃世界,必然遗憾无穷;要是硬压下去,他一定是到了死神怀抱里还免不了虚荣。

最后的时间到了,在场的人一齐大哭大嚷。天真汉失去了知觉。天性强的人,比多情的普通人感情更猛烈。高尔同很知道他的性格,怕他醒过来自杀,把武器都拿开了。可怜的青年发觉了;他不哭不喊,静静的对他的家属和高尔同说:"我要结束生命的时候,你们以为有人阻止得了吗?谁有权利,谁有能力来阻止?"高尔同决不搬出滥调来,说什么一个人在痛苦难忍的关头不应当轻生,屋子没法住下去也不准走出屋子,人在世界上应当象兵士站岗一般;仿佛由一些物质凑成的躯体放在这儿或那儿,对于上帝真有重大的关系似的;这些不充足的理由,一个坚决的,有头脑的绝望的人,就不屑一听,而加东的答复更是干干脆脆的一刀了事。①

天真汉沉着脸,一声不出,眼睛阴森森的,嘴唇哆嗦,浑身发抖,看到他的人都有种可怜而又可怕的感觉,觉得一筹莫展,话也无从说起,只能断断续续吐出几个字。屋子的女主人和她的家属都跑来了,看着他的悲痛不免心惊胆战,时时刻刻防着他,监视他所有的动作。圣·伊佛的尸体已经不在爱人面前,抬到一间低矮的堂屋中去了;但爱人的眼睛似乎还在那里搜寻,虽则事实上他昏昏沉沉,什么也看不见。

遗体放在大门口,两个教士在圣水缸旁边心不在焉的念着祷文,过路人有的顺手望棺材上洒几滴圣水,有的不关痛痒的走过去了,死者的亲属流着眼泪,爱人只想自杀:就在这出丧的场面中,圣·波安越带着凡尔赛的女朋友赶到了。

他的一时之兴因为只满足了一次,竟变做了爱情。不收礼物对他更是一种刺激。拉·希士神甫决不会想到这儿来的;但圣·波安越每天都看到圣·伊佛的影子,仅仅一次的欢娱挑起了他的情欲,渴求满足;因此他毫不踌躇,亲自来找她了;倘若她自己上门,要不了三次,他早厌倦了。

他下车看到一口棺材,立即掉过头去;那种厌恶表示他在欢乐场中过惯了,觉得一切不愉快的景象都不该放在他面前,免得引起生老病死的感触。他正要上楼;凡尔赛的女朋友一时好奇,打听死的是谁;一知道是圣·伊佛小姐,她马上脸色发白,惨叫一声;圣·波安越回过身来,又诧异,又难过。慈祥的高尔同,正嚼

---

① 加东(Marcus Porcius Caton)为公元一世纪时罗马将军,在西西利战败后被囚,因而自杀。

着眼泪，很伤心的作着祈祷。他停下来，把这件惨事从头至尾讲给那位大老听；痛苦与德行，增加了他说话的力量。圣·波安越并非天生的恶人；繁忙的公事与享乐，象潮水般淹没了他的灵魂，至此为止他还没认识自己呢。一般的王公大臣，年纪老了往往会心肠变硬；圣·波安越还年轻。他低着眼睛听着高尔同，自己也奇怪居然会掉下几滴眼泪；他后悔了。

他道："你说的那个了不起的男人，和我一手断送的纯洁的女子，差不多使我一样感动；我非见见他不可。"高尔同跟着他到屋子里。院长，甘嘉篷小姐，圣·伊佛神甫，还有几个邻居，都在救护一再晕厥的青年。

秘书对他说："我造成了你的不幸，我一定要补赎。"天真汉第一个念头是杀了他再自杀。这是最恰当不过的办法；无奈他手无寸铁，又受着监视。圣·波安越遭到众人的拒绝，责备，厌恶；那都是咎有应得，他也并不生气。时间久了，一切都缓和下来。后来由于特·路伏大人的提拔，天真汉成为一个优秀的军官，得到正人君子的赞许。他在巴黎和军队中另外取了个名字。他是个勇敢的军人，同时也是个不屈不挠的哲学家。

他讲起这件事，老是不胜悲痛；但讲出来对他倒是一种安慰。他到死也没忘了多情的圣·伊佛。圣·伊佛神甫和院长，每人得到一个收入优厚的教职；甘嘉篷小姐觉得侄儿当军人比当修士体面多了。凡尔赛的那位信女除了钻石耳环，还到手另外一件漂亮礼物。万事灵神甫收到几匣巧克力，咖啡，糖食，蜜渍柠檬，和两部摩洛哥皮精装的书，一部叫做克罗赛神甫的默想，一部叫做圣徒之花。好好先生高尔同和天真汉住在一起，到老都交情极密。

他也得了一个教职,把特殊的恩宠和诸如此类的理论,统统忘了。他所采取的箴言是:患难未始于人无益。可是世界上多少好人都觉得患难于人一无裨益!

一九五四年八月　译

译名对照表

书中一些常见译名与现行通用译名不同,出于尊重译者、保留时代风貌的考量,均不在正文修改,统一列于此表,供读者阅读对照。译名按照其在正文中出现的顺序排列。

原译名	现译名
巴比仑	巴比伦
查拉图斯脱拉	查拉图斯特拉
加尔提人	加喜特人
莱布尼兹	莱布尼茨
赛尔特人	凯尔特人
柏塞波里斯	波斯波利斯
残废军人院	荣军院
让森派	冉森派
翡冷翠	佛罗伦萨
芳济会	方济会
哥仑布	哥伦布

原译名	现译名
科印勃勒大学	科英布拉大学
加第士	加的斯
本多会	本笃会
梅迭西斯	美第奇
玛德岛	马德拉岛
谟罕默德	穆罕默德
维斯玛	维斯马
来比锡	莱比锡
来顿	莱顿
提罗尔人	推罗人
圣·伊涅斯	圣依纳爵·罗耀拉
亚马逊	亚马孙
马哥·孛罗	马可·波罗
安达鲁齐	安达卢西亚
开颜	卡宴
几尼亚	几内亚
索星尼派	索齐尼派/苏西尼派
马尼教徒	摩尼教徒
勒戈佛滦	莱科芙露尔
笛卡儿	笛卡尔
蒲高涅	勃艮第
诺曼地	诺曼底

原译名	现译名
丹阿德会	德亚底安会
凯撒	恺撒
特洛亚	特洛伊
《埃奈伊特》	《埃涅阿斯纪》
埃奈伊	埃涅阿斯
荷拉斯	贺拉斯
赛纳克	塞涅卡
维斯丢拉河	维斯瓦河
尼罗	尼禄
玛丽·斯丢阿德	玛丽·斯图亚特
休隆人	休伦人
雅各二世	詹姆斯二世
菩林布鲁克子爵	博林布鲁克子爵
于格诺党	胡格诺派
弗基尼阿	弗吉尼亚
干大基	甘大基
赫格利斯	赫拉克勒斯
奥加里王	俄卡利亚王
欧利德	欧律托斯
伊奥莱	伊俄勒
基尼亚	基尼
拉·希士	拉·雪兹

原译名	现译名
黎希留	黎塞留
翁泰利俄湖	安大略湖
尼高尔	尼科尔
玛勒勃朗希	马勒伯朗士
夫赖尼	弗里吉亚
于斯蒂尼安	查士丁尼一世
依斐热妮	伊菲革涅亚

汉译文学名著

第一辑书目（30种）

伊索寓言	〔古希腊〕伊索著	王焕生译
一千零一夜		李唯中译
托尔梅斯河的拉撒路	〔西〕佚名著	盛力译
培根随笔全集	〔英〕弗朗西斯·培根著	李家真译注
伯爵家书	〔英〕切斯特菲尔德著	杨士虎译
弃儿汤姆·琼斯史	〔英〕亨利·菲尔丁著	张谷若译
少年维特的烦恼	〔德〕歌德著	杨武能译
傲慢与偏见	〔英〕简·奥斯丁著	张玲、张扬译
红与黑	〔法〕斯当达著	罗新璋译
欧也妮·葛朗台 高老头	〔法〕巴尔扎克著	傅雷译
普希金诗选	〔俄〕普希金著	刘文飞译
巴黎圣母院	〔法〕雨果著	潘丽珍译
大卫·考坡菲	〔英〕查尔斯·狄更斯著	张谷若译
双城记	〔英〕查尔斯·狄更斯著	张玲、张扬译
呼啸山庄	〔英〕爱米丽·勃朗特著	张玲、张扬译
猎人笔记	〔俄〕屠格涅夫著	力冈译
恶之花	〔法〕夏尔·波德莱尔著	郭宏安译
茶花女	〔法〕小仲马著	郑克鲁译
战争与和平	〔俄〕列夫·托尔斯泰著	张捷译
德伯家的苔丝	〔英〕托马斯·哈代著	张谷若译
伤心之家	〔爱尔兰〕萧伯纳著	张谷若译
尼尔斯骑鹅旅行记	〔瑞典〕塞尔玛·拉格洛夫著	石琴娥译
泰戈尔诗集：新月集·飞鸟集	〔印〕泰戈尔著	郑振铎译
生命与希望之歌	〔尼加拉瓜〕鲁文·达里奥著	赵振江译
孤寂深渊	〔英〕拉德克利夫·霍尔著	张玲、张扬译
泪与笑	〔黎巴嫩〕纪伯伦著	李唯中译
血的婚礼——加西亚·洛尔迦戏剧选	〔西〕费德里科·加西亚·洛尔迦著	赵振江译
小王子	〔法〕圣埃克苏佩里著	郑克鲁译
鼠疫	〔法〕阿尔贝·加缪著	李玉民译
局外人	〔法〕阿尔贝·加缪著	李玉民译

第二辑书目（30种）

枕草子	〔日〕清少纳言著	周作人译
尼伯龙人之歌	佚名著	安书祉译
萨迦选集		石琴娥等译
亚瑟王之死	〔英〕托马斯·马洛礼著	黄素封译
呆厮国志	〔英〕亚历山大·蒲柏著	李家真译注
波斯人信札	〔法〕孟德斯鸠著	梁守锵译
东方来信——蒙太古夫人书信集	〔英〕蒙太古夫人著	冯环译
忏悔录	〔法〕卢梭著	李平沤译
阴谋与爱情	〔德〕席勒著	杨武能译
雪莱抒情诗选	〔英〕雪莱著	杨熙龄译
幻灭	〔法〕巴尔扎克著	傅雷译
雨果诗选	〔法〕雨果著	程曾厚译
爱伦·坡短篇小说全集	〔美〕爱伦·坡著	曹明伦译
名利场	〔英〕萨克雷著	杨必译
游美札记	〔英〕查尔斯·狄更斯著	张谷若译
巴黎的忧郁	〔法〕夏尔·波德莱尔著	郭宏安译
卡拉马佐夫兄弟	〔俄〕陀思妥耶夫斯基著	徐振亚、冯增义译
安娜·卡列尼娜	〔俄〕列夫·托尔斯泰著	力冈译
还乡	〔英〕托马斯·哈代著	张谷若译
无名的裘德	〔英〕托马斯·哈代著	张谷若译
快乐王子——王尔德童话全集	〔英〕奥斯卡·王尔德著	李家真译
理想丈夫	〔英〕奥斯卡·王尔德著	许渊冲译
莎乐美 文德美夫人的扇子	〔英〕奥斯卡·王尔德著	许渊冲译
原来如此的故事	〔英〕吉卜林著	曹明伦译
缎子鞋	〔法〕保尔·克洛岱尔著	余中先译
昨日世界：一个欧洲人的回忆	〔奥〕斯蒂芬·茨威格著	史行果译
先知 沙与沫	〔黎巴嫩〕纪伯伦著	李唯中译
诉讼	〔奥〕弗兰茨·卡夫卡著	章国锋译
老人与海	〔美〕欧内斯特·海明威著	吴钧燮译
烦恼的冬天	〔美〕约翰·斯坦贝克著	吴钧燮译

第三辑书目（40种）

埃达	〔冰岛〕佚名著　石琴娥、斯文译
徒然草	〔日〕吉田兼好著　王以铸译
乌托邦	〔英〕托马斯·莫尔著　戴镏龄译
罗密欧与朱丽叶	〔英〕莎士比亚著　朱生豪译
李尔王	〔英〕莎士比亚著　朱生豪译
大洋国	〔英〕哈林顿著　何新译
论批评　云鬓劫	〔英〕亚历山大·蒲柏著　李家真译注
论人	〔英〕亚历山大·蒲柏著　李家真译注
亲和力	〔德〕歌德著　高中甫译
大尉的女儿	〔俄〕普希金著　刘文飞译
悲惨世界	〔法〕雨果著　潘丽珍译
安徒生童话与故事全集	〔丹麦〕安徒生著　石琴娥译
死魂灵	〔俄〕果戈理著　郑海凌译
瓦尔登湖	〔美〕亨利·大卫·梭罗著　李家真译注
罪与罚	〔俄〕陀思妥耶夫斯基著　力冈、袁亚楠译
生活之路	〔俄〕列夫·托尔斯泰著　王志耕译
小妇人	〔美〕路易莎·梅·奥尔科特著　贾辉丰译
生命之用	〔英〕约翰·卢伯克著　曹明伦译
哈代中短篇小说选	〔英〕托马斯·哈代著　张玲、张扬译
卡斯特桥市长	〔英〕托马斯·哈代著　张玲、张扬译
一生	〔法〕莫泊桑著　盛澄华译
莫泊桑短篇小说选	〔法〕莫泊桑著　柳鸣九译
多利安·格雷的画像	〔英〕奥斯卡·王尔德著　李家真译注
苹果车——政治狂想曲	〔英〕萧伯纳著　老舍译
伊坦·弗洛美	〔美〕伊迪斯·华尔顿著　吕叔湘译
施尼茨勒中短篇小说选	〔奥〕阿图尔·施尼茨勒著　高中甫译
约翰·克利斯朵夫	〔法〕罗曼·罗兰著　傅雷译
童年	〔苏联〕高尔基著　郭家申译
在人间	〔苏联〕高尔基著　郭家申译
我的大学	〔苏联〕高尔基著　郭家申译

地粮	〔法〕安德烈·纪德著	盛澄华译
在底层的人们	〔墨〕马里亚诺·阿苏埃拉著	吴广孝译
啊，拓荒者	〔美〕薇拉·凯瑟著	曹明伦译
云雀之歌	〔美〕薇拉·凯瑟著	曹明伦译
我的安东妮亚	〔美〕薇拉·凯瑟著	曹明伦译
绿山墙的安妮	〔加〕露西·莫德·蒙哥马利著	马爱农译
远方的花园——希梅内斯诗选	〔西〕胡安·拉蒙·希梅内斯著	赵振江译
城堡	〔奥〕弗兰茨·卡夫卡著	赵蓉恒译
飘	〔美〕玛格丽特·米切尔著	傅东华译
愤怒的葡萄	〔美〕约翰·斯坦贝克著	胡仲持译

第四辑书目（30种）

伊戈尔出征记		李锡胤译
莎士比亚诗歌全集——十四行诗及其他	〔英〕莎士比亚著	曹明伦译
伏尔泰小说选	〔法〕伏尔泰著	傅雷译
海上劳工	〔法〕雨果著	许钧译
海华沙之歌	〔美〕朗费罗著	王科一译
远大前程	〔英〕查尔斯·狄更斯著	王科一译
当代英雄	〔俄〕莱蒙托夫著	吕绍宗译
夏洛蒂·勃朗特书信	〔英〕夏洛蒂·勃朗特著	杨静远译
缅因森林	〔美〕梭罗著	李家真译注
鳕鱼海岬	〔美〕梭罗著	李家真译注
黑骏马	〔英〕安娜·休厄尔著	马爱农译
地下室手记	〔俄〕陀思妥耶夫斯基著	刘文飞译
复活	〔俄〕列夫·托尔斯泰著	力冈译
乌有乡消息	〔英〕威廉·莫里斯著	黄嘉德译
生命之乐	〔英〕约翰·卢伯克著	曹明伦译
都德短篇小说选	〔法〕都德著	柳鸣九译
无足轻重的女人	〔英〕奥斯卡·王尔德著	许渊冲译
巴杜亚公爵夫人	〔英〕奥斯卡·王尔德著	许渊冲译
美之陨落：王尔德书信集	〔英〕奥斯卡·王尔德著	孙宜学译
名人传	〔法〕罗曼·罗兰著	傅雷译
伪币制造者	〔法〕安德烈·纪德著	盛澄华译
弗罗斯特诗全集	〔美〕弗罗斯特著	曹明伦译

弗罗斯特文集	〔美〕弗罗斯特著	曹明伦译
卡斯蒂利亚的田野:马查多诗选	〔西〕安东尼奥·马查多著	赵振江译
人类群星闪耀时:十四幅历史人物画像		
	〔奥〕斯蒂芬·茨威格著	高中甫、潘子立译
被折断的翅膀:纪伯伦中短篇小说选	〔黎巴嫩〕纪伯伦著	李唯中译
蓝色的火焰:纪伯伦爱情书简	〔黎巴嫩〕纪伯伦著	薛庆国译
失踪者	〔奥〕弗兰茨·卡夫卡著	徐纪贵译
获而一无所获	〔美〕欧内斯特·海明威著	曹明伦译
第一人	〔法〕阿尔贝·加缪著	闫素伟译

图书在版编目(CIP)数据

伏尔泰小说选/(法)伏尔泰著;傅雷译. — 北京:
商务印书馆,2023
（汉译世界文学名著丛书）
ISBN 978-7-100-22125-2

Ⅰ.①伏… Ⅱ.①伏… ②傅… Ⅲ.①小说集—法国—近代 Ⅳ.①I565.44

中国国家版本馆CIP数据核字（2023）第042024号

权利保留，侵权必究。

汉译世界文学名著丛书
伏尔泰小说选
〔法〕伏尔泰 著
傅 雷 译

商 务 印 书 馆 出 版
（北京王府井大街36号 邮政编码100710）
商 务 印 书 馆 发 行
北京中科印刷有限公司印刷
ISBN 978-7-100-22125-2

| 2023年4月第1版 | 开本 850×1168 1/32 |
| 2023年4月北京第1次印刷 | 印张 10⅛ |

定价：48.00元